新典社選書
119

現代文化のなかの〈宮沢賢治〉

大島丈志 著

新典社

目次

第二章　宗教から家族へ

第三章　「科学」と「命の循環」

序

宮沢賢治作品は、アニメーション・絵本・ライトノベル・現代小説などメディアを横断して多くの作品の原典となっている。宮沢賢治作品は近代文学作品の中でも、繰り返し参照される近代文学における「正典・カノン」として特徴的な位置を占めているといえるだろう。[1] なぜ宮沢賢治作品は様々な作品の原典になるのだろうか。

文化の「再創造」自体に関しては様々な考察がすでになされており、もっとも一般的なものに「伝統が再創造されるのは、（その伝統が依拠するとされる）共同体の成員としてのアイデンティティを創出ないしは維持するため[2]」という見解がある。その際、「再創造」の主体は誰なのか、という議論もなされている。日比野啓は為政者による「再創造」を認めながら、一方で消極的であれ積極的であれ、「再創造」には社会の構成員（非人称の私たち）がみな関わるものであり、「誰が」「なぜ」伝統の「再創造」を行うかは、単独の者によって行われる場合もあるが、非人称の欲望によっても起こることを挙げる。そして、「伝統」の「再創造」は「いつでも、どこでも」[3] 行われているとする。

本書はこのような「再創造」のなかでも宮沢賢治と宮沢賢治作品の他の作品における「再創

造」を考察する研究である。その中心は「どのように」「再創造」が行われているのかを明らかにすることである。

「再創造」に関してだが、基本的にある作品を別の作品が引喩したりその構造を使用して新たな作品を作り出したりする行為である。この網目のような関係性はジュリア・クリステヴァの「間テクスト性」(4)など、長期にわたり検討されてきた。

それらを踏まえた上で、リンダ・ハッチオンは『パロディの理論』の中で、一九世紀に「パロディは、過去の作品を再評価し、新しい時代に落ち着かせるという批評の一行為となっていく」(5)とする。そして二〇世紀においてはT・S・エリオットが『荒地』に自註をつけて読者に西洋文学（及び東洋文学）の遺産をつかみとらせようとしたことを挙げ「今世紀におけるパロディは、テクストを形式的および主題的に構築するための重要手段の一つとなっている」(6)とし、その上でパロディとは標準的な辞書にある嘲笑的・遊戯的という範疇を越えた「類似よりも差異を際立たせる批評的距離を置いた反復である。(7)」と述べる。このようにパロディは単なる引用的変形や模倣を越えており、本書の「再創造」においても、作品間の「差異」と「批評的距離を置いた反復」をみていきたい。

さらにメディアを超える「再創造」に関してであるが、近年メディアを越えた「再創造」をアダプテーションとして考察する研究が増えている。その際、アダプテーションとは、文学作品を映画に「翻案」あるいは「改作」する行為、または「翻案」「改作」された映画作品とするのが基本である。そこでは原作をどのように「翻案」したのかが重視され、優劣ではなく、両者の対話的関係性が重視される。

武田悠一はアダプテーションについて、「原作の創造的な翻訳＝解釈であり、原作に「死後の生」を与え、そこに潜在していながらこれまで気づかれることのなかった〈未来〉を顕在化させる」(8)と述べる。武田は、小説から映画という方向性のみではなく、映画から映画、などの様々なアダプテーションの可能性を示しており、間テクスト・間メディア・間ジャンルの可能性として指摘している。このようにアダプテーションの範囲は広く考えることも可能である。

アダプテーションを拡大してとらえた場合、宮沢賢治の作品自体に、多くの下書稿が残されており、宮沢賢治自ら改稿を多層的に行っていることも自作のアダプテーションといえるだろう。「銀河鉄道の夜」に関していえば、第一次〜第四次稿まで原稿が存在し、それぞれをバージョンとして読むことが可能である。大橋洋一は「作品のアダプテーションは、作品の改変ではなく、作品の最終的完成への重要な一段階ともなるのです。(9)」と述べており、その範囲は実に広い。本書ではアニメーションへの「再創造」とする。

アダプテーションの内容に関して、リンダ・ハッチオンは「他の作品への短い間テクスト的言及や、楽曲の短い一部をサンプリングしたものは、アダプテーションに含まれないだろう。

だがパロディは含まれる。」とし、さらに「結局、アダプテーションをアダプテーションとして体験するのは、受容者自身にかかっている。[10]」と述べている。

本書では、宮沢賢治の文学作品が、パロディ・アダプテーションの中でどのように「再創造」されたのかの考察を通じて、文学と文学、文学と他メディアの接続により発生すること、「触媒」としての文学のあり方について考えたい。この考察は、「再創造」から原典の宮沢賢治作品を「逆照射」することにもなる。

宮沢賢治作品の「再創造」に関する研究はすでに様々な視座からなされている。米村みゆき『宮沢賢治を作った男たち』（青弓社、二〇〇三年）では宮沢賢治死後の宮沢賢治像の生成が検証される。『修羅はよみがえった』（宮沢賢治記念会、二〇〇七年）では、国語教育・絵本・映画・舞台における「再創造」に関して考察がなされている。村山龍『〈宮沢賢治〉という現象』（花鳥社、二〇一九年）では昭和初期の宮沢賢治とその作品の受容が検証される。構大樹『宮沢賢治はなぜ教科書に掲載され続けるのか』（大修館書店、二〇一九年）では教科書に掲載される理由が検証され、またポップカルチャーにおける受容にも触れられている。

筆者も登壇者として参加させていただいた二〇一三年度宮沢賢治学会冬季セミナーではサブカルチャーと宮沢賢治の関係が討論されており、企画者の森本智子により様々な宮沢賢治作品の受容が紹介された。また宮沢賢治研究会の会誌『賢治研究』においては、不定期ではあるが宮沢賢治と宮沢賢治作品の受容として、サブカルチャー・天文学、さらには信時哲郎により宮沢賢治研究自体も受容の一つとして紹介された。

一九八〇年代中盤までの宮沢賢治作品の研究史と受容は、原子朗「賢治・その受容と研究の歴史」（三木卓他『群像　日本の作家12　宮澤賢治』小学館、一九九〇年）において考察されている。またデータとしては宮沢賢治学会イーハトーブセンター機関誌『宮沢賢治研究Annual』（一九九一年三月～）において一九九〇年一月分から網羅的に掲載され、蓄積されている。

宮沢賢治と宮沢賢治作品は様々なメディアにおいて「再創造」され、それは進行中である。岩手県花巻市の宮沢賢治記念館や童話村、賢治祭もまた宮沢賢治・宮沢賢治作品の受容であり「再創造」である。このように総体としての宮沢賢治と宮沢賢治作品の「再創造」を考えるにはより大きな視座が必要となる。

この状況の中で本書が重要と考えるのは、宮沢賢治と宮沢賢治作品の「再創造」における作品同士のつながりと差異、つまり宮沢賢治と宮沢賢治作品が「どのように」他作品に「再創造」されたかを具体的な作品の比較を通じてより丁寧に考察することである。

本書では、原子朗の受容論の後、著作権が切れた一九八四年以降の時期に区切り、宮沢賢治とその作品の受容を多様なメディアから読み解き、そこに何が求められ、何が表現されているのかを考察していく。

同時に、宮沢賢治作品の「どのように」という「再創造」からは、日本社会の変容も読み取れるということも考えていきたい。この考察からは、宮沢賢治と宮沢賢治作品の受容の時代背景も浮き彫りにされるだろう。

一九八〇年代以降は社会思想の分野では「ポスト・モダン」といわれる時代の中にある。

リオタールの『ポスト・モダンの条件 知・社会・言語ゲーム』で論じられるように社会思想の分野では、一九七〇年前後を境にして情報化の進んだ先進国で、多様性に象徴される「ポスト・モダン化」が進行したとされる。普遍的価値の物語とされてきた「正義」や「真理」「人間の解放」「成長」といった、それまで多くの人々の基準となっていた「大きな物語」が失墜し、「小さな物語」が乱立することで、それまであった社会的合意（コンセンサス）の正当性が疑われ変質していく。そして理念よりも現実（資本や技術）が優位になる。これが「ポスト・モダン化」である。[11]

この「ポスト・モダン化」は日本においては高度経済成長の終わり、全共闘の衰退、連合赤軍事件、そして一九七〇年の三島由紀夫の自死に象徴される、「成長」や「革命」という「大きな物語」が終わる時代の転換と連動していると考えられる。

また、その後の一九九五年の阪神淡路大震災・地下鉄サリン事件、二〇一一年の東日本大震災の中で「リアリティの多元化」は進み、「答えのないことが答え」の時代へと変化している。[12]

一九八四年以降の宮沢賢治と宮沢賢治作品の受容はまさにポスト・モダン化の進行と、「答えのないことが答え」の時代状況と重なっており、時代の揺らぎが「再創造」に反映されているだろう。

以上の論点を踏まえ、本書では、次の三本の柱をテーマとして設定したい。

①　一九八四年以降の宮沢賢治作品受容において、表現の面では宮沢賢治作品に何が求められたのか、絵テクスト（イメージ）と文字テクストの相互作用によって成立するメディアである絵本を中心に検討する。この考察からは、宮沢賢治作品の「空白」[13]を埋める試みから宮沢賢治作品を「触媒」として新しい表現が生まれる流れをみることが出来るだろう。

②　宮沢賢治が信仰し、宮沢賢治作品の基盤となっている大乗利他・「法華経」の精神は現代において「どのように」再創造されたのか、またされ得なかったのか。「銀河鉄道の夜」の中心的なメッセージともいえる「ほんたうの幸せ」の受容を軸にライトノベル・アニメーションから考える。この考察からは死を語る物語としての受容、宗教から家族へという時代の変化、そして東日本大震災の鎮魂と新しい家族の再生をみることが出来るだろう。

③　宮沢賢治作品の「科学」と「生命の循環」に関するテーマは現代において「どのように」再創造されたのか。「生命の循環」と「科学」に関連する再創造を取り上げて考察する。

この考察からは、「生命の循環」の中の「命」とそれを支え、時に壊す「科学」を描くために現代においても宮沢賢治作品が必要とされていること、また宮沢賢治作品の特徴が分かるだろう。

各論文は基本的に再創造された年代順に配置した。ただし第三章ではテーマの同一性を重視している。

なお、本書では、各章の考察を補う論考として、第一章第四節に小川未明「赤い蝋燭と人魚」の絵本化、第二章第四節に橋本紡「半分の月がのぼる空」シリーズの表現論、第二章第五節に「ビブリア古書堂の事件手帖」シリーズにおける「太宰治」の再創造と「文学少女」像に関する考察を置く。

宮沢賢治作品の引用は、宮沢賢治『新校本宮澤賢治全集』(筑摩書房)から行い、巻数、本文篇・校異篇の別、頁数を記載する。またルビは適宜省略した。

注

(1)「カノン内のテクストは恒常的に『再』生産される」(ハルオ・シラネ、鈴木登美編『創造された古典――カノン形成・国民国家・日本文学』新曜社、一九九九年四月、一三頁)

（2）成蹊大学文学部学会編『明治・大正・昭和の大衆文化――「伝統の再創造」はいかにおこなわれたか』彩流社、二〇〇八年三月、四頁
（3）注2同書、一二頁
（4）ジュリア・クリステヴァは「どのようなテクストもさまざまな引用のモザイクとして形成され、テクストはすべてもうひとつの別なテクストの吸収と変形にほかならない」とする（原田邦夫訳『セメイオチケ1　記号の解体学』せりか書房、一九八三年一〇月、六一頁（原著一九六九年））。
（5）リンダ・ハッチオン、辻麻子訳『パロディの理論』未来社、一九九三年三月、七頁（原著一九八五年）
（6）注5同書、八頁
（7）注5同書、一六頁
（8）「アダプテーション批評に向けて」（岩田和男・武田美保子・武田悠一編『アダプテーションとは何か――文学／映画批評の理論と実践』世織書房、二〇一七年三月、八頁）
（9）「未来への帰還――アダプテーションをめぐる覚書」（注8同書、三四頁）
（10）リンダ・ハッチオン、片渕悦久・鴨川啓信・武田雅史訳『アダプテーションの理論』晃洋書房、二〇一二年四月、二一〇～二一四頁（原著二〇〇六年）
（11）ジャン＝フランソワ・リオタール、小林康夫訳『ポスト・モダンの条件　知・社会・言語ゲーム』（水声社、一九八六年六月）（原著一九七九年）においてリオタールは、近代が「みずからの正当化のために」（八頁）準拠する、その根拠を問われることのない「メタ物語」の存在を

「大きな物語」と呼んだ。「大きな物語」は「知」や「真理」「正義」から「現実の社会的関係を統御している諸制度」に至るまで、その正当性を保証するとした。そして「ポスト・モダン」とはまず何よりも「こうしたメタ物語に対する不信感」（八～九頁）であり、ヨーロッパでは一九五〇年代の終わりから始まっているとする。

（12）大澤真幸『不可能性の時代』（岩波書店、二〇〇八年四月）では、見田宗介の時代区分（一九四五年から六〇年頃を人々が理想に生きようとした「理想の時代」、一九六〇年から七〇年代前半までを、夢に生きようとした「夢の時代」、一九七〇年代の後半からを、虚構に生きようとした「虚構の時代」とする）を援用しながら、一九七〇年前後に「理想の時代」が終わり、一九七三年のオイルショック（高度経済成長の終わり）以降を「虚構の時代」、一九九五年の地下鉄サリン事件以降を「不可能性の時代」とする。

（13）本書における「空白」とは、ヴォルフガング・イーザーの受容理論における、テクストと読者との相互作用を起動し継続させる「空所 Leerstelle」・「テクストという包括的なシステム内部の空白」（ヴォルフガング・イーザー、轡田収訳『行為としての読書――美的作用の理論――』岩波書店、一九八二年三月、三二二頁（原著一九七六年））を参照している。その他、鍛治哲郎「空白箇所の機能変換」（川本皓嗣・小林康夫編『文学の方法』東京大学出版会、一九九六年四月）、前田愛『増補　文学テクスト入門』（筑摩書房、一九九三年九月）を参照した。

第一章　イメージへの挑戦

第一節　アニメ化される「風の又三郎」

一、宮沢賢治作品のアニメ化

宮沢賢治と賢治作品は、現在も様々なメディアにおいて受容の範囲を拡大し続けている。アニメ化された代表的なものだけでも、アニメーション映画として上演された「銀河鉄道の夜」（一九八五年）、「グスコーブドリの伝記」（一九九四年・二〇一二年）、オリジナルビデオアニメとして発売された「風の又三郎」（一九八八年）、「どんぐりと山猫」（一九八八年）、テレビドラマとして放映された「八〇年後のKENJI～宮沢賢治二一世紀映像童話集～」（二〇一三年）、プラネタリウムで上映された「銀河鉄道の夜―Fantasy Railroad in the Stars―」（二〇〇六年）など多種多様である。

これらの中でも本節では、賢治の代表作である「風の又三郎」[1]のアニメ化を中心として論じる。

「風の又三郎」は、比較的早い段階で実写映画化された。島耕二監督「風の又三郎」（一九四〇年、文部省推薦映画）、村山新治監督「風の又三郎」（一九五七年）、伊藤俊也監督「風の又三郎ガラスのマント」（一九九一年）の三本である。テレビドラマとしてはＮＨＫの「少年ドラマシリーズ」で一九七六年一二月六日から九日まで四日間放映された。

アニメ化は管見によれば、りんたろう監督「風の又三郎」（一九八八年）、転校生を女の子とした山田裕城監督「風の又三郎」（二〇一六年）の二本である。今回は、りんたろう監督「風の又三郎」（以降、アニメ「風の又三郎」と称す）を考察の中心として扱う。

考察にあたっては、主人公や登場人物の心情描写のみではなく、世界観の再創造という視座を大切にしていきたい。特に「風の又三郎」に関しては、頻出する特徴的な風の音や動きがアニメーションとしてどのように描かれるのか、注目していきたい。

この考察は、賢治作品をアニメ化した作品の特徴をとらえるとともに、アニメ化された作品から賢治作品を考えることにつながるだろう。

二、「風の又三郎」からアニメ「風の又三郎」へ

原作の「風の又三郎」は、生前未発表作品である。宮沢賢治の創作メモでは「銀河鉄道の夜」、「ポラーノの広場」、「グスコーブドリの伝記」とともに「風野又三郎」として「少年小説」とくくられている。(2) また、「北守将軍と三人兄弟の医師」、「グスコーブドリの伝記」につづき雑誌『児童文学』に掲載の予定であったが、雑誌の廃刊により実現しなかった。(3)

「風の又三郎」（一九三一年以降成立と推定される）は、先駆形「風野又三郎」（一九二四年二月以前執筆と推定）があり、加えて「種山ヶ原」、「さいかち淵」を重要なエピソードとして取り込みながら作られた作品である。平澤信一は「種山ヶ原」、「さいかち淵」がどのように再構成されたかを考察し、《風の又三郎／馬／高田三郎》の三者に結びつきのあることを指摘する。さらに作中に「ちゃうど活動写真のやうに」と、馬に乗った男がやってくる場面があることからも「宮沢賢治にとって《活動写真》とは《トリック》に結び付くものだった」とし「映画的想像力」を読み取っている。宮沢賢治作品と映像の関わりを考える上で重要な指摘である。(4)

次にアニメ「風の又三郎」に関して考察していく。

りんたろう監督「風の又三郎」は、一九八八年八月二〇日、「宮沢賢治　名作アニメシリーズ・風の又三郎」として、ナレーターにC・W・ニコル、上映時間は三〇分でコナミ株式会社

によって発売された。

まず「風の又三郎」のアニメ化によって原作からどのような差異が生じたのだろうか。アニメ「風の又三郎」は、三〇分という時間的制約のため、高田三郎と村の子ども達の交流が大幅に切り捨てられている。九月六日の葡萄とり、九月七日と九月八日の川遊びは削除されており、九月八日の川遊びの際の「雨はざっこざっこ雨三郎／風はどっこどっこ又三郎」（第一一巻、本文篇、二〇八頁）という誰が発したか分からない恐ろしい異様な叫びは無くなり、子どもの世界に異様なものが侵入するシーンが減っている印象は否めない。恐ろしく異様な世界の減少が、アニメ化の特徴的な差異である。

一方で、九月四日の上の野原での馬追いのシーン、逃げた馬を追いかけ、倒れた嘉助の夢の中で高田三郎が又三郎となり、ガラスのマントを着て飛び上がるシーンに重点を置き、特に又三郎が光を放つガラスのマントを広げ、空飛ぶ馬とともに飛翔するシーンは、およそ二分の時間を割き、丁寧に描かれている。原作では「いきなり又三郎はひらっとそらへ飛びあがりました。ガラスのマントがギラギラ光りました。」（第一一巻、本文篇、一九二頁）とあるのみであり、その直後に嘉助は目を覚ます。原作でも十分に印象的なシーンだが、アニメ「風の又三郎」では又三郎の飛翔と飛ぶ馬にまたがった幻想的な様子（二一分五七秒～二三分一五秒）を描くことに重点が置かれているという特徴がある。フルカラーでアニメーションだからこそ表現出来るガラスのマントと飛翔を重視したシーンといえよう。

次にアニメ「風の又三郎」では、高田三郎のことを「やっぱり又三郎だな」（七分一〇秒）とはやした嘉助に対して、学校の先生が、「嘉助さん、又三郎という名は、二百十日、つまり台風の時、風に乗ってやってくる子どもの神様のことです。それは昔からの言い伝えなのです。ですからそこに座っているのは又三郎ではなく皆さんと同じ子供の高田三郎さんです。」（七分一〇秒〜七分三〇秒）と高田三郎と又三郎は違うことを明確に説明するシーンが加えられている。原作では、嘉助がはやした後、先生はそれを無視しており、また「二百十日」という言葉も子どもから発せられたものであった。この点は実写版の三作品、もう一つのアニメ化作品である山田裕城監督「風の又三郎」も同じである。

アニメ「風の又三郎」では、先生が「風の又三郎」とは何かを説明し、子ども同士の会話を短縮するとともに、先生を伝承と現実を混同しない、冷静で科学的な位相に存在するものとして際立たせているといえよう。

三、アニメ「風の又三郎」――風を動かす

「風の又三郎」と題されるだけあり、この作品の主役は「風」であるといっても過言ではない。物語は冒頭の「どっどどどどうど　どどうど　どどう、」（第一一巻、本文篇、一七二頁）と

いう強い風の音で始まり、次の場面では「さわやかな九月一日の朝でした。青ぞらで風がどうと鳴り　日光は運動場いっぱいでした。」（第一一巻、本文篇、一七二頁）とある。作品中にはしばしば「どう」と強烈な風が吹き付けているのである。賢治作品の「注文の多い料理店」では「風がどうと吹いてきて、草はざわざわ、木の葉はかさかさ、木はごとんごとんと鳴りました。」（第一二巻、本文篇、二九頁）のような場面を転換させる風がオノマトペを用いて表現されている。

高田三郎が登場するシーンでは、「そのとき風がどうと吹いて来て教室のガラス戸はみんながたがた鳴り、学校のうしろの山の萱や栗の木はみんな変に青じろくなってゆれ、教室のなかのこどもは何だかにやっとわらってすこしうごいたやうでした。」（第一一巻、本文篇、一七四頁）とある。さらに又三郎がいなくなる際も、「風がまたどうと吹いて来て窓ガラスをがたがた云はせうしろの山の萱をだんだん上流の方へ青じろく波だてゝ行きました。」（第一一巻、本文篇、一七五頁）とある。どこからともなく吹き付けてくる風の強さ、恐ろしさ、異様さと、転校生三郎の異様さは関連しており、ここで風は非日常の世界が開いたことを明示する表現である。

この「どう」というオノマトペからは様々なイメージが想起される。この言語芸術によって喚起される異様な風のイメージを、位相の異なる視覚芸術ではどのように表現するのだろうか。イメージを喚起する「ことば」を映像として示すことは、イメージの具体化・限定を伴う。同時に、「ことば」から生じたイメージの中からどのイメージを受け取り、表現しようと考えるのか、再創造者の解釈が提示されるものとなる。

アニメ「風の又三郎」の前に作られた実写映画では風はどのように表現されているのだろうか。島耕二監督版では、外の木々の大きな揺れ、黒板消しの落下、子どもの捕まえて来た蛙の落下、というように様々な場面を用意して、風の強さを表現している。村山新治監督版でも、やはり木々の大きな揺れによって強風を示している。伊藤俊也監督版では、強風が吹き、ガラスを震わすにとどまっている。

では恐ろしさも伴う強く異様な風、「どう」や「がたがた」というオノマトペで示される風の様子を、アニメ「風の又三郎」はどのように表現するのだろうか。

冒頭の「どっどどどどうど」という強い風の音は歌として歌われる。次に高田三郎が登場する「どうと鳴」る風のシーンでは、風が「どう」と吹くと、突然場面が暗くなり、小学校の正方形の格子に区切られたガラス窓の格子の一つ一つが交互にピカピカと光る（四分三三秒）。この交互に明滅するガラス窓によって風の動きとその「異様」さを表現しているのである。

さらに原作「風の又三郎」では「「さうだ、ありや。あそごのガラスもぶっかしたぞ。」／「そ〔だ〕ないでぁ。あいづぁ休み前に嘉一石ぶっつけだのだな。」」（第一二巻、本文篇、一七五頁）と嘉一の壊したとされるガラスとそれをめぐるやり取りも、実写版の三作品、山田裕城監督のアニメ版では削除されてしまっている。しかし、アニメ「風の又三郎」では、以前に嘉一が壊し、補修した部分が、高田三郎の登場とともに起った風によって、再度割れるという描写が存在する（四分四四秒）。アニメでは時間的制約で様々なシーンを削除する一方で、風の異様さを窓の明滅という象徴により表現し、同時に、実写や他のアニメでは省かれた風によってもたらされたガラスの破損を視覚的に表現する。これは風によってもたらされた一瞬の異世界を視覚的描写を加えてより豊かに表現することに成功しているといえるのではないか。

アニメ「風の又三郎」は原作を基本的には踏襲するものの、登場人物像や、さいかち淵のエピソードが省かれているなど、様々な差異がある。一方で、又三郎の飛翔という点、風という実写では映像化しにくい、目には見えないものに重点を置いて視覚的表現を加えている。アニメ「風の又三郎」では、幻想的な風の様子・飛翔する又三郎と馬、というイメージを提示した点で、原作の世界観を拡張し、世界観をどこまでも作りこめるというアニメーションの特性を生かした独自の表現を行っているということが出来る。

四、イーハトヴを動かす

登場人物の造形のみではなく、イーハトヴという世界観、独特なオノマトペを使用した表現をどのように再創造するのか、ここに宮沢賢治作品をアニメ化する際の特徴と挑戦があろう。

宮沢賢治作品は、登場人物の容姿や心情のみならず、その背後にある世界観、特にオノマトペや音の宝庫である。宮沢賢治の作品世界を味わうということは、作品の登場人物以外に、その世界観、例えばオノマトペで表現された風などを味わうということであり、それは人間中心ではなくその周辺・背景を重視する視点の獲得につながるのである。

アニメ「風の又三郎」の風に見られる宮沢賢治作品のオノマトペや音の映像化はアニメ化の新しい可能性であり、宮沢賢治作品の世界観が今後どのように再創造されていくのか、注目したい。

注

（1）草稿のタイトルはすべて「風野又三郎」であるが、証言・慣用・本文中の表記により「の」を使用する。（『新校本宮澤賢治全集』第一一巻、校異篇、筑摩書房、一九九六年一月、二三八頁参照）

（2）「創53・54・56　歌稿B第一葉余白メモ」（『新校本宮澤賢治全集』第一三巻、（下）、本文篇、筑摩書房、一九九七年一一月、三三〇～三三一頁）

（3）「沢里武治あて封書、一九三一年八月一八日」（『新校本宮澤賢治全集』第一五巻、本文篇、筑摩書房、一九九五年一二月、三七六頁）

（4）「研究ノート　宮沢賢治『風の又三郎』の場所」（『明星大学研究紀要―教育学部』創刊号、二

〇一一年三月、一三七〜一三九頁）

第二節 「注文の多い料理店」の絵本化に関する三つの考察
——不確定箇所の再創造を中心として

一、「注文の多い料理店」の絵本化

『イーハトヴ童話 注文の多い料理店』は、一九二四年一二月一日に杜陵出版部、東京光原社から刊行された、宮沢賢治の生前唯一の童話集である。「注文の多い料理店」はその表題作であり、「初版本目次」にはその成立年月日が「一九二一・一一・一〇」と記されている。[1] また、「広告ちらし」には「注文の多い料理店」の概要とモチーフについて、「二人の青年神士《ママ》が猟に出て路を迷ひ「注文の多い料理店」に入りその途方もない経営者から却つて注文されてゐたはなし。糧に乏しい村のこどもらが都会文明と放恣な階級とに対する止むに止まれない反感です。」(第一二巻、校異篇、一一〜一二頁)とある。

現在まで「注文の多い料理店」は、漫画・アニメ・教材・絵本と様々なメディアで受容されている。原子朗は宮沢賢治作品の多様な受容の状況を踏まえ、その受容のあり方を「異本作業」と定義した上で、「真の転義の可能性は、とらえがたい原義との格闘によって生まれる」[2]とした。受容の中でも、宮沢賢治作品の画像化について論じた笹本純は絵本化について「既存テクストに基づく絵本制作は一種の解釈・批評の営み」[3]であるとする。

原や笹本が述べるように、宮沢賢治作品の絵本化は、明らかに新たな解釈・批評の作業であり、再創造である。本節では、宮沢賢治作品の絵本化を、原作（本節では『新校本宮澤賢治全集』に収録された「注文の多い料理店」を底本とする）に新しい解釈がなされ差異が生まれる再創造としてとらえ、どのような解釈・批評が行われたのか、そして、その解釈・批評から再度宮沢賢治作品を考察する方法で論を進めていく。

論の前提となる「注文の多い料理店」の絵本化の全体像であるが、絵本化された作品は二四冊（出版社の異なる同一内容の絵本をカウントしない場合は二一冊・二〇二一年三月末日まで）である。[4]二四冊の始まりは朝倉摂『注文の多い料理店』（講談社、一九七一年）であり、その後様々な出版社、様々な画家によって絵本版「注文の多い料理店」が刊行されている。数多く出版されている宮沢賢治作品の絵本の中でも、「注文の多い料理店」は、「どんぐりと山猫」「セロ弾きのゴーシュ」などと並び、数多くの絵本化がなされている作品である。次に二四冊を年代順に挙げる。

朝倉摂（講談社、一九七二）／武井武雄（『宮沢賢治童話集1　オッペルと象・注文の多い料理店』中央公論社、一九七二）／朝倉摂（講談社、一九七八　新装版）／小沢良吉（チャイルド本社、一九八二）／島田睦子（偕成社、一九八四）／三浦幸子（福武書店、一九八四）／池田浩彰（講談社、一九八五）／スズキコージ（三起商行、一九八七）／おぼまこと（世界文化社、一九八八）／小林敏也（パロル舎、一九八九）／宮本忠夫（チャイルド本社、一九八九）／本橋英正（源流社、一九八九）／森本三郎（たくみ書房、一九八九）／坪田譲治作、黒井健絵・宮沢賢治作、杉浦範茂絵『きつねとぶどう・注文のおおい料理店』（講談社、一九九〇）／飯野和好（くもん出版、一九九二）／佐藤国男（大日本図書、一九九三）／長谷川知子（岩崎書店、一九九五）／天沢退二郎・司修（ラボ教育センター、一九九八）／和田誠（岩崎書店、二〇〇四）／本間ちひろ（にっけん教育出版社、二〇〇六）／宮本忠夫（ひさかたチャイルド、二〇〇七）／たなかしんすけ・あらいあすか（河出書房新社、二〇〇九）／佐藤国男（子どもの未来社、二〇一〇）／いもとようこ（金の星社、二〇一八）

「注文の多い料理店」の絵本化に関する先行研究では、まずは塚本美智子の試みが挙げられる。塚本は著作権の保護期間が終了した一九八四年以降の「注文の多い料理店」の絵本（挿絵入り作品も含む）一〇冊をテキストとして、小学生と国語教育担当者にアンケートを行い、子どもと大人における絵本「注文の多い料理店」の受容の差異と、時代の変遷にたえうる「注文の多い料理店」の比喩の分析を行った。(5)

つぎに陳瀅如は絵本版「注文の多い料理店」を主に画法・構図から考察した。この考察では、台湾の絵本も三冊紹介しており、資料としての価値が高い。(6) ただし、日本で出版された「注文の多い料理店」の絵本は一三冊となっており、本節ではさらに一一冊を加え二四冊と考える。また、陳瀅如論は絵本の画法や構図からの考察が主であり、「注文の多い料理店」の作品論と画像との関連の中で絵本と宮沢賢治作品を論じるという点でやや不十分であり、本節では考察の中でこの点を埋めていきたい。

本節では、「注文の多い料理店」を原作とした絵本二四冊の中で、「注文の多い料理店」の「空白」（語られていない、もしくは不確定で、読者に多義的な解釈を想像させる箇所(7)）に深く関わる三作品を中心に考察する。その三作品、朝倉摂『注文の多い料理店』（講談社、一九七八年）、島田睦子『注文の多い料理店』（偕成社、一九八四年）、スズキコージ『注文の多い料理店』（三起商行、一九八七年）を対象として、「注文の多い料理店」の絵本化を具体的に考察していく。その他の作品についても必要に応じて触れる。

また、考察の中では、原作「注文の多い料理店」の挿絵にも必要に応じて触れていきたい。『イーハトヴ童話　注文の多い料理店』そのものにも、宮沢賢治と長期間にわたり交流のあった菊池武雄による挿絵があり、「注文の多い料理店」にも扉絵と一枚の挿絵が入っている。天沢退二郎は菊池武雄の挿絵について「賢治童話挿絵史上もっとも初期のものでありながら、今にいたるまでその最良のものの一つでありつづけているといって過言ではないだろう。」[8]とする。この挿絵の存在が後の絵本化に影響を与えていることは疑う余地がないため、この挿絵との関連に関しても考察を加えたい。

二、「注文の多い料理店」の絵本化から見えるもの
――作品の「空白」をどう埋めるか

「注文の多い料理店」はいくつかの謎を抱えた作品である。その中でも本節では、後半部分の以下の三つのシーンの謎について考えたい。第一に死んだはずの犬が生き返り紳士たちを助けるシーン、第二に人物描写としてすべてを剝ぎ取られ恐怖にさらされた紳士たちの「くしゃくしゃの紙屑」（第一二巻、本文篇、三六頁）のような顔とはどのようなものなのか、第三に背景描写として幻想世界から現実世界へ還った後に残されていたものについて、それぞれ絵本化によってどのような解釈が行われたのか考察したい。

笹本純は宮沢賢治が書いたテクストでは「キャラクターや事物の外観・属性について具体的な描写、説明がほとんどなく、それがいかなるものであるかについては、読者の想像に委ねられるという場合が多い」[9]として、画像化されたキャラクターのイメージの分析を行った。上記に挙げた三つのシーンも、いずれも非常に視覚的な表現でありながら、原作「注文の多い料理店」では具体的な事物の詳細については触れられていないため、不確定な箇所が多く、その解釈は読者に任されている。再創造の余地の大きい「空白」として存在しているのである。

三、白熊のやうな犬の復活・山猫のいる部屋へ

第一に考察するのは、死んだはずの「白熊のやうな犬」が復活して山猫に食べられそうになる紳士たちを助けるシーンである。冒頭で「あんまり山が物凄いので、その白熊のやうな犬が、二疋いつしよにめまひを起して、しばらく吠つて、それから泡を吐いて死んでしまひました。」（第一二巻、本文篇、二八頁）として死んだはずの犬は、紳士たちが山猫に料理されそうになった時、「うしろからいきなり」「扉をつきやぶつて室の中にとびこんできました。」とあり、さらにうなって、しばらく部屋の中をまわった後、「「わん。」と高く吠えて、いきなり次の扉にとびつきました。戸はがたりとひらき、犬どもは吸い込まれるやうに飛んで行きました。」（第一二巻、本文篇、三六頁）とある。死んだはずの犬が突然登場することで、ストーリーが急

激に変化する作品中、もっとも動きのあるシーンである。

恩田逸夫は「注文の多い料理店」の構図を大きくまとめ、「現実―幻想―現実」三層で把握しようと試みており、犬の復活の場面については「幻想の山猫に襲いかかるのですから、これも半分は幻想です[10]」とする。幻想と現実の移行は風を目印とし「風がどうと吹いてきて、草はざわざわ、木の葉はかさかさ、木はごとんごとんと鳴りました。」（第一二巻、本文篇、二九頁）という一文が前半部分と後半部分に二度繰り返され、この風を挟んで「現実―幻想―現実」の移行が行われるのである[11]。

「白熊のやうな犬」は現実と幻想世界を行き来出来る存在としてとらえられる。これが以降の研究史において、犬の死と復活をめぐる基本的な読みとなる。

まずは、朝倉摂版からみていきたい。朝倉摂版の最終頁の「白熊のやうな犬」の顔だけが宙に浮いている絵は原作「注文の多い料理店」の菊池武雄の扉絵の影響を強く受けていることが分かる。しかし、その他のシーンでは菊池

菊池武雄『注文の多い料理店』扉絵
杜陵出版部・東京光原社、1924年12月

武雄の扉絵・挿絵から遠く離れているように思われる。

　朝倉摂版には犬が飛び込んでくるシーンは描かれていない。だが、山猫のいる部屋に飛び込んでいく「白熊のやうな犬」の後ろ姿が描かれている。まっくらな幻想世界に飛び込む犬と異世界の不安な情景をコントラストのある画像によって表現している。日本画を学び、「舞台美術は、絵画と全く異なったものとは私には思えない[12]。」と舞台美術を研究し、様々な方面で活躍した朝倉摂らしく、画面いっぱいに大きな扉が設けられ、そこに二匹の犬が飛び込んでいくという奥行きのある構図がとられているのが特徴的である。

　スズキコージ版では、扉に原作にはない川の流れる鬱蒼とした森と、その森の木の枝にとま

『注文の多い料理店』宮沢賢治、朝倉摂、講談社、1978年1月、36〜37頁

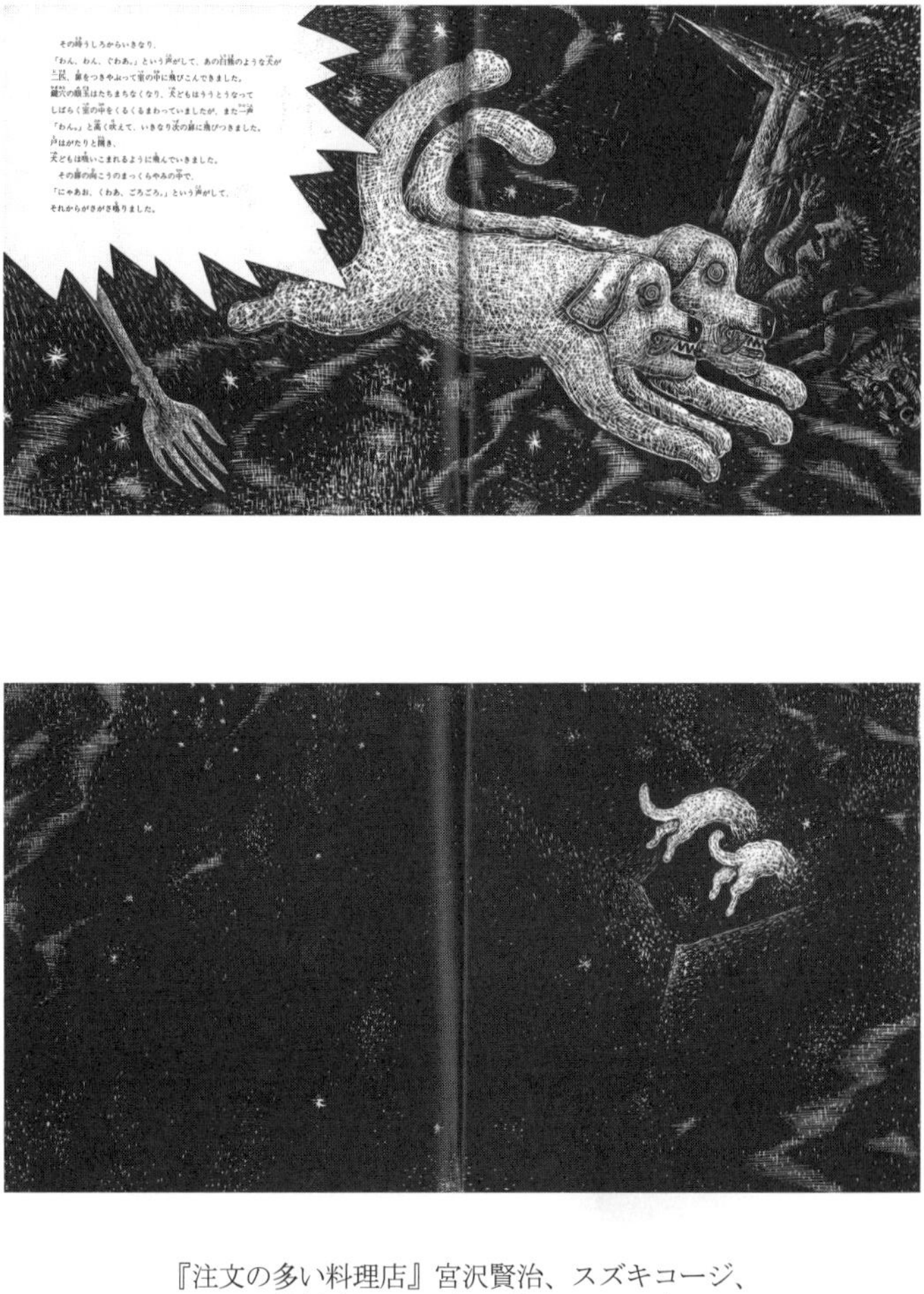

『注文の多い料理店』宮沢賢治、スズキコージ、
三起商行、1987年11月、32～35頁

り、こちらに向いてウィンクをする梟が描かれている。これから二人が森、梟に代表される「闇」の世界へ入っていくことが暗示されている。

ここに掲げたのは犬が復活し、部屋に飛び込んでくる場面である。スズキコージ版では四頁を使ってこのシーンが描かれている。特にスズキコージ版で印象深いのは、二匹の犬が山猫に襲い掛かる場面である。ここでは紳士たちのいた部屋があたかも宇宙空間のように変質し、さらに星までがちりばめられている。絵本ならではの見開きの効果を最大限に利用し、『イーハトヴ童話　注文の多い料理店』の舞台であるイーハトヴの幻想世界を描いている。この星をちりばめたような幻想世界を中心に描いている点に、朝倉摂と同じ幻想世界を描きながらもスズキコージ版の独自性があるといえよう。[13] なお、四頁を使用して、犬の登場と次の戸への突入を描く試みは、小林敏也（パロル舎、一九八九年）においても行われている。

島田睦子版では、犬が後ろの扉をつきやぶって、「ううとうなってしばらく室の中をくるくる廻つてゐましたが、また一声／「わん。」と高く吠えて、いきなり次の戸に飛びつきました。」（第一二巻、本文篇、三六頁）という一連のシーンを、見開きの効果を使い、右ページから左ページへと白熊のような犬が一気に移動する動きのあるシーンとして表現している。ここでは、絵巻や絵本にしばしば用いられる構図法である「異時同図」、時間的にズレのある場面を一画面の中に展開させ、その画面を見ることによって事の成りゆきを理解出来るように描かれたもの[14]

が効果的に使用されている。

右ページでは「白熊のやうな犬」を前面から描き、左ページではその後ろ姿を描くことで、犬が「しばらく室の中をくるくる廻つて」いたという時間の経過をカットする代わりに、犬が飛び込んできて、そして次の戸に移るという非常に激しい動きを視覚化しえているのである。

絵本の見開きを使用し「異時同図」の構図法により、犬の激しい動きを示すという方法は、池田浩彰（講談社、一九八五年）や本橋英正（源流社、一九八九年）、杉浦範茂（講談社、一九九〇年）、佐藤国男（子どもの未来社、二〇一〇年）においても試みられている。

「白熊のやうな犬」の復活のシーンは、幻想から現実への移行の始まりでもあり、また犬が後ろから飛び込み、次の戸に突入するというダイナミックな

『注文の多い料理店』宮沢賢治、島田睦子、偕成社、1984年6月、30〜31頁

シーンであることから、画家の想像力が発揮される場面であるといえる。一方、原作のこのシーンの語りは、あくまで三人称で客観的に犬の動きを追っているのみである。犬の表情や具体的な動きは読者に任されている。犬の動きや表情、特に時間の経過をカットした「異時同図」の使用はこの原作の「空白」から生まれた再創造といえよう。

四、「くしやくしや」の顔とは

第二に、紳士たちの描写である。山猫に早くいらっしゃいと脅された二人の紳士は、「二人はあんまり心を痛めたために、顔がまるでくしやくしやの紙屑のやうに」（第一二巻、本文篇、三六頁）なり、「しかし、さつき一ぺん紙くづのやうになつた二人の顔だけは、東京へ帰つても、お湯にはいつても、もうもとのとほりになほりませんでした。」（第一二巻、本文篇、三七頁）という描写で閉じられる。そもそも、この「くしやくしやの紙屑」のような、とはどのような状態なのだろうか。それは、顔に寄ったしわなのか、生気がない様なのか、「くしやくしや」は表面的なものなのか、それとも内面が紙屑のようなのか、この場面も原作「注文の多い料理店」の不確定な「空白」である。

恩田逸夫は「注文の多い料理店」のこのシーンに関して、「〈大自然〉から人間が投げつけられた〈注文〉の真実さと迫力と恐怖とは二人にとって、けっして忘れることのできない強い印象を刻みつけた、という意味」(15)と述べる。恩田のこの解説は首肯出来るが、やはり「くしやくしやの紙屑」の正体は不明のままである。では、この「空白」について、絵本はどのように表現するのであろうか。

朝倉摂版では、紳士たちの顔には多くのしわが描かれる。紳士たちにどれほどの恐怖が与えられたかも明確であり、一気に歳をとってしまったように見える「若い紳士たち」の顔が危機的な状況を伝えてくるのである。

同じくしわを描く島田睦子版では、文章の切り取り方に特徴がある。島田版は「しかし、さつき一ぺん紙くづのやうになつた二人の顔だけは、東京へ帰つても、お湯にはいつても、もうもとのとほりになほりませんでした。」という原作の最後の二行のみを意図的に切り取り頁の

『注文の多い料理店』宮沢賢治、朝倉摂、講談社、1978年12月、34〜35頁

真ん中に配することで、二人に起きた出来事をまるで怪談のオチのように印象付けている。さらに画像では、追い打ちをかけるように、顔中にしわが寄っている紳士たちが、東京の街の中で、人々に奇異の眼で見られながら苦悶の表情を浮かべて仕事をする様子が描かれている。島田版の解釈は原作の切り取りにより紳士達の味わった恐怖の印象を強めている。さらに晒し者にされる紳士達を全面に押し出すことで、紳士達の顔に刻まれた、「注文の多い料理店」で味わった恐怖の強さとその後の生活の困難を描写し、紳士たちの罪が「刻印」のように描かれ、いかに重いものであるかを印象付けているといえよう。この点に関して塚本美智子は「島田の描く顔で都会に戻り、いつも通りに働かねばならないとしたら、そのことにより恐怖を覚えるのは大人であろう。」とする。(16) 塚本

しかし、さっき一ぺん紙くずのようになった二人の顔だけは、東京に帰っても、お湯に入っても、もうもとのとおりになおりませんでした。

『注文の多い料理店』宮沢賢治、島田睦子、偕成社、1984年6月、34～35頁

の述べるように紳士たちの都会での生活を描くことで、原作の「空白」にある一つの可能性、その後の生活の困難や他者の視線の恐怖、恥といった要素を増加させて表現しているといえよう。この島田版から原作を逆照射するならば、なおらない「くしやくしや」の顔は他人から見られることへの恐怖を象徴した表現だといえよう。

永田桂子は「名作絵本・童話絵本」の項目で「著作権の継承が整っている作品では、文章に変更が加えられることはない[17]」として宮沢賢治作品の例を挙げる。確かに原作の文字については現代仮名遣いになっている程度の変更しかされてはいないものの、島田睦子版のように、文章の切り取り方によって新たな解釈を加えることが出来る。これも絵本ならではの再創造といえよう。

同様に顔にしわを描くものとして、小沢良吉（チャイルド本社、一九八二年）、おぼまこと（世界文化社、一九八八年）、本橋英正（源流社、一九八九年）、がある。

スズキコージ版では、奥付の上部にお風呂に浸かる二人の顔がある。二人の顔に明確な皺はない。

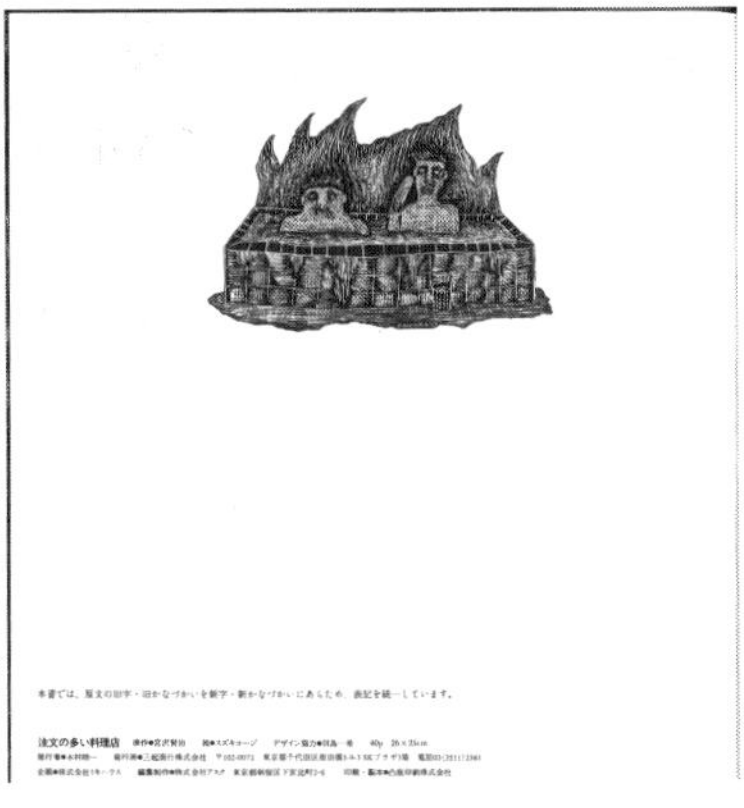

スズキコージ『注文の多い料理店』奥付
三起商行、1987年11月

ただし口がややへの字になっており、それで顔の変化を示しているといえる。それまで様々な表情を見せていた紳士たちの口は、現実に戻った時からへの字口となり変わらない。山猫に紳士たちが脅された際の描写も紳士の手がタコのように変形し、泪で小さな池ができているなど、二人の様子などにはかなり遊びのある試みである。ラストのシーンに関しては朝倉摂版や島田睦子版に比較して穏やかな表現となっており、はっきりとしわを描く朝倉摂、島田睦子版と対照的である。ここからするならば紳士たちにとって幻想空間での体験はさほどのものではなかったという解釈も成り立つ。直接的に顔のしわを描かない表現としては、スズキコージ版同様への字口で表す宮本忠夫（ひさかたチャイルド、二〇〇七年）が挙げられる。

賢治作品を徹底的に分析した上で「画本」化している小林敏也は「この本は注文の多い画本ですので(18)」として、実際に読者が紙を切り抜き、くしゃくしゃにして紳士たちの顔を作り出すというユニークな試みを行っている。

「くしやくしやの紙屑のやうな」という比喩表現に対して絵本では、表面的に顔にしわを入れるか、口を曲げるなどして内面の苦しい様子を示す、もしくは苦しみの表現はしない、など多様な試みが行われていることが分かった。この「くしやくしや」のシーンの「空白」は絵本化において多様な読みを引き出しているといえよう。なかでも島田睦子版の試みでは、最後の一文を切り取り恐怖を増す。さらにその後の紳士たちの東京での生活を描き、読者に想像させ

しかし、さっき一ぺん紙くずのようになった二人の顔だけは、東京に帰っても、お湯にはいっても、もうもとのとおりになおりませんでした。
44

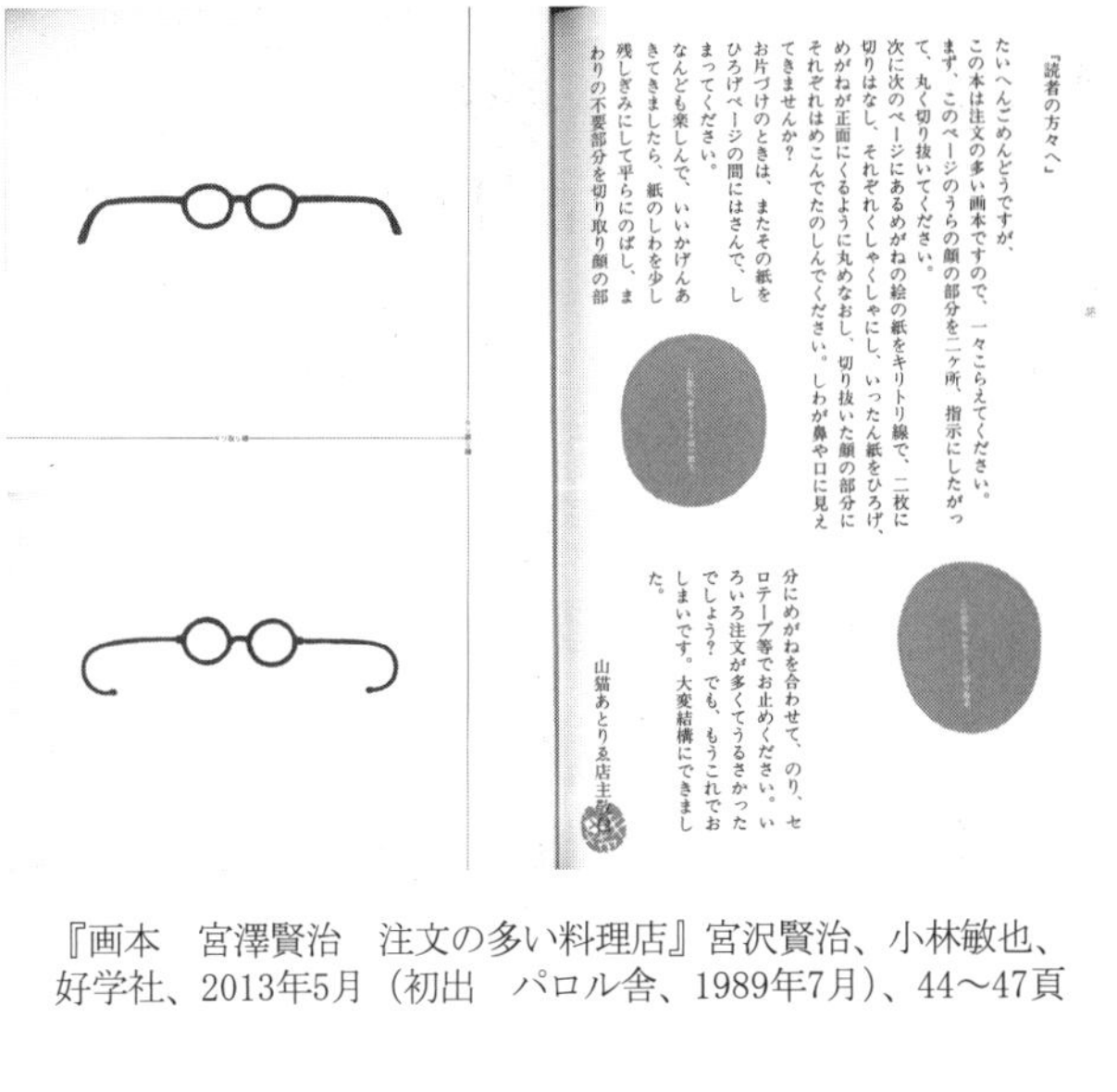
『読者の方々へ』

たいへんごめんどうですが、
この本は注文の多い画本ですので、一々こらえてください。

まず、このページのうらの顔の部分を二ヶ所、指示にしたがって、丸く切り抜いてください。

次に次のページにあるめがねの絵の紙をキリトリ線で、二枚に切りはなし、それぞれくしゃくしゃにし、いったん紙をひろげ、めがねが正面にくるように丸めなおし、切り抜いた顔の部分にそれぞれはめこんでたのしんでください。しわが鼻や口に見えてきませんか？

お片づけのときは、またその紙をひろげページの間にはさんで、しまってください。

なんども楽しんで、いいかげんあきてきましたら、紙のしわを少し残しぎみにして平らにのばし、まわりの不要部分を切り取り顔の部分にめがねを合わせて、のり、セロテープ等でお止めください。いろいろ注文が多くてうるさかったでしょう？　でも、もうこれでおしまいです。大変結構にできました。

山猫あとりゑ店主

『画本　宮澤賢治　注文の多い料理店』宮沢賢治、小林敏也、好学社、2013年5月（初出　パロル舎、1989年7月）、44〜47頁

ることによって、山の中だけではなく、都会の生活という別の世界に及ぶまで、表現の幅を広げることが可能となっているのである。

島田睦子版の「注文の多い料理店」の「くしやくしやの顔」の再創造からは、他者の命を遊びで奪うことが消えない刻印ともなりうるという罪深さを読み解くことが出来るだろう。

五、鉄砲と弾丸は紳士たちに戻されたのか

第三に考えたいのは、「白熊のやうな犬」が山猫を追い払い、紳士たちが「注文の多い料理店」の幻想から現実の世界に戻った際の描写についてである。

原作では「見ると、上着や靴や財布やネクタイピンは、あつちの枝にぶらさがつたり、こつちの根もとにちらばつたりしてゐます。」（第一二巻、本文篇、三七頁）とある。ここで注目したいのは、紳士たちが幻想世界である「注文の多い料理店」で騙されて置いてきたもの「すべて」がちらばっているものとして書かれている訳ではないということである。特に紳士たちが持っていた、「黒い台」の上に置いた鉄砲と弾丸（その他にも眼鏡やカフスボタン）がその場にあったのかどうかは書かれていない。もちろん原作のラストの一行、「しかし、さつき一ぺん紙くずのようになつた二人の顔だけは、東京に帰つても、お湯にはひつても、もうもとのとほりになおりませんでした。」とあることからするならば元に戻らなかったのは「顔だけ」であると解

釈できる。しかし「だけ」をそれと限る、〜に限り、の意でとらえ、また顔以外はお金で後日購入可能だということを考慮するならば、紳士たちの「くしやくしや」の顔に限りどうしても戻らなかったと解釈され、やはり鉄砲と弾丸が現実世界に戻って来たのかどうかは、解釈の余地を残すといえよう。つまりこの点も原作「注文の多い料理店」の不確定な箇所、「空白」である。筆者はやはりあえて鉄砲と弾丸の存在はぼかされているという可能性を考えたい。そのことによって、山猫が紳士たちを料理する試みは「白熊のやうな犬」の復活によって挫折するものの、紳士たちの武器であり、山猫や鹿などの山の生き物たちにとって危険である鉄砲と弾丸は、山猫もしくは別の存在、例えば山それ自体により奪い去られた可能性が残されるのである(19)。では、この場面は絵本化の中でどのように表現されたのだろうか。

島田睦子版においては、二丁の鉄砲は木に引っ掛かったり地面置かれたりしており、弾丸の二つの束、さらにメガネや鍵類などの金物類も木にぶら下がっている。紳士たちの持ち物はすべて戻って来たようである。

スズキコージ版では、鉄砲、外套や眼鏡、ブーツなどは画面全体に散乱している。スズキコージ版は表紙でまず紳士たちが幻想から現実世界へ移った際の物の散らばるシーンを描いており、はっきりと鉄砲が描かれている。やはりあくまで幻想空間からすべてが戻ったという解釈を提示しているといえよう。

その他、池田浩彰（講談社、一九八五年）、小林敏也（パロル舎、一九八九年）、本橋英正（源流社、一九八九年）、本間ちひろ（にっけん教育出版社、二〇〇六年）、宮本忠夫（ひさかたチャイルド、二〇〇七年）、佐藤国男（子どもの未来社、二〇一〇年）においても鉄砲が幻想から戻って来たものとして描かれている。

一方、朝倉摂版ではこのシーンには鉄砲・弾丸は描かれておらず、上着と靴と財布が散乱し、さらに幻想世界の部屋で外し、金庫に入れたメガネが木に引っ掛かっている。ネクタイピンとカフスボタンは草の中だろうか。この画像では眼鏡は加えられて、ネクタイピンとカフスボタンは見当たらないものの、基本的に原作に描写されている物だけが戻って来た物として描かれている。このイメージは原作に非常に忠実であるといえると同時に、鉄砲や弾丸がないことを明確に示しているようである。

『注文の多い料理店』表紙、宮沢賢治、スズキコージ、三起商行、1987年11月

朝倉摂版をみるならば、山猫たちもしくは別の存在は紳士たちの武器である鉄砲と弾丸を奪うということに成功している可能性が浮かんでくる。実際に紳士たちの武器を奪うことは、遊

びで命を奪う紳士たちへの懲らしめが、まずは恐怖で顔を「くしやくしや」にし、さらに鉄砲と弾丸を奪うことで完了したことを示すのではないだろうか。

同様に、鉄砲や弾丸が存在していないことを描いた絵本としては、小沢良吉（チャイルド本社、一九八二年）、おぼまこと『注文の多い料理店』（世界文化社、一九八八年）、和田誠（岩崎書店、二〇〇四年）が挙げられる。また、三浦幸子『注文の多い料理店』（福武書店、一九八四年）では、着替えのシーンが描かれるのみで鉄砲や弾丸は見られない。

朝倉摂版・スズキコージ版・島田睦子版に代表されるように、幻想から現実へ移った際に何が残されたのかという点においても大きく差異が出ていることが分かる。この差異は、原作

『注文の多い料理店』宮沢賢治、朝倉摂、講談社、1978年1月、38〜39頁

「注文の多い料理店」の解釈にも大きく関わる点だといえるだろう。逆にこれは、原作「注文の多い料理店」の多義的な描写をよく示している例だといえる。

六、絵本という再創造からみえてくるもの

本節では、三冊の絵本を軸としながら「注文の多い料理店」後半部分の場面として、まず、死んだはずの犬が生き返ったシーンについて考察した。このシーンでは、異世界を闇として描くか否かにも差異があり、また見開きによって動きを作り出す「異時同画」という絵本の特徴が最大限に生かされていた。「白熊やうな犬」の不可解な動きを絵本作家はそれぞれの解釈によって、絵本の特徴的な画法を生かして表現したといえよう。

人物描写としてすべてを剝ぎ取られ恐怖にさらされた紳士たちの「くしやくしや」の顔に関しては、それを外面的な変化のみととらえるのか、むしろ内面的なものだととらえるか、解釈に幅が見られた。また、島田睦子版に見られるように、紳士たちのその後を考えるという試みも行われていた。絵本の再創造の範囲が原作の山奥を離れて東京の生活を描くに至るまで広がっていることが分かる。

島田睦子版の再創造からは、他者の命を遊びで奪うことが消えない刻印ともなりうるという殺すことの罪深さを読み解くことが出来るだろう。多様な解釈が出来ることを前提とした上で

筆者はこの解釈を支持したい。

背景描写として幻想のあとに残されていたものについて、絵本化によってどのような解釈が行われたのか、であるが、絵本において鉄砲と弾丸を描くのかという点に、差異が見られた。

「注文の多い料理店」は、山猫たちの仕掛けた「注文」、まさしく多義的な注文を勝手に解釈することで、紳士たちが悲惨な目に落ちていくことを読者も同時に味わいながら読むことが出来る。と同時に、今まで考察した絵本化という再創造によって分かるように、山猫たちの仕掛けた「注文」と同様の多義性が作品中に多数仕掛けられており、読者それぞれの多義的な解釈を引き出すようになっている。

逆にいえば、「注文の多い料理店」の絵本を読むということは、差異のある画家の解釈を読むことであり、さらに絵本を読む主体の解釈が逆照射され、時には破壊され、また別の解釈を生み続けるという解釈の連鎖が発生する体験でもあるのである。

注

（1）『注文の多い料理店』刊行の一年前、一九二三年一二月の書名案は『山男の四月』であった。（恩田逸夫『宮沢賢治論3　童話研究・他』東京書籍、一九八一年一〇月、二七頁）

（2）原子朗「賢治・その受容と研究の歴史」（三木卓他『群像　日本の作家12　宮澤賢治』小学館、

一九九〇年一〇月、三九〇頁）・原子朗「賢治受容の現在」（『國文學　解釈と教材の研究』第三四巻第一四号、學燈社、一九八九年一二月、六～八頁）

（3）笹本純「宮澤賢治の童話を原作とする絵本におけるイメージの画像化――言語表現に基づく画像形成としての絵本制作の研究」（『絵本学』No.8、絵本学会、二〇〇六年三月、三一頁）

（4）宮沢賢治の絵本化全体は、藤倉恵一「「宮沢賢治絵本リスト」とその作成――手法と考察」（中川素子・大島丈志編『絵本で読みとく宮沢賢治』水声社、二〇一三年一〇月、二四一～二六〇頁）参照。

（5）塚本美智子「『注文の多い料理店』の受容とイラストレーションに関する一考察――一九八三年以降――」（『言語表現研究』第一七号、兵庫教育大学言語表現学会、二〇〇一年三月、三〇～四〇頁）。なお塚本は島田版の「顔」を大人の恐怖とする。本節ではより強い刻印と考える。

（6）陳瀅如「「注文の多い料理店」の絵本化に見る異本作業」（『白百合女子大学児童文化研究センター研究論文集　15』白百合女子大学児童文化研究センター、二〇一二年三月、一〇〇～一一二頁）

（7）「空白」に関しては、本書「序」注13を参照。

（8）天沢退二郎「賢治童話の挿絵・絵本はどのように可能か」（『絵本』第五巻第九号、すばる書房、一九七七年七月、一三頁）

（9）注3同論、三二頁

（10）注1同書、七二頁（初出「宮澤賢治――『雪渡り』と『注文の多い料理店』」（『児童文芸』第二四巻第一一号、日本児童文芸家協会、一九七八年九月）。なお、「注文の多い料理店」には秋枝美保によるテクスト評釈（「注文の多い料理店」『國文學　解釈と教材の研究』第三一巻第六号臨時号、學燈社、一九八六年五月）があり参照した。
(11) 注1同書、七二頁
(12) 朝倉摂『舞台空間のすべて』ＰＡＲＣＯ出版局、一九八六年一一月、六頁
(13) 陳瀅如はこの表現に触れ、「「まっくらやみ」は賢治の空想の世界「銀河鉄道の夜」の星座を表しているかのようである」とする。（注6同書、一一四頁）
(14) 松本猛『絵本論――新しい芸術表現の可能性を求めて』岩崎書店、一九八二年二月、一一三頁
(15) 注1同書、七三〜七四頁
(16) 注5同論、三七頁
(17) 永田桂子「名作絵本・童話絵本」（『絵本の事典』朝倉書店、二〇一一年一一月、三一三頁）
(18) 小林敏也『画本　宮澤賢治　注文の多い料理店』パロル舎、一九八九年七月、四六頁
(19) 作品終結部に関しては、続橋達雄「賢治童話『注文の多い料理店』の一考察」（『野州國文學』第二二号、國學院大學栃木短期大學國文學會、一九七八年一〇月）により「聴耳草紙」八五番「狐の話」のなかの「死人の番」その他の影響が指摘されている。「注文の多い料理店」の背景に伝承が流れていることは肯定するが、本節ではより具体的に何が戻って来なかったのかという点を考えたい。

第三節　「ものがたり」から生まれる絵本
――宮沢賢治「なめとこ山の熊」を軸として

一、原作と絵本

原作の「ものがたり」に絵をつける行為は、原作を分かりやすく説明する挿絵や、原作の文章が主体の「絵童話」としても存在している。

それとは異なり、絵本は、絵と文字という異なるメディアが矛盾をはらみながら、互いに相手を必要とし、相互に浸食し、協力しながら「ものがたり」を紡いでいく。

原作のある作品の絵本化に際しては、挿絵や「絵物語」以上に、絵と言葉が互いに浸食し、時に重複し、協力するというスリリングな関係となる。すでに原作者が亡くなっている場合は不可能だが、作家と画家が同時にスタートして一つの絵本をつくるケースとしては古田足日・

田畑精一『おしいれのぼうけん』（童心社、一九七四年）などが挙げられよう。

いわさきちひろは「童画とわたし」の中で、「わたしのすきな童話というのは、あくまでも自分の絵に都合よくできているものばかりである。詩のようにことばの短く、うつくしく、いろいろなことを思いうかべることができる、そんなものがすきである」[1]と述べている。ここから、画家の自らの絵を最大限に活かそうとする意志をうかがうことができよう。著名な作家の原作の絵本化は、まずは、画家にとって矛盾を含んだ挑戦といえよう。

また右のように語るいわさきちひろが宮沢賢治作品を『花の童話集』（童心社、一九六九年）として絵本化し、本章第四節にて言及する小川未明『赤い蝋燭と人魚』（童心社、一九七五年）の絵本の製作途中で亡くなったことは、いわさきちひろという画家が「空白」の多い作品を好んだという意味で興味深い。著名な児童文学の理論書『子どもと文学』（中央公論社、一九六〇年）において、否定的にとらえられた小川未明と肯定的にとらえられた宮沢賢治の両者に関していわさきちひろが「詩のように」として画家の考える「空白」の大きさに言及している点は児童文学史の文脈で注目すべき点であるが、本節では絵本化の問題をとらえる。

著名な作家の原作のある「ものがたり」の絵本化は、単に挑戦という一言では片付けられない様々なバージョンがある。

宮沢賢治原作の「なめとこ山の熊」を一例として使用しながら、原作の絵本化の問題、絵と言葉の問題を考えてみたい。

まずは、絵が原作に忠実でありながらも、絵を原作と等価にしようと苦戦した絵本化を、次に原作を原典としながらそれを批評的に超える絵本化を考えていきたい。

この考察は宮沢賢治作品にとどまらず、著名な作家による原作の「ものがたり」の絵本化を考えることと接続するだろう。

二、「なめとこ山の熊」の絵本化について

「なめとこ山の熊」は、現在、高等学校の教科書教材として定番であり、賢治作品の中でもよく知られた作品である。賢治の生前未発表の作品であり、用紙・筆記用具が自作農青年の苦悩を描いた「〔或る農学生の日誌〕」と共通することから、一九二七年以降に執筆されたと推定されている。

「なめとこ山の熊」の主人公淵沢小十郎は、熊が憎いわけではない。畑は無く、木は政府のものとなり、仕方なく熊を撃つ猟をしている。そんな小十郎も熊に打たれ死ぬ。

小十郎の死は、他の生物を食べて生きねばならないことに絶望したよだか（「よだかの星」）の、理想とも逃避とも絶望ともとれる死との関連で語られることも多い。続橋達雄は「賢治文学において「よだかの星」から「なめとこ山の熊」へは重い課題の一つ。(2)」としている。

従来、他の生物の命を奪わなければ生きて行けない生命の苦しみ、生きとし生けるものの「宿業」を描いた作品としての読みが多くなされてきた。

「なめとこ山の熊」は、二〇二一年三月末日までで九冊の絵本が刊行されている。(3)「注文の多い料理店」(二四冊)や「どんぐりと山猫」(二四冊)には及ばないものの、賢治の生前発表作品「氷河鼠の毛皮」の絵本化が二冊であることから考えても、比較的、多く絵本化がなされている作品だといえよう。

「なめとこ山の熊」の絵本化については、まず、物語前半の小十郎による熊殺しと熊の解体のシーンの絵本化に注目したい。ここでは、語り手が「それからあとの景色は僕は大きらいだ。」(第一〇巻、本文篇、二六六頁)と独白する。語り手が嫌いだとして語るのを放棄した「ものがたり」の「空白」を絵本はどのように語るのだろうか。

次に、作品終結部の小十郎が熊に打たれて死ぬラストシーンに着目してみたい。このシーンでは小十郎の心象風景が描かれている。心象風景はどのように絵本化されるのか。

三、それからあとの景色は僕は大きらいだ

では、原作の語り手が嫌うシーンをどう描くか。まずは、作品の該当部分を以下に挙げる。

それから小十郎はふところからとぎすまされた小刀を出して熊の〔顎〕のとこから胸から腹へかけて皮をすうっと裂いて行くのだった。それからあとの景色は僕は大きらいだ。けれどもとにかくおしまひ小十郎がまっ赤な熊の胆をせなかの木のひつに入れて血で毛がぼとぼと房になった毛皮を谷であらってくるくるまるめせなかにしょって自分もぐんなりしたふうで谷を下って行くことだけはたしかなのだ。

（第一〇巻、本文篇、二六六頁）

小十郎による熊の解体という衝撃的な場面を語る際、語り手が突如自らの心情を激しく主張するシーンである。「なめとこ山の熊」の絵本でも、熊の解体そのものや毛皮を洗うシーンを描いたものはほとんどなく、小十郎に襲いかかる熊、撃たれて血を吐いて倒れている熊、山を下りる小十郎と飼い犬を描くものが多い。

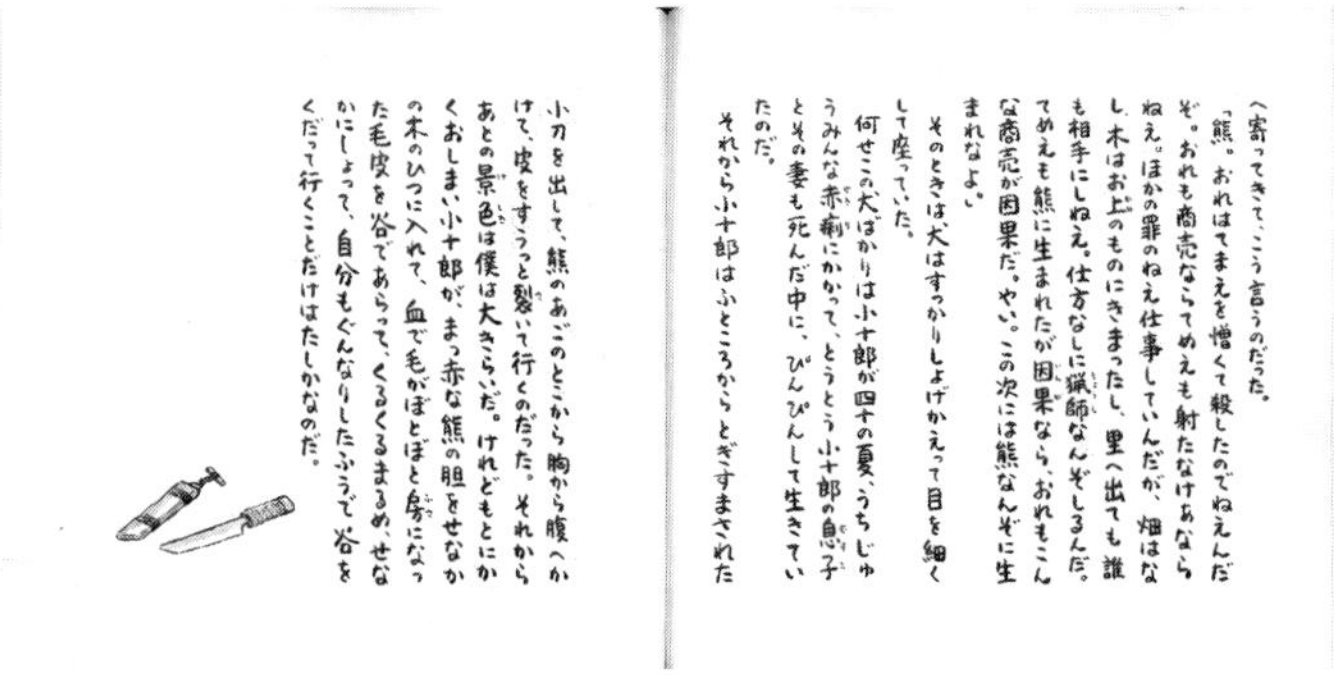
へ寄ってきて、こう言うのだった。

「熊。おれはてまえを憎くて殺したのでねえんだぞ。おれも商売ならてめえも射たなけあならねえ。ほかの罪のねえ仕事していんだが、畑はなし、木はお上のものにきまったし、里へ出ても誰も相手にしねえ。仕方なしに猟師なんぞしるんだ。てめえも熊に生まれたが因果なら、おれもこんな商売が因果だ。やい。この次には熊なんぞに生まれなよ。」

そのときは、犬はすっかりしょげかえって目を細くして座っていた。

何せこの犬ばかりは小十郎が四十の夏、うちじゅうみんな赤痢にかかって、とうとう小十郎の息子とその妻も死んだ中に、ぴんぴんして生きていたのだ。

それから小十郎はふところからとぎすまされた
小刀を出して、熊のあごのとこから胸から腹へかけて、皮をすうっと裂いて行くのだった。それからあとの景色は僕は大きらいだ。けれどもともとにかくおしまい小十郎が、まっ赤な熊の胆をせなかの木のひつに入れて、血で毛がぼとぼと房になった毛皮を谷であらって、くるくるまるめ、せなかにしょって、自分もぐんなりしたふうで谷をくだって行くことだけはたしかなのだ。


『なめとこ山の熊』宮沢賢治、本橋英正、草思社、1985年7月、12〜13頁

その中で、本橋英正版では、解体は描かないものの、小刀と小刀のさやが小さなカットとして描かれている。抜かれた小刀が小十郎の作業を暗示するカットである。

玉井司版（リブロポート、一九八九年）では、目を瞑って左手で熊に祈りながら、右手で小刀を出してこれから熊を解体する小十郎を描く。語り手の「僕は大きらいだ」を反映させながらどのように表現するかを苦心した結果だと考えられる。

一方このシーンの絵本化で原作との差異の大きい特徴的な表現を行っているのは、あべ弘士版（三起商行、二〇〇七年）である。

あべは二〇一五年には賢治の詩「旭川。」に「新たに創作を加え」（奥付上部、作者による解説）て、『宮沢賢治「旭川。」より』（ＢＬ出版、二〇一五年）という絵本を刊行している。賢治の詩の絵本化では、「雨ニモマケズ」は三冊あるものの、他の詩はほとんど絵本化されていない。その中で、詩「旭川。」の絵本化は賢治の詩と絵本との可能性を考える上で大変興味深い。

この『宮沢賢治「旭川。」より』は、詩「旭川。」を原作としながらも、原作の詩は裏表紙の見返しに掲載するのみであり、タイトルを変更し、文章自体も原作から発想した、あべのオリジナルであり、特に作品の後半部分では大幅に自らの創作の文章を加えて絵本化している点に注目したい。これは、詩「旭川。」の絵本化という行為を超え、詩「旭川。」を原典として使用した新たな絵本の創作であり、主題やスタイルを使用したパスティーシュ、差異があり批評的距離を置いた再創造の試みであるといえよう。

この原作から飛躍する創作のスタイルは、あべ弘士版「なめとこ山の熊」においても使用されている。あべ版については、編集者・松田素子の言及を以下に引用する。

『なめとこ山の熊』の画家あべ弘士さんの場合。最初のラフでは原文通りに、血の滴る熊の解体だった絵が、最終的には、オオコノハズクという鳥がその足にがっしりと鼠を捕らえた姿が前面に大きく描かれ、解体のシーンはなくなりました。これは決して逃げではありません。むしろ〝生き物は、他の命を喰らって生きるのだ〟という、その否も応もない事実を強烈に照らし出し、賢治が作品の奥底に秘めたことを汲み取り、昇華させた絵だと私は思います。(4)

あべ版では、語り手が「僕は大きらいだ」とする小十郎による熊の解体の表現を描かず、オオコノハズクが鼠を捕えた様子で画面の約半分を占め、小十郎と犬は遠景に小さく影のように描かれている。原作には存在しないオオコノハズクの捕食こそがメインとなっているのである。これは、松田の述べるように他の命を取って生きる生き物の業を暗示し、絵が原作を大きく超えた「ものがたり」を語っているといえる。

オオコノハズクはフクロウ目フクロウ科の鳥であり、フクロウ科の鳥が小動物を捕るという表現は、他の賢治作品、「かしわばやしの夜」「二十六夜」にもある。両作品ともフクロウの捕食を描くことで、生き物が生きるためには他の命を奪うことは仕方のないことではあるものの、それは生き物の「業」の象徴として、抑制すべきもの、苦しみとして描かれている。

　あべ版の、熊の解体を描かず、オオコノハズクの捕食を前面に描く試みは、絵が原作の奥底に流れるテーマを汲み取り表現すると同時に、宮沢賢治の他作品をイメージさせ、他の作品へと「なめとこ山の熊」を接続していく。宮沢賢治作品を読んだことのある読者ならば、あべ版を読み、「かしわばやしの夜」や「二十六夜」といった作品を想起し、それぞれの作品の底に流れるものや相違点を考えることが出来る。絵本による原作の新しい解釈を生み、さらに他の作品との接続

そのときは犬もすっかりしょげかえって眼を細くして座っていた。
何せこの犬ばかりは小十郎が四十の夏うち中みんな赤痢にかかってとうとう小十郎の息子とその妻も死んだ中にぴんぴんして生きていたのだ。
それから小十郎はふところからとぎすまされた小刀を出して熊の顎のとこから胸から腹へかけて皮をすうっと裂いて行くのだった。それからあとの景色は僕は大きらいだ。けれどもとにかくおしまい小十郎がまっ赤な熊の胆をせなかの木のひつに入れて血で毛がぼとぼと房になった毛皮を谷であらってくるくるまるめせなかにしょって自分もぐんなりした風で谷を下って行くことだけはたしかなのだ。

『なめとこ山の熊』宮沢賢治、あべ弘士、三起商行、2007年10月、14〜15頁

を読者に想起させる一例である。

再創造から「なめとこ山の熊」に戻るならば、「なめとこ山の熊」のこの場面からは、語り手は大嫌いだと言いつつ、生命が生命を殺して生きていることを認めざるを得ないのであり、生物の生存のための殺害の肯定と切なさ、かつ、それは生命の生存の基盤となっていることを忌避しつつ理解している点が読み取れるだろう。

四、「なめとこ山の熊」ラストシーンから考える絵本化

「なめとこ山の熊」では、作品終結部で、長年熊を狩ってきた小十郎が、熊に殺される。熊に打たれた小十郎は、意識が遠のく中、青い星を見る体験をする。以下に該当のシーンを引用する。

もうおれは死んだと小十郎は思った。そしてちらちらちらちら青い星のやうな光がそこらいちめんに見えた。
「これが死んだしるしだ。死ぬとき見る火だ。熊ども、ゆるせよ。」と小十郎は思った。
それからあとの小十郎の心持はもう私にはわからない。

（第一〇巻、本文篇、二七一～二七二頁）

この後、語り手は、山の上の平らな場所に熊たちが環になって集まって雪にひれ伏し、一番高いところに小十郎の死骸が半分座ったように置かれている様子を描く。死んで凍えた小十郎の顔は「何か笑ってゐるやうにさへ見えた」（第一〇巻、本文篇、二七二頁）と記述される。

このラストシーンは多くの問題を提示しており、現在まで様々な研究が積み重ねられてきた。その流れをすべて紹介することはしないが、例えば、中路正恒は、小十郎は熊から崇敬されている存在であると考察し、殺生をして生きざるを得ない小十郎となめとこ山の熊との関係について以下のように言及している。

共に、悪因の結果として、この世に侮蔑され、もしくは罪ある存在として生きているという因果論的な平等感は、熊たちにも理解されていると考えられる。（中略）世間から侮蔑される者同士の親密感が、すべての存在を、衆生として、平等に見る仏教の輪廻の思想によって裏付けられているのである。(5)

その上で中路は、猟師に捕えられた動物が、殺され、食されることで、人や天の身の中に宿り、やがてその宿主とともに仏果（仏教の修業を積むことで得られる成仏という結果）を得る、という「諏訪の勘文」の思想を賢治が知っていたとし、熊たちは小十郎に殺されることで、単なる犠牲者ではなく、仏果を得ることが出来るがゆえに、小十郎を優れた清い存在として崇敬していたとする（ただし、小十郎は毛皮と胆を持ち帰るのみで、食されることで仏果を得る「諏訪の勘文」との関係は拡大解釈と留保している）。

では、この作品のラストシーンを画家はどのように描いたのだろうか。

・本橋版（草思社、一九八五年）の試み

本橋英正は、原作に忠実であろうとする苦悩を、以下のように語っている。

> いざこれを画面に定着させようとすると、まるで似ても似つかぬものが出来上がってしまうのである。あるいはこれは文学上のリアリズムと絵画上のリアリズムの相違によるのかも知れない。文章から受けるイメージはいくら鮮明でもそれは心理的、抽象的なものであるのに対し、絵画は具体的な形でそれを示さなければならないから描けば描くほど違ってくるのは当然である。さらに絵画の個性（画風）がその異和感を増幅させてしまう。（中略）自分自身のために、自分自身の絵を描くしか道はなさそうだ。(6)

本橋が述べるように、文字で書かれた心象に浮かんだ風景を、絵画によって具体的なイメージにすることは答えのない試みであり、違和感を伴うものであろうし、矛盾したり場合によっては多様なイメージを限定することにもつながってしまう危険性をはらんでいる。

　これは賢治作品に限らず、原作の絵本化の際に多く起ることといえるだろう。

　そのような困難を覚悟の上で行われたのが本橋の「なめとこ山の熊」の絵本化である。本橋は、絵本化にあたって、まず墨を使用し、原作の文字をすべて手書きで書いている。そのことによって、原作の内容は変更されないものの、活字に比べ柔らかさと素朴さの伝わる文字を作り出している。画家による「活字」への挑戦の一つのケースとして注目したい。

　小十郎が心の中で見た「青い星のやうな光」に関して、本橋版では、うす墨によって画面一面に描かれている。

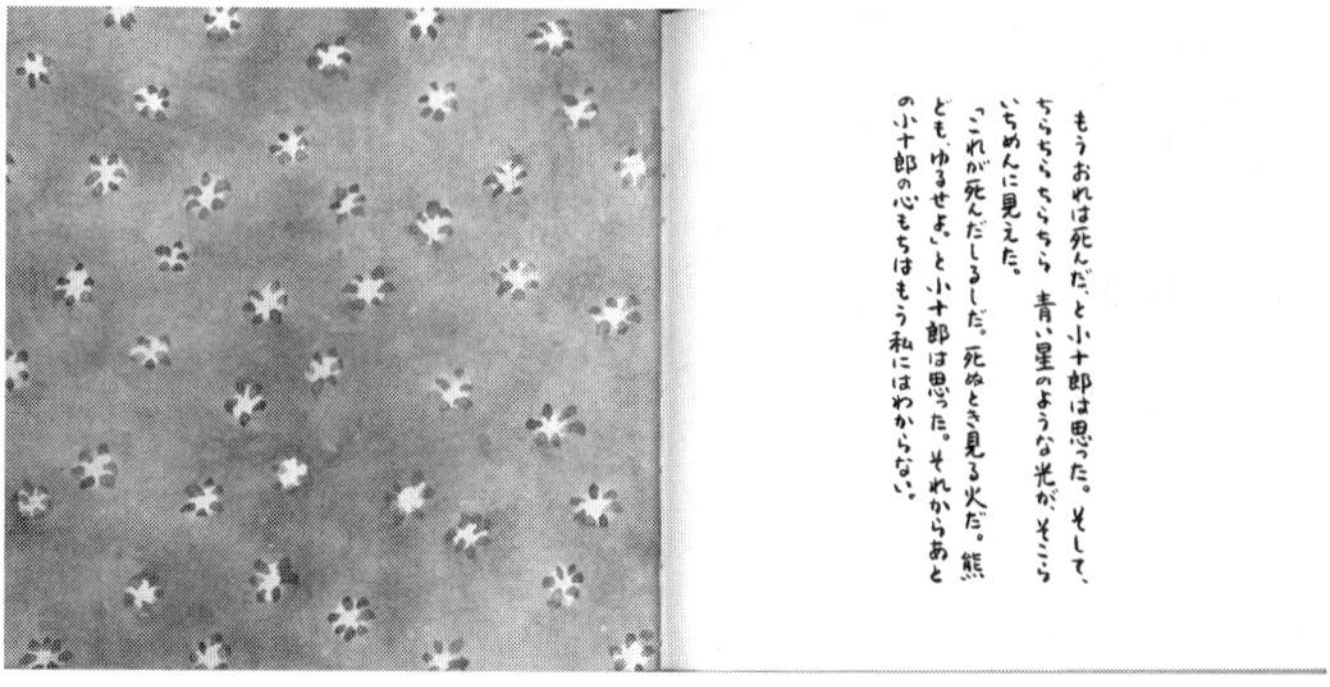
もうおれは死んだ、と小十郎は思った。そして、
ちらちらちらちら　青い星のような光が、そこら
いちめんに見えた。
「これが死んだしるしだ。死ぬとき見る火だ。熊
ども、ゆるせよ。」と小十郎は思った。それからあと
の小十郎の心もちはもう私にはわからない。

『なめとこ山の熊』宮沢賢治、本橋英正、草思社、1985年7月、42～43頁

ちらちらちらちら瞬いている光を表現するために、濃淡を使いながらいくつもの小さな光が描かれているのが特徴的である。本橋の試みは、原作で小十郎の心が見た光を、つまり死後の世界のイメージを画家が理解し、それを独自に具体化し、表現しようとしたものであるといえるだろう。

ラストシーンの絵本化に関して本橋は以下のようにその制作過程を表現している。

> 熊どもが小十郎の死骸をとり囲んでひれ伏している宇宙的な光景を、私はたしかにこの目で見ている、いや見たような気がしている。その印象と感動とを私はどうしても表現してみたかった。(7)

本橋版では、熊たちが小十郎を囲んでひれ伏しているシーンを斜め上から見下ろすように描いている。ここに

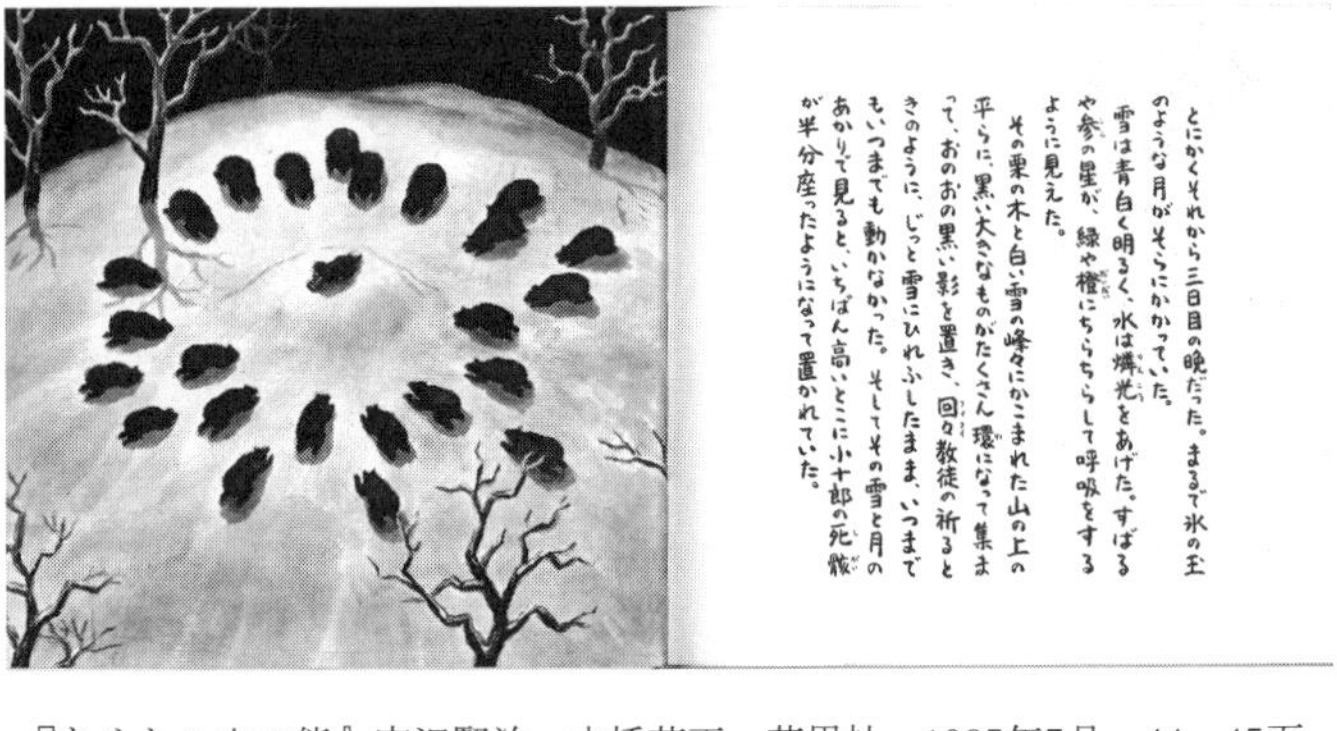
とにかくそれから三日目の晩だった。まるで氷の玉のような月がそらにかかっていた。
雪は青白く明るく、水は燐光をあげた。すばるや参の星が、緑や橙にちらちらして呼吸をするように見えた。
その栗の木と白い雪の峰々にかこまれた山の上の平らに、黒い大きなものがたくさん環になって集まって、おのおの黒い影を置き、回々教徒の祈るときのように、じっと雪にひれふしたまま、いつまでもいつまでも動かなかった。そしてその雪と月のあかりで見ると、いちばん高いとこに小十郎の死骸が半分座ったようになって置かれていた。

『なめとこ山の熊』宮沢賢治、本橋英正、草思社、1985年7月、44〜45頁

原作との間で葛藤し、自らのイメージを最大限に生かそうとする批評性を持った画家の主張を見ることが出来よう。

・彦一彦版（福武書店、一九九二年）の試み

彦版の「なめとこ山の熊」の特徴は、原作からの飛躍にある。小十郎が熊に倒された際にみた「青い星のやうな光」に関しては、彦版は背景に輝く細かな星があり、画面右上方から赤・青・橙・黄の色の葉と実が星空に散らばり流れる空間を描いている。前述した本橋版が星のちらちらちらちら光る様子を、画家のイメージしたものをできるだけ忠実に描こうと葛藤したのに対して、彦版では、星の光以外に、原作にはない、流れて光る、植物の葉と実を描いている。星に満ちた空間に、葉が散り、実が描かれることは、飛躍を恐れずにいえば、まるですべての生きとし生けるものが流転する「宇宙」そのものを表現しているかのようである。

この「青い星のやうな光」に関しては、それが小十郎の心象の風景であることからも、正解は決められない。他の絵本化を見てみると、榛葉莟子版（冨山房、一九八四年）では、青い星空に白い星の光が瞬き、大きな流れ星が画面上から下に向かって流れている。また、組み木絵という独自の手法で絵本化した中村道雄版（偕成社、一九八六年）では樹木の年輪のような抽象的な光が描かれている。木の文様が、抽象的な心象の世界を良く表現している。

彦版の試みは、光を描くことを超えて、葉と実の絵によって死んだ時に見る世界を描き出そうとする試みである。原作には描かれていない要素であるものの、その絵の世界は死んだ時に見る世界の静謐さと豊潤さを絵によって物語っている。画家による飛躍した「ものがたり」が豊かに表現されているのである。

ここは、原作の「なめとこ山の熊」を逆照射するならば仏教の輪廻転生が基盤となっている。死者がどこに行くかということは大乗仏教では輪廻転生の観点でとらえるわけだが、前述の次の世界へ行くまでの空間を視覚化する試みがなされているといえよう。

さらに彦版の飛躍のある解釈は、熊たちが環になって小十郎を囲むラストシーンにも存分に表現されている。彦版以外の絵本には、熊の環の形や、どの角度で、どこまでその環に接近して描くかは多様ではあるものの、雪山の上で小十郎を囲む熊が描かれていた。彦版は、この従来の描き方を逸脱しているのである。

彦版では、ラストシーンの絵は、青い険しく尖ったなめとこ山と、山頂近くから流れる滝、なめとこ山の背後の赤い月を描くのみである。さらに物語の終わった裏表紙の見返しには、雲間から遠景としてなめとこ山そのものを描いている。小十郎が熊たちに囲まれているシーンは描かないのである。

このように絵が原作から離れて別のイメージを物語ることは、絵本化の一つのあり方としてとても興味深い。文章がラストシーンを語る中で、彦版はより遠景を絵によって物語る。そのことによってラストシーンの熊と小十郎のやり取りを読者の想像に任せると同時に、この物語が「なめとこ山」という場の物語であったことを主張する。なめとこ山の上の平らな部分で行われている、熊と小十郎の交流が、おいそれとは近づき映像化することの出来ない、静謐で厳粛な場であることも暗示しているのではないだろうか。

また、多くの絵本が表紙に小十郎や熊を描く中、彦版は雲海の上に少しだけ覗いているなめとこ山を描くのみである。彦版は表紙に雲海に浮かぶなめとこ山を、裏表紙、見返しになめとこ山の遠景を描き、小十郎と熊のいた場を、遠景の風景描写で包むことで、小十郎と熊の出来事を大きな世界の中の一つの出来事としている。彦版の絵本化は無常ともいえる生き物の世界を俯瞰して見る視点を提示している点で、パロディ（「批評的距離を置いた反復」[8]）による世界観の表現といえよう。

五、「ものがたり」から生まれる絵本の成熟

ここまでは、絵本化の試みを、原作の「空白」や心象の風景を、いかにイメージとして具体化するかの挑戦、原作をいかに超えるかの挑戦、という視座からその試みの一端を具体的に考察した。

あべ版や彦版の原作を超える試みは、今後の原作の絵本化の多様な方向性を示していよう。本章第四節で述べる、小川未明「赤い蝋燭と人魚」の絵本化である高村木綿子版（架空社、二〇一二年）においても絵が原作のラストシーンを塗り替えるような「ものがたり」を語っていた。

さらに、あべ弘士の『宮沢賢治「旭川。」より』は、原作の詩そのものも改変していく、非常に自由度の高い絵本化の試みとして、今後の原作のある「ものがたり」の絵本化の一つの方向性を示すものとなるのかもしれない。

この動きは原作の著作権の有無とも関係があるだろう。賢治作品は一九八三年一二月三一日に、未明作品は二〇一一年一二月三一日に著作権が切れた。寮美千子は賢治作品に関して著作権が切れた後の絵本の増加を指摘する(9)（「作品が後世に読まれるためにすべきこと」『詩と思想』二〇〇八年五月）。数えると賢治童話二九五件（二〇一一年一二月まで）の中で、一九八四年以降に出された作品は二六八（再刊も含む）件、実に約九割は著作権の切れた一九八四年以降に刊行されている。一九八四年以降の膨大な絵本化、一つの作品に何冊もの絵本が出るという絵本化の「成熟」の中で、差異化が進み、原作を超える絵本が生まれたといえるのではないか。

原作の絵本化は今後ますます新たな「ものがたり」を紡いでいくのではないだろうか。絵と言葉、画家と原作との葛藤と再創造の広がりの先に何があるのか、注目していきたい。

注

（1）『ラブレター』講談社、二〇〇四年一〇月、二二六頁

（2）佐藤泰正編『宮沢賢治必携　別冊國文學　No.6』學燈社、一九八〇年五月、一三六頁

（3）藤倉恵一「「宮沢賢治絵本リスト」とその作成――手法と考察」（中川素子・大島丈志編『絵本で読みとく宮沢賢治』水声社、二〇一三年一〇月、二五七頁）参照。

（4）『絵本BOOK END』絵本学会、二〇一四年一〇月、五四頁

（5）『なめとこ山の熊』：最後のシーンの小十郎と熊」（『宮沢賢治研究Annual』第一九号、宮沢賢治学会イーハトーブセンター、二〇〇九年三月、一四九頁）

（6）「賢治童話を描いて」（『教育じほう』五一四、東京都新教育研究会、一九九〇年一一月、五～六頁）

（7）注6同論、七頁

（8）リンダ・ハッチオン、辻麻子訳『パロディの理論』未来社、一九九三年三月、一六頁（原著一九八五年）

（9）注3に掲げた藤倉恵一「「宮沢賢治絵本リスト」とその生成――手法と考察」（二〇一二年一二月三一日まで）のデータ二四七件にその後の二〇二一年一二月三一日までの四八件を加えた数。なお、二〇一三年～二〇二一年までの画家・タイトル・発行年は以下の通り。

二〇一三年　園英俊『グスコーブドリの伝記』書肆パンセ／吉田佳広『文字の絵本　風の又三郎』偕成社／降矢なな『黄いろのトマト』三起商行／金井一郎『銀河鉄道の夜』三

起商行
二〇一四年　藤城清治『画本　風の又三郎』講談社／司修『《絵本》銀河鉄道の夜』偕成社／大橋和夫『雪渡り』／植垣歩子『猫の事務所』三起商行
二〇一五年　植田真『セロ弾きのゴーシュ』あすなろ書房／小林敏也『画本　宮澤賢治　蛙の消滅　蛙のゴム靴初期形』好学社（再刊）／小林敏也『土神と狐』好学社（再刊）／大橋和夫『鳥の北斗七星』／田原田鶴子『童話絵本　宮沢賢治やまなし』小学館／畑中純『どんぐりと山猫　木版画』蒼天社／こしだミカ『カイロ団長』三起商行／出久根育『ひのきとひなげし』三起商行／小林敏也『画本　宮澤賢治　銀河鉄道の夜』好学社（再刊）／松成真理子『雨ニモマケズ』あすなろ書房／junaida『イーハトーボ　02』サンリード
二〇一六年　小林敏也『画本　宮澤賢治　シグナルとシグナレス』好学社（再刊）／小林敏也『画本　宮澤賢治　ざしき童子のはなし』好学社／大橋和夫『宮沢賢治詩集』／nakaban『フランドン農学校の豚』三起商行／柚木沙弥郎『雨ニモマケズ』三起商行／佐藤国男『版画絵本　宮沢賢治　セロ弾きのゴーシュ』子どもの未来社
二〇一七年　小林敏也『画本　宮澤賢治　猫の事務所』好学社（再刊）／佐藤国男『版画絵本　宮沢賢治』子どもの未来社／佐藤国男『版画絵本　宮沢賢治　雪渡り』子どもの未来社／いもとようこ『どんぐりと山猫』金の星社／おくはらゆめ『貝の火』三起商行／岡田千晶『ざしき童子のはなし』三起商行
二〇一八年　いもとようこ『注文の多い料理店』金の星社／大橋和夫『宮沢賢治詩集』／浅野薫『やまなし』文芸社／ミロコマチコ『鹿踊りのはじまり』三起商行／塩川いづみ

『Spring&Asura 春と修羅』torch press／毛毛龍『セロ弾きのゴーシュ』文芸社

二〇一九年　ゆみちゃん『猫の事務所』on the wind／ゆみちゃん『どんぐりとやまねこ』on the wind／陣崎草子『おきなぐさ』三起商行／やぎたみこ『風の又三郎』三起商行

二〇二〇年　浅野薫『注文の多い料理店』文芸社／みやこしあきこ『ポラーノの広場』三起商行／吉田尚令『鳥箱先生とフゥねずみ』三起商行

二〇二一年　浅野薫『よだかの星』文芸社／浅野薫『宮沢賢治の2つのお話　黒ぶどう・みじかい木ぺん』文芸社／スズキコージ『北守将軍と三人兄弟の医者』三起商行／山口マオ『シグナルとシグナレス』三起商行

第四節　小川未明「赤い蝋燭と人魚」の絵本化の地平

はじめに

一般に良く知られた童話を絵本化することは、アンデルセン、宮沢賢治など数多くの作家の作品でなされている。この原作の絵本化について生田美秋は宮沢賢治やアンデルセンの作品を例としながら「これらの絵本の原作は長年読み親しまれてきたもので、読み手の側に、ある種のイメージが作られているため、画家にとって絵本化は原作の深い読みが求められる難しい作業となる。」(1)と述べる。

この試みの一つに、小川未明「赤い蝋燭と人魚」の絵本化が挙げられる。この「赤い蝋燭と人魚」に関して、関口安義はその絵画性について触れ、「未明は絵画に特別の関心を持っており、絵画的手法による創作をめざしていた」とし、未明の「動く絵と新しき夢幻」（『夜の街にて』岡村盛花堂、一九一四年）と題されたエッセイを取り上げ、時間的に人事の変遷を書くのではなく、人事を気持ちで取り扱って色彩的に表現することを未明が新しい文芸の試みとしていたと指摘し、「赤い蝋燭と人魚」は「その実践の一つであった」[2]と述べる。

では、文字による色彩的表現を試みた「赤い蝋燭と人魚」が絵本化されることによって何がどのように再創造されるのか検討していきたい。そしてそれぞれの絵本化の提示する解釈や新たな視点・表現を考察していきたい。そのことは原作「赤い蝋燭と人魚」を逆照射することにもつながるだろう。

なお、「赤い蝋燭と人魚」本文の引用は、『赤い蝋燭と人魚』（天佑社、一九二一年）より行い、漢字は旧字を新字に改め、ルビ・句読点等は適宜修整した。引用の際は、。ページ数のみを示す。

一、「赤い蝋燭と人魚」の書誌情報と作家の周辺

「赤い蝋燭と人魚」は、一九二一年二月一六日～二〇日、『東京朝日新聞』（夕刊、岡本一平挿絵）に掲載された。『東京朝日新聞』に掲載されたことは、読者対象として子どものみではなく大人も想定されていたと推測される。その後未明の四番目の童話集『赤い蝋燭と人魚』に表題作として収録された。

「赤い蝋燭と人魚」は、哀感を持って幻想的な美の世界を描いた点で小川未明の代表作とされている。人間の善意を信じて娘を人間界に託す母親の人魚に対して、香具師のたくらみと、不幸から自らを守ろうとするため娘を売る老夫婦のエゴイズムと物欲によって、人魚の娘が裏切られていく。その過程を通じて、子ども労働とエゴイズムに満ちた人間社会への強い批判を行った作品である。

「赤い蝋燭と人魚」の成立には、小川未明の生まれた環境が少なからず関わっている。小川未明（本名・健作）は、一八八二年新潟県高田に生まれた。捨て子扱いをするとよく育つという習俗にならい、三歳になるまで、隣の蝋燭屋夫婦に預けられた。この経験がのちの「赤い蝋燭と人魚」の、蝋燭屋に拾われる人魚の娘の設定に生かされた。ただし、この経験は、自らが小川家の実子であるか「ふっと疑惑を感じたらしい」[3]という出生に関する「寂寥感」へとつながっていく。また、荒れ狂う日本海の海を見た経験と、雪深い「寂寥な」高田地方で過ごしたことが未明の原風景になっている。[4]これは「赤い蝋燭と人魚」の海の描写と重なるだろう。

さらに「赤い蝋燭と人魚」の掲載される一年前、日本社会主義同盟の発起に参加したこともあり、弱者の苛酷な労働に対する批判精神も高まっている時期であったことも作品の成立背景として挙げられる。その他、人魚のモデル等については上笙一郎『未明童話の本質――「赤い蝋燭と人魚」の研究』（勁草書房、一九六六年八月）に詳しい。

二、先行研究と課題

一方、この作品は一九五九年の古田足日の評論を中心として、「近代童話」の象徴として未明の童話に激しい批判がなされた際に代表作として取り上げられた作品でもあった。

古田足日は「さよなら未明——日本近代童話の本質」において、「赤い蝋燭と人魚」を取り上げ、その冒頭の「北方の海」（三頁）や「物凄い波がうね〳〵と動いてゐる」（三頁）などの表現に着目し、「未明童話のことばは、ぼくたちがふつう使う日常のことばとは異質のことばである」[5]とし、終結部の町が亡ぶシーンは「調和のとれた世界」[6]としてその予定調和を批判し、言葉の「原始的」な呪術・呪文としてのあり方、子どもへの訴えかけのない自己完結性を批判した。[7]

鳥越信は、「そのテーマがすべてネガティヴなもの（中略）内包するエネルギーがアクティブな方向へ転化していない点で児童文学として失格である」[8]と述べその思想を批判している。[9]「赤い蝋燭と人魚」の絵本化においては、未明と「赤い蝋燭と人魚」への痛烈な批判が影響する可能性のあることを押さえておきたい。

石井桃子他編『子どもと文学』（中央公論社、一九六〇年）では、いぬい・とみこが「世界の児童文学」の基準である「子どもの文学はおもしろく、はっきりわかりやすく」から外れる作品として小川未明を否定的にとらえ、それと対峙する形で瀬田貞二が宮沢賢治童話を「私たちは、宮沢賢治のかなりたくさんの作品が、正しい意味で、子どものための文学であり、それが大人をさえ楽しませることができたのだと信じます。[10]」と高く評価する。

その理由として、作家の郷土性と教養と宗教を挙げる。同時に子ども達にふさわしいリズムとユーモア、昔話の骨組みが生きた明確な構成、現実の中の真実を空想世界で明確に描いた点を挙げる。

ただし、この『子どもと文学』の小川未明・宮沢賢治作品に適用した「基準」に関しては再考が必要であろう。

神宮輝夫は「わたしは作品の完成度の高さよりまえに、賢治の童話には、子どもの文学としての資格をえたものと資格がないものの二種類があると考えています。[11]」として『子どもと文学』では肯定されていた「銀河鉄道の夜」、「グスコーブドリの伝記」に対しては否定的な見解を示した。同時代の児童文学研究者である鳥越信は「科学の限界を限界としてきちんと描くことを怠り、ひたすら必然性をもたない自己犠牲へと突っ走ったこの作品は、完全な失敗作[12]」として「グスコーブドリの伝記」を評価している。

宮沢賢治作品に「おもしろく、はっきりわかりやすく」「作品構成がしっかりしている」という特徴がどこまで適用できるかは疑問であろう。宮沢賢治作品には『子どもと文学』の求めた散文性や向日性・理想主義・昔話の骨組みの「わかりやすさ」からは外れる面が多くの作品にあるといえよう。

むしろ宮沢賢治・小川未明作品には散文性、「わかりやすさ」から離れる「空白」が大きくあり、またネガティヴな闇もあり、それは特徴でもあり再創造が行われる部分でもある。

そのことは、宮沢賢治作品の絵本化を行い、最晩年に小川未明作品の絵本化を試みたいわさきちひろのあり方が証明していよう。

いわさきちひろによる絵本化に関して、竹迫祐子は、いわさきちひろが宮沢賢治作品の絵本化の後に、小川未明の作品に手を伸ばしたことについて次のように述べている。

> そのちひろが、賢治とともに未明を挙げたことは、誠に興味深い。何故なら、先の批判(先述の古田足日やその後の評論書『子どもと文学』における近代「童話」批判—筆者注)の中で決定的に攻撃されたのが未明なら、新しい時代の児童文学として高い評価を得たのが、新美南吉、千葉省三とともに、宮沢賢治であったのだから。ちひろの芸術家としての厳しくかつ柔らかな感性は、時代の中で若き児童文学者によって二分された評価の対局《ママ》をなすふたりを捉えた。[13]

いわさきちひろ自身は絵本化したい原作について、「詩のようにことばの短く、うつくしく、いろいろなことを思いうかべることができる、そんなものがすきである」[14]としている。いわさきちひろが「赤い蝋燭と人魚」の前に描いた宮沢賢治の作品（『花の童話集』童心社、一九六九年）もまた賢治の詩人としての資質を基盤とし、開かれたメディアである詩の特徴でもある多様な解釈を許すものであった。それは、近代的な合理性やリアリズムから離れているからこその、「空白」といえる。小川未明の「赤い蝋燭と人魚」もまた、「いろいろなことを思いうかべることができる」、つまり読者としての画家が独自の解釈ができる「空白」の部分が大きいがゆえに選ばれたと考えられよう。

『子どもと文学』によって対極とされた宮沢賢治と小川未明作品に共通する、合理的ではない、多義的な「空白」をいわさきちひろは選んだといえよう。

ただし両作家の作品において、その「空白」の内実は異なるだろう。前述してきたように宮沢賢治作品の再創造からは、オノマトペへの挑戦・人間中心ではなく背景（風景）へ・食と殺生の問題・死後の世界といった仏教的世界観への想像力をみることが出来た。

では、いわさきちひろ等の画家は「赤い蝋燭と人魚」においてどのような解釈を行ったのか考察を進める。

三、「赤い蝋燭と人魚」絵本化についての書誌情報

「赤い蝋燭と人魚」の絵本化であるが、管見によれば二〇二三年までに一一冊の絵本が刊行されている。以下に年代順に記載する。なお、小川未明の「赤い蝋燭と人魚」は、初出の『東京朝日新聞』版、童話集『赤い蝋燭と人魚』（天佑社版）、『小川未明童話全集』（二）版で表記に異同がある。主な異同は二章の終わり部分で、『東京朝日新聞』版・天佑社版の「頭髪の色のツヤ〳〵とした」の部分を、「小川未明童話全集」（二）版では「はだの色のうすくれないをした」に変え、漢字を平仮名に変えるといったものである。絵本それぞれでテキストが異なっており、明記されている場合は末尾にそれを付す。

・朝倉摂『日本の名作　赤いろうそくと人魚』講談社、一九七〇年一月
・駒宮録郎「赤いろうそくと人魚」（教育童話研究会編『オールカラー版世界の童話50』小学館、一九七三年一月）
・いわさきちひろ『赤い蝋燭と人魚』童心社、一九七五年六月（未刊の遺作、死後に刊行。「若い人の絵本」シリーズの一冊として企画された。天佑社版）
・深沢邦朗『国際版少年少女世界童話全集　別巻二　赤いろうそくと人魚』小学館、一九八〇

年九月
・宇野亜喜良『赤いろうそくと人魚』サンリオ、一九八八年九月
・永田萌「赤いろうそくと人魚」（『講談社のおはなし童話館一八　ごんぎつね・赤いろうそくと人魚』講談社、一九九一年九月）
・たかしたかこ『赤いろうそくと人魚』偕成社、一九九九年一一月（『定本　小川未明童話全集1』講談社、一九七六年一一月＋『日本幻想文学集成13　小川未明』国書刊行会、一九九二年八月）
・酒井駒子『赤い蝋燭と人魚』偕成社、二〇〇二年一月（天佑社版）
・安西水丸『一年生からよめる日本の名作絵童話1　赤いろうそくと人魚』岩崎書店、二〇一二年一〇月（『日本児童文学大系』ほるぷ版、一九七七年一一月）
・高村木綿子『赤いろうそくと人魚』架空社、二〇一三年一一月
・岡本よしろう『赤い蝋燭と人魚』「小川未明一二冊の本展」Galerie Malle、二〇一五年一二月
なお、未明作品の二〇一二年以降の絵本化に関しては注に掲載する。(15)

四、「赤い蝋燭と人魚」の絵本化の地平

「赤い蝋燭と人魚」の絵本化によって、具体的にどのような再創造が行われたのか、考察のポイントを解釈の幅が大きいと考えられる以下の二点に絞って考えたい。

一つ目は、「赤い蝋燭と人魚」を論じる際にしばしば問題となる作品の後半部分で赤い蝋燭を買いに来た女は何者かという点、二つ目は、作品終結部のふもとの町が亡びるシーンをどのように考え表現するかである。

岡崎直也は「赤い蝋燭と人魚」が近代リアリズムによる合理的な説明を拒むとした上で以下のように述べている。

「色の白い女」は人魚の母と推測されるが、これも断定できない。また、娘が乗せられていた船が暴風雨のため転覆したことも本文中にはないが、人魚の娘が落命したのかも不明だ。[16]

これは、「赤い蝋燭と人魚」の解釈の余地、「空白」の大きさを指摘している。「赤い蝋燭と人魚」では、独自の解釈の可能なところに、画家の再創造、原作との競合・緊張関係が強烈に

反映されると考えられよう。

すべての絵本を扱うことは出来ないため、解釈に特徴のある、たかしたかこ版、酒井駒子版、高村木綿子版、の三冊に絞って考えたい。

四—一、長い黒い頭髪のぬれた女

一つ目は、作品後半部で赤い蝋燭を買いに来た女についてである。この女については、原作では真夜中頃に蝋燭を買いに来た「色の白い」「長い黒い頭髪がびつしよりと水に濡れて月の光に輝いてゐた」（一八頁）と描写されている。そして赤い蝋燭を買う際に払った金は貝殻であった。

高村木綿子版では、赤い蝋燭を買っていった女は肩甲骨の辺りで髪を結い、青い服を着た後ろ姿のみで、それが人魚の娘の母なのか、別の人物なのか判断することは出来ない。この女が誰であるかは、原作同様、読者の想像力に任せているといえよう。

酒井駒子版は、そもそも登場人物として、人魚の母親と人魚の娘しか描かれていない点に特徴がある。香具師も年よりの夫婦も顔は描かず、人魚とそれを取りまく黒を基調とした風景を中心とした点に特徴がある。赤い蝋燭を買いに来た人魚は顔の上半分は見ることが出来ず、何者か特定することは出来ない。髪も栗色であり、母親とも別の人魚とも取れる解釈の余地のある表現となっている。

たかしたかこ版では、上記の二冊の絵本とは異なり、女は正面から描かれている。この絵本では、蝋燭を買いに来たものは母親の人魚とよく似た顔である。後に述べるが、この絵本は終結部の町が亡びるシーンでも、荒れ狂う海のなか、母親が蝋燭をかざして泳いでいるシーンが描かれている。たかしたかこ版では、原作の「空白」を、画家の解釈によって明確に埋めている再創造ということが出来よう。

以上の三冊からは、「赤い蝋燭と人魚」において蝋燭を買いに来る女が何者かについては読者の解釈に任される部分が大きいものの、たかしたかこ版のように、画家の解釈によって母親であるとの答えも出されていたことが分かる。ただこの母親であるとするたかしたかこ版の解釈は逆に読者の読みに違和感を与え、そうすることで新たな解釈の連鎖を引き起こす可能性もある。

四―二、ふもとの町の亡び

二つ目は、ふもとの町が亡びる点を含めラストシーンをどのように描くかである。

たかしたかこ版では、荒れる海で赤いろうそくをかざす人魚の母親と思わる人魚が描かれる。たかしたかこ版は、表紙も人間世界のことを空想する母親の人魚にするなど、母親の人魚を明確に描いており、「真暗な、星も見えない、雨の降る晩に、波の上から、蝋燭の光りが、漂つて、だんだん高く登つて、山の上のお宮をさして、ちら〳〵と動いて行くのを見た者があります。」（三一頁）という一文を引用し、人魚が赤いろうそくをかざしながら泳いで行くシーンとして明確に表現した点に特徴がある。

藍色の海の荒れ狂う波の上に赤いろうそくの灯がともる非常に幻想的なシーンは裏表紙にも描かれており、母親と思われる人魚が赤いろうそくをかかげるシーンはその解答ともいえるだろう。たかしたかこ版は物語の「空白」に答えが示されている。答えが明確になるということは、画家によって一つの解釈が提示されることである。読者は画家による解釈を突き付けられ、そこから読みを再度考える解釈の連鎖をも経験する可能性があろう。

『赤いろうそくと人魚』小川未明、たかしたかこ、偕成社、1999年11月、34〜35頁

酒井駒子版では、「北方の海」は黒色を基調として描かれている。ラストのシーンでは、上三分の二ほどの黒色の海の底に散らばる様々な形の貝が描かれており、その中央に白抜き文字で「幾年も経たずして、その下の町は亡びて、失くなってしまひました。」（二一頁）と「赤い蝋燭と人魚」の終結部の一文のみが引用されている。これは、一文のみを引用し、背後に黒色の海底を描くことで、町が亡びたことを印象付けているといえる。このような原文から一文のみを引用・トリミングする手法は、酒井駒子版の冒頭でも行われている。また他の原作を絵本化する際、例えば島田睦子版の宮沢賢治『注文の多い料理店』では、作品終結部の「しかし、さつき一ぺん紙くづのやうになつた二人の顔だけは、東京へ帰つても、お湯にはいつても、もうもとのとほりになほりませんでした。」（第一二巻、本文篇、三七頁）という一文のみを意図的に切り取り・トリミングし、二人に起きた出来事をまるで怪談のように印象付けている。これも、原作に忠実でありながら、配置を変え、印象を変えるという文字の使用による再創造の一つであるといえる。

『赤い蝋燭と人魚』小川未明、酒井駒子、偕成社、2002年1月、48頁

このトリミングにより、「赤い蝋燭と人魚」では、欲にかられた年よりの夫婦や人魚の娘の労働に気をかけなかった町の住人達の罪がより強調されているといえよう。

高村木綿子版では、町が亡び、文字の物語が終わった次のページに見開きで幸せそうに遊ぶ二人の、母と娘とも想像可能な人魚の姿を描く。さらに表紙の見返しには青い海の様子を、裏表紙の見返し下段では母・娘と思われる人魚が遊んでおり、上段では裸の人間の親子が鹿や犬と戯れている様子が描かれている。親子の幸せな様子、動物同士の融和を示しているといえよう。この絵本の最大の特徴は、表紙にタイトルよりも大きな文字で「人間は　この世界のうちで　いちばん　やさしいもの……」という人魚の母親の内面の声が、母親の顔とともに描かれている点であろう。このセリフは本文中にそのものがあるのではなく、「人間は、この世界の中で一番やさしいものだと聞いてゐる。」（五頁）という人魚の中の伝聞を抜き出したものである。文字はその位置や大きさの加工によっても読者に様々な印象を与えることが出来る。

『赤いろうそくと人魚』表紙、小川未明、高村木綿子、架空社、2013年11月

「人間は　この世界のうちで　いちばんやさしいもの……」という言葉の内容は、あえて「聞いてゐる」という伝聞の部分を削除し、余韻を持たせることで、そうあってほしいという願望と、それを裏切る物語上の出来事を対比し、その落差を発生させる人間世界のあり様を批判的に読者に問うているアイロニーの表現である。

さらに裏表紙の見返しに人魚と裸の人間と動物との融和した世界を描くことは、高村木綿子版の絵本が、原作の人間のエゴイズムと物欲を痛烈に批判したラストシーンを「超える」世界を作り出そうとする意図を持っていることを示しているだろう。

原作では、人間のエゴイズムと物欲に対する痛烈な批判は描かれているものの、ではど

『赤いろうそくと人魚』奥付見返し、小川未明、高村木綿子、架空社、2013年11月

のような世界を作り出せばよいのか、という世界像は十分に描かれているとは言えない。

一方で、高村木綿子版では、文字の物語の外に出て人魚・動物と、裸の人間が融和している世界を描くことで、その世界を明らかにし、その基盤となるやさしさに訴えかけようとする強いメッセージを持っているということが出来る。高村木綿子版では、ネガティヴととらえられ否定されてきた「赤い蝋燭と人魚」だが、細部を読めば非常に強い理想も想像しうるように書かれているということも指摘していることとなる。

高村木綿子版の世界像は決して明確に人間と人魚の関わりや社会の修整のあり方を示しているわけではない。その点で「原始的」なイメージである。しかし、物語の町が亡ぶラストシーンに対峙し、逆に融和の世界を描くことで読者にとって、読みの「空白」を埋めるのみではなく、人間と動物の理想的な融和という読みの可能性を広げ、読みを豊かにするイメージを提示していることは間違いないだろう。

五、「赤い蝋燭と人魚」の再創造からみえてくるもの

「赤い蝋燭と人魚」の再創造においては、蝋燭を買いに来た女や波の上の灯に関しては解釈の余地を残しつつも、たかしたかこ版のように明確に母親として解釈しているものもある。画家の解釈としては明快であるが、その解釈に違和感を持つ読者に対しては、さらなる読みの連

鎖を生み出すだろう。

ネガティヴさが批判の対象となった作品終結部では酒井駒子版で最後の一文をトリミングすることで作品をホラー仕立てで終わらせる試みがみられた。また、高村木綿子版では、追加の絵によって物語を超えて語る試みがなされている。小川未明が書き得なかった、人魚と動物と、裸の人間の「融和」した世界のあり方を絵によって語る。そのことで、「赤い蝋燭と人魚」の読みの可能性を広げ、作品世界を豊かにしていると考えられる。

今回挙げた三作品にみられる作品の再創造は、原作を超えて、読者の想像力を膨らますものであり、原作の解釈を大きく超えた世界を描くものもあった。原作の再創造の試みの地平がいかに広く豊かなものであるか、その点に着目することは原作を読み直す上でも今後も重要になってくるはずである。

さらに高村木綿子の再創造から原作を考えるならば、高村は「原始」まで戻らなければ人間と動物との融和はなされないと考えているのであり、原作「赤い蝋燭と人魚」の終結部における融和の困難さを明示し、理想の世界の遠さを読み解くことが出来るだろう。

注

（1）生田美秋「6　童話絵本」（生田美秋他編『ベーシック絵本入門』ミネルヴァ書房、二〇一三

年四月、七九〜八〇頁）

（2）関口安義他編『児童文学世界　特集・絵本とイラストレーション』中教出版、一九九一年一一月、一八〇頁

（3）岡上鈴江『父小川未明』新評論、一九七〇年五月、二二頁

（4）「童話を作って五十年」（『文藝春秋』第二九巻第二号、文藝春秋社、一九五一年二月）

（5）『現代児童文学論——日本近代童話の本質』くろしお出版、一九五九年九月、一〇頁

（6）注5同書、一四頁

（7）その後、古田足日が「おとなの文学から完全に分化していない児童文学」（「自分のうちにある伝統の戦いを」『日本児童文学』第七巻第七号、日本児童文学者協会、一九六一年一〇月）と書いた「未分化の児童文学」・「未明の混沌」を創作の中で生み出していったことは、宮川健郎「一九五九年の小川未明——鳥越信・古田足日の批判、そして、その後」（『ネバーランド　特集未明ルネッサンス』Vol.7、てらいんく、二〇〇六年七月）に詳しい。

（8）鳥越信「解説」（『新選日本児童文学』第一巻・大正編、小峰書店、一九五九年三月、三六七頁）

（9）一九八〇年、「風景」としての「児童」を見出した作家の一人としての言及もある。柄谷行人「児童の発見」（『日本近代文学の起源』講談社、一九八〇年八月、一四三頁）

（10）石井桃子・いぬいとみこ・瀬田貞二他『子どもと文学』中央公論社、一九六〇年四月、一〇七頁

（11）神宮輝夫「賢治童話と〝児童文学〟としての資格」（『どんぐりと山ねこ』大日本図書、一九

六八年、六三頁）

(12)「グスコーブドリの伝記」『國文學 解釈と鑑賞』至文堂、一九七三年一二月、七九頁

(13)「絵本『赤い蝋燭と人魚』――ちひろと未明」（『ネバーランド　特集未明ルネッサンス』Vol.7、てらいんく、二〇〇六年七月、一九四頁）

(14)「童画とわたし」（『ラブレター』講談社、二〇〇四年一〇月、二二六頁）

(15) 未明作品に関しても、管見によれば、絵本化三七件（二〇二二年まで。うち「赤い蝋燭と人魚」一一件）の中で、二〇一二年以降は『赤いろうそくと人魚』（安西水丸、二〇一二年）、『赤いろうそくと人魚』（高村木綿子、二〇一三年）、『赤い蝋燭と人魚』（岡本よしろう、二〇一五年）、『月夜とめがね』（高橋和枝、二〇一五年）、『金の輪』（高橋和枝、二〇一五年）、『金の輪』（あさいとおる、二〇一五年）、『海のかなた』（三溝美知子、二〇一五年）、『赤い船』（北見隆、二〇一五年）、『月夜と眼鏡』（ナツコ・ムーン、二〇一五年）、『気まぐれの人形師』（まつやまけいこ、二〇一五年）、『砂漠の町とサフラン酒』（野見山響子、二〇一五年）、『青い時計台』（政岡勢津子、二〇一五年）、『王さまの感心された話』（近藤美和、二〇一五年）、『赤いガラスの宮殿』（藤原ヒロコ、二〇一五年）、『赤い蝋燭と人魚』（岡本よしろう、二〇一五年）、『野ばら』（まるやまあさみ、二〇一五年）、『飴チョコの天使』（杉谷知子、二〇一五年）、『月とあざらし』（中川貴雄、二〇一六年）、『殿さまの茶わん』（古志野実、二〇一八年）、『負傷した線路と月』（古志野実、二〇一八年）、『月夜とめがね』（古志野実、二〇一八年）、『アニメーション眠い町』（堀越千秋、二〇二二年）の二二件と著作権が切れたのちに多くの絵本が刊行されている。今後もさらに原作を超えた試みが進むことが想定される。

（16）　北原泰邦・中野裕子編『児童文学の愉しみ　20の物語　明治から平成へ』翰林書房、二〇一四年八月、七三頁

第二章　宗教から家族へ

第一節　野村美月「〝文学少女〟」シリーズ

――「銀河鉄道の夜」から飛躍する文学少女

はじめに

「〝文学少女〟」シリーズは、著者・野村美月、イラスト・竹岡美穂により、エンターブレイン（ファミ通文庫）より刊行されている。二〇〇六年五月、第一巻『〝文学少女〟と死にたがりの道化』が発表され、二〇〇八年九月の第八巻『〝文学少女〟と神に臨む作家《ロマンシェ》　下』で完結したシリーズである。舞台は高校の文芸部。自称〝文学少女〟の部長・天野遠子と、作家デビューをした過去を持つ後輩の井上心葉《このは》を中心に、心葉に想いをよせる琴吹ななせや心葉の過去の出来事などが入り込みながら物語は展開する。

このシリーズは、『このライトノベルがすごい！２００７』で作品部門第八位[1]、『このライトノベルがすごい！２００８』では作品部門第三位を受賞している。キャラクターの人気も高く『このライトノベルがすごい！２００８』ではキャラクター（男性）部門第七位に主な語り手である井上心葉が、キャラクター（女性）部門第二位に天野遠子が、第八位に心葉の恋人・琴吹ななせが入っている。また、イラスト部門では挿絵を描いた竹岡美穂が第二位に挙げられている。(2)また、『このライトノベルがすごい！SIDE-B』でも特集が組まれている。(3)

そして最終巻が刊行された後の『このライトノベルがすごい！２００９』では、作品部門第一位、キャラクター（女性）部門で天野遠子が第一位、琴吹ななせが第四位、キャラクター（男性）部門で井上心葉が第五位、イラスト部門で竹岡美穂が第一位と軒並みランクアップした。(4)

キャラクター、イラストという要素も含めシリーズ全体がライトノベル紹介誌で非常に高い評価を受けており、ライトノベルを研究対象とするにあたっては、はずすことの出来ない作品群であるといえよう。

「〝文学少女〟」シリーズは各巻ごとに近代の作家・作品が紹介され、その作家・作品を題材としてストーリーが展開する。作品名だけを紹介したものも含めれば、例えば第一巻『〝文学少女〟と死にたがりの道化』では約三〇タイトルが紹介されている。題材は国内・国外の近代の作家・作品が大半であり、各巻で主に題材とした作品がある。主に題材とした作品が何であったかは、作者のあとがきでも明らかにされ、あわせて関連作品やお勧めの作品紹介が行われている。[5]

ストーリーについては、野村美月自身が「物語を解体して再構築することによって事件が解決される」[6]と語っている。つまり、ある物語を読み直すことで、作品中の事件が解決されるミステリー小説の要素を持っており、この展開が「〝文学少女〟」シリーズのストーリーの原型であるといえる。

「〝文学少女〟」シリーズを論じるには本来、全八巻を等しく対象とすべきだが、ここでは、第五巻『〝文学少女〟と慟哭の巡礼者《パルミエーレ》』（二〇〇七年九月）を中心に考察したい。この『〝文学少女〟と慟哭の巡礼者』は第一巻からの伏線で、読者に謎を提示し続けてきた、心葉の幼馴染であり恋愛の対象であった美羽が前面に登場する。いわば全八巻の前半部「美羽編」の解決巻である。題材は、野村美月がネタ本としてシリーズ開始時から決めていた[7]という宮沢賢治の「銀河鉄道の夜」である。

以上の点から、『〝文学少女〟と慟哭の巡礼者』はシリーズの中でも大変重要な位置を占める作品だと考えられるのである。

考察にあたっては、まず「〝文学少女〟」シリーズの特記すべき事柄について論じる。その上で『〝文学少女〟と慟哭の巡礼者』と題材である宮沢賢治「銀河鉄道の夜」との詳細な比較を行い、その変容の意味を探っていきたい。

なお、『〝文学少女〟と慟哭の巡礼者』からの引用は、『〝文学少女〟と慟哭の巡礼者』（エンターブレイン、二〇〇七年九月）から行い頁数を載せる。「銀河鉄道の夜」に関しては、第四次稿（最終稿）を資料とし、それ以外の稿を扱う際には随時明記する。

一、文学少女、本を食べる

「〝文学少女〟」シリーズの特記すべき事柄は、なんといっても〝文学少女〟天野遠子が本を食べることである。彼女は心葉の文芸部の先輩かつ文芸部の部長であり、心葉を文芸部に引き込んだ人物である。遠子は、現実の食物には味を感じず、文学作品そのものを食べて生きている正真正銘の〝文学少女〟である。彼女は文学作品が主食であり、文学作品なしでは生きていけない存在である。そんな彼女が物語を読解（食べてしまう場合もある）し、再構築することで様々な事件を解決していくのがこのシリーズである。ライトノベルでは頻繁にみられる学園物というジャンルに、文学作品なしでは生きていけない〝文学少女〟を加えた点に「〝文学少女〟」シリーズの設定上の独創性を見ることができるだろう。

ではなぜ天野遠子は文学作品を食べるのか。そもそも「文学少女」とは何か。

稲垣恭子は第二次世界大戦前の女学校と文学少女とめぐる考察の中で、「女学校時代」における「文学少女」のとらえ方に触れ、「女学生文化」は結婚・家庭と女学校の生活を直接結びつけることを留保し、「本を読み、あるいは書くことに熱心な「文学少女」＝「女学生」であることは、「少女らしさ」という皮膜によって、定められた人生のコースから「現在」と「自己」を守り、維持していくことでもあった(8)」として、「文学少女」であることが「女学生」自身を存在させる重要な要素であったとした。

天野遠子が行う、作品を直接食べる、それが生命につながるという描かれ方は、文学作品を読むことで自己を守り、形成していったかつての「女学生＝文学少女」たちの暗喩であるといえよう。

また木村カナは、「文学少女」の系譜について概説し、明治から大正期に作られた女学生の身体的イメージである「ストレートロング」の「黒髪」、「病弱娘」、「夢みる乙女」といった属性が現代の「文学少女」像の根底にあるとし、さらに、「「文学少女」というイメージも、完全に固着している一方で、すでに実像を離れた、ある意味、定型化・形骸化した虚像に過ぎない。(9)」と述べている。

学校外でも制服にダッフルコート、黒髪ロングを三つ編みにした天野遠子はまさに明治から大正期の女学生の身体的属性に合致しており、「文学少女」という定型化された虚像を引き継ぎながらも、文学がなければ生きていけないという切実さが作品を食べるという表現で過度に誇張された結果、新鮮さを備えたキャラクターになったということが出来るだろう。

また前述したように、「〝文学少女〟」シリーズは近代文学の作品を本歌取りしているだけではなく、元となった題材が明記されている作品である。作中で天野遠子によって作品・作者に関する解説がなされ、さらにそれを補強するように、あとがきでも野村美月自身が読書紹介をしている。[10] 遠子は作品を食べ、単に紹介するだけではなく、作品の「おいしさ」を過剰なまでに表現する〝文学少女〟っぷりを発揮しており、近代文学作品の魅力・読みどころを伝えているのである。

このことから「〝文学少女〟」シリーズは読書ガイドとして、ライトノベルの主な読者層である中高生には若干なじみが薄い近代文学作品を届ける役割を担っているといえよう。単に題材として近代文学作品を消費するのではなく、ライトノベル側から近代文学作品を補強する、という興味深い側面を持っているシリーズなのである。

各巻の題材の使われ方は様々だが、題材となった作品の引用や作家のエピソードなどが部分的に紹介されるパターンと、題材となった作品のストーリーをある程度踏襲して物語が進むパターンがある。本節で対象とする『〝文学少女〟と慟哭の巡礼者』は後者である。[11]

では次に『〝文学少女〟と慟哭の巡礼者』とその題材である「銀河鉄道の夜」を比較し、『〝文学少女〟と慟哭の巡礼者』を読み解いていこう。

二、『“文学少女”と慟哭の巡礼者』と宮沢賢治作品

『“文学少女”と慟哭の巡礼者』において「銀河鉄道の夜」やその他の賢治作品がどのように使用されているのか。「銀河鉄道の夜」、その他の作品の順にみていこう。

「銀河鉄道の夜」に登場するジョバンニにとってカムパネルラは幼い頃に一緒に遊んだ友達であった。ジョバンニがきつい仕事をしなければならなくなってからは二人の間は疎遠になる。後に二人は一緒に銀河鉄道に乗り、どこまでも一緒に行こうと誓い合うものの、天上の「そらの孔」を過ぎたところで突然カムパネルラが去ってしまい、永遠に別れてしまうのである。

一方、『“文学少女”と慟哭の巡礼者』は現在高校二年生の心葉が中学三年生の時を振り返るプロローグで始まる。心葉は小学校三年生の時に転校してきた美羽に憧れ、二人は毎日一緒に遊ぶ。作家志望だった美羽は、心葉にいつも作品を読み聞かせ、心葉はそんな美羽に憧れていた。

「銀河鉄道の夜」のジョバンニはカムパネルラに対して憧れに近い感情を持っており、心葉は「銀河鉄道の夜」のジョバンニ、美羽はカムパネルラになぞらえられる関係であった。

中学二年生の冬、美羽は文芸雑誌の新人賞に創作を投稿する。心葉は美羽へ自らの恋心を伝えるべく、井上ミウというペンネームで「青空《そら》に似ている」を書き、美羽には内緒で投稿した。

それは樹《いつき》と羽鳥という女の子と男の子の話だった。結果、「青空《そら》に似ている」が最年少で大賞をとり心葉はセンセーショナルなデビューを果たすことになった。その受賞をきっかけに美羽と疎遠になり、美羽は中学三年生の夏に「コノハには、きっと、わからないだろうね……」（八五頁）とのつぶやきを心葉に残し、屋上から飛び降り、自殺未遂をする。その後離れ離れになっていた二人が再会するのが本作品である。再会した際、飛び降りの理由をたずねた心葉は美羽から「……カムパネルラの望みは、なんだったと思う？」（八五頁）と問われる。

作品は、「銀河鉄道の夜」のカムパネルラ＝美羽と、自らの投稿を悔やみ美羽の気持ち（＝カムパネルラの望み）を知りたいと願うジョバンニ＝心葉の関係を軸に進む。

創作を行い、心葉を導き、心葉の憧れの存在だった美羽をカムパネルラとし、内向的な心葉をジョバンニと位置づけている点、二人が毎日一緒に遊んだことは「銀河鉄道の夜」の設定をほぼそのまま使用しているといえるだろう。

また、この他にも二人で「銀河鉄道の夜」の地図を作ったこと、その際には、賢治がエスペラント語で「盛岡」を「モーリオ」としたように、店名の「たじま」を「タージマール」という楽園の名前にしている。店の名前を楽園に見立てることで、架空の国を作り出す行為が行われていたことも「銀河鉄道の夜」その他の賢治作品の世界観を映している。

さらにストーリーや場面設定のみではなく、「どこまでもどこまでも僕たち一緒に進んで行かう。」（第一一巻、本文篇、一六七頁）という「銀河鉄道の夜」のセリフが引用され、心葉と美羽が「どこまでも、どこまでも一緒に」（二八二頁）と誓った点など、「銀河鉄道の夜」からの明確な引用・影響がみられる。以上のように、この作品は「銀河鉄道の夜」から多くの要素を取り込んでいるのである。

「銀河鉄道の夜」の他に、『〝文学少女〟と慟哭の巡礼者』には多くの賢治作品が登場する。「注文の多い料理店」「風の又三郎」「セロ弾きのゴーシュ」「グスコーブドリの伝記」「マリヴロンと少女」「貝の火」「ツェねずみ」「双子の星」「黄いろのトマト」「敗れし少年に歌へる」「暁穹への嫉妬」「種山ヶ原」「永訣の朝」「松の針」「無声慟哭」「〔雨ニモマケズ〕」などである。

「貝の火」についてはオノマトペが独特で、耳に残ると紹介され、また「黄いろのトマト」の「あゝかあいさうだよ。ほんたうにかあいさうだ。」（第九巻、本文篇、一九六頁）という不条理による哀しみを表現する部分が、心葉の夢の中で美羽が言う「コノハも、あたしも、生きているものは、みんな、かあいそうだねぇ。」（二三四頁）として使用される。

また「黄いろのトマト」で兄妹の楽園が大人によって穢される設定に関して、心葉は「畑に生えてきた黄色の果実を、黄金だと信じて眺めているだけだったら、小さな兄妹は幸せでいられたのだろうか／それが、ただのトマトだと、気づかずにいれば……」（二九八頁）として、「黄いろのトマト」の兄妹を自分と美羽に喩えて、閉鎖された理想の世界だけに居続けることへ疑問を投げかける。そこから心葉は美羽と二人きりの世界という理想郷からの脱出を考えるようになっており、「黄いろのトマト」を批評しながら作品中に取り込んでいるといえるだろう。

詩では「敗れし少年の歌へる」（文語詩未定稿）、その先駆形である「暁穹への嫉妬」（「春と修羅」第二集）が紹介され、多層的な賢治詩のバリアントの問題にも触れられている。なお「敗れし少年の歌へる」は『〝文学少女〟と慟哭の巡礼者』の各所に登場する。「敗れし少年の歌へる」の草稿左下に賢治が落書きしたお化けみたいな鳥の絵を美羽が年賀状として心葉に送ったことから二人の再会は予感され、また「敗れし少年の歌へる」の澄んだ哀しさのイメージは美羽の敗北感と重ねられていく。

また、後述するが宮沢賢治の人生も〝文学少女〟天野遠子によって披露されている。

以上のように、「銀河鉄道の夜」を中心として作家・宮沢賢治の伝記的事実も含め、賢治作品の表現からの引用・本歌取りが作品全体で行われているのである。

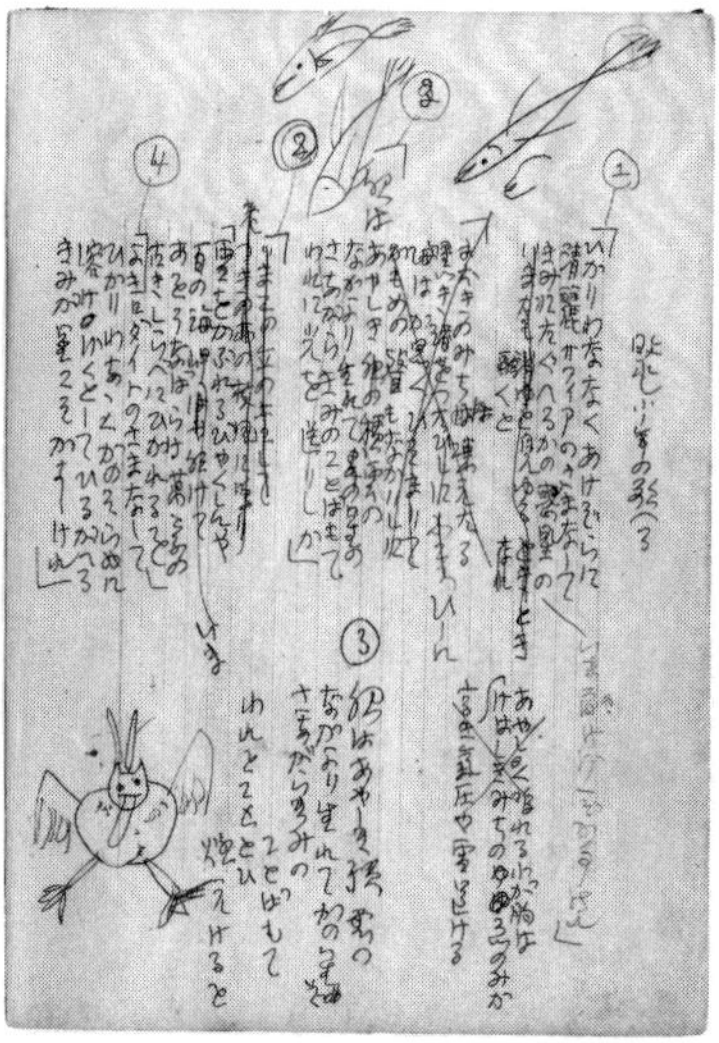

宮沢賢治「敗れし少年の歌へる」
宮沢賢治記念館

また「銀河鉄道の夜」のジョバンニとカムパネルラの旅は第八巻『〝文学少女〟と神に臨む作家　下』（二三八〜二三九頁）にも登場しており、カムパネルラが一人で去っていくシーンが主人公達の行く末を暗示している。「銀河鉄道の夜」は『〝文学少女〟と慟哭の巡礼者』だけではなく、「〝文学少女〟」シリーズ全体に影響を及ぼしている作品とも考えられるのである。

三、天野遠子、「銀河鉄道の夜」から飛躍する

「銀河鉄道の夜」が、『〝文学少女〟と慟哭の巡礼者』の題材となっていることは前述した。では、この作品はどのように「銀河鉄道の夜」のストーリーを取り込みながら、さらに「物語を解体して再構築」したのだろうか。

『〝文学少女〟と慟哭の巡礼者』は「銀河鉄道の夜」と多くの共通点を持つものの、相違点も多くある。例えば、美羽が心葉に復讐を試みようとしたこと、美羽に家庭内の問題があったこと、美羽が物語を綴れず、文芸雑誌に送る原稿を白紙で投函していたこと、創作に行き詰っていた美羽の語る物語は途中から宮沢賢治の童話作品そのものであったことなどが次第に明るみに出るにつれて、二人の関係は出会った頃とは違い、美羽がジョバンニで心葉がカムパネルラに転換していたことが挙げられる。その他にも、カムパネルラである美羽がジョバンニである心葉を仲間はずれになるように仕向けていたことや、ブルカニロ博士に相当する心葉の後輩竹

田千愛が自らの欲望のために心理的実験を行おうとする点にも設定の相違がある。もっとも「銀河鉄道の夜」は題材であり、切り刻まれ再構築される対象であるから、相違点があるのは当然であろう。

本節ではそうした相違点の中でも「銀河鉄道の夜」の設定を使いながら、もっとも飛躍している点を扱うこととする。そこにこそ「銀河鉄道の夜」と『〝文学少女〟と慟哭の巡礼者』との「差異」が表れるはずだと考えるからである。そして飛躍の内容を知ることはこの作品の訴えているものに迫ることになるだろう。

では、両者のどこに大きな「差異」があるのか。『〝文学少女〟と慟哭の巡礼者』が「銀河鉄道の夜」からもっとも飛躍するのは、「カムパネルラの望み」を想像するという行為が行われる点においてである。「カムパネルラの望み」をジョバンニが考えるというのは、ジョバンニ＝心葉に、カムパネルラ＝美羽が課した課題であり、心葉は必死に美羽が何を望んでいたのかを考えようとする。

このカムパネルラの気持ちを想像するという行為は、野村美月のあとがきにおいても「カムパネルラ視点で物語を追ってゆくと、たまらなく胸がしめつけられます」（三八一頁）と解説されている。物語の「読み」は、それぞれの登場人物の視点に立つことで多様となる、というのは「〝文学少女〟」シリーズ全体で一貫して主張される方法であり、この巻でもその方法が使われている。特に『〝文学少女〟と慟哭の巡礼者』では、あとがきの補助もあり、カムパネルラの視点から「銀河鉄道の夜」を読み替えていくことが明確に示されているのである。

だが、そもそも「銀河鉄道の夜」においてカムパネルラの気持ちを解読することは可能なのだろうか。「銀河鉄道の夜」はジョバンニに寄り添う三人称の語りの物語である。よって、ジョバンニから見たカムパネルラ、ジョバンニの想像するカムパネルラしか語られない。例えば銀河鉄道に乗る以前の、作品内の現実世界においてはジョバンニとカムパネルラの間に会話はなされておらず、ジョバンニがカムパネルラに話しかけないからこそカムパネルラもジョバンニに話しかけない。作品内の現実世界ではカムパネルラの心情は彼の態度とジョバンニの想像からしかうかがうことが出来ないのである。

具体的に「銀河鉄道の夜」においてカムパネルラの様子が表現される部分を見ていこう。「一、午后の授業」において、銀河は望遠鏡で見ると何かと教師に聞かれたジョバンニは答えることが出来ず、さらに次に指名されたカムパネルラも説明できない。その後ジョバンニは、カムパネルラが答えを知っていたはずなのになぜ答えなかったのかと想像する。

　このごろぼくが、朝にも午后にも仕事がつらく、学校に出てももうみんなともはきはき遊ばず、カムパネラともあんまり物を云はないやうになったので、カムパネルラがそれを知っ

て気の毒がってわざと返事をしなかったのだ　　　　　　（第一一巻、本文篇、一二四頁）

ここにはカムパネルラの友情を感じ、また哀れさを覚えるジョバンニの想いが描かれている。だがなぜカムパネルラが答えなかったのか、彼の行動の根拠は示されない。

また、ジョバンニはケンタウルス祭の夜、ザネリらに「ジョバンニ、らっこの上着が来るよ。」（第一一巻、本文篇、一三二頁）と囃された。この際、ザネリらと一緒にいたカムパネルラの反応は次のようなものである。

カムパネルラは気の毒さうに、だまって少しわらって、怒らないだらうかといふやうにジョバンニの方を見てゐました。（中略）カムパネルラもまた、高く口笛を吹いて向ふにぼんやり橋の方へ歩いて行ってしまったのでした。　　　　（第一一巻、本文篇、一三三頁）

カムパネルラがジョバンニを囃すのに消極的であれ加担してしまっているとも受け取れる場面である。しかし、ジョバンニはカムパネルラを責めてはいない。

以上のように、作品内の現実世界でジョバンニはカムパネルラにシンパシーを持ち、自分のことを理解してくれていると想像する。しかし実際には、カムパネルラの気持ちを読み取る手がかりはほとんどない。カムパネルラがジョバンニのことを友人として考えているというのはジョバンニの一方的な解釈であり、断定は不可能である。つまりカムパネルラ自身が平素ジョバンニをどのように思っていたのか、内面の告白は周到に回避されているのである。

香取直一はカムパネルラを「非現実の世界に根拠を持っている」謎めいた存在とし、ぼんやり見える橋の方へ歩いて行ってしまったカムパネルラは「死の方向へ歩み去った」[12]存在であったと解釈している。カムパネルラは理解できない存在という側面を持つのである。

『〝文学少女〟と慟哭の巡礼者』後半で、母校の中学校から再び飛び降りようとした美羽は、「あたしと一緒に、どこまでも、どこまでも……宇宙の果てまでも、行ってくれる？　それがカムパネルラの本当の望みよ」（二八一頁）として、自らの心情をカムパネルラの望みと重ねて心葉に示す。心葉は美羽の発言を受け入れ、未遂に終わるもののともに死のうとする。それらの事件の後、〝文学少女〟天野遠子は「わたしが、幸いの見える場所を、教えてあげる」（三一二頁）として、カムパネルラの気持ちについて次のように述べる。

カムパネルラは、強くて健やかな理想の少年のように描かれているけれど、本当にそうだったのかしら？　カムパネルラもジョバンニのように、弱い部分も持っている普通の男の子だったんじゃないかしら？　ジョバンニと昔みたいに仲良くしたくても、ザネリたちが怖くて、できなかったかもしれない。そのことで、悩んでいたかもしれない。
だから、最後の旅立ちの前に、一番大好きな親友と過ごしたかったんじゃないかしら。
今まで伝えられなかったなにかを、伝えたかったんじゃないかしら……。（三三五頁）

カムパネルラがザネリを怖れていたという遠子の想像は、前に述べたカムパネルラ像からするならばかなりの飛躍があると考えられる。

『〝文学少女〟と慟哭の巡礼者』は「銀河鉄道の夜」の多くの要素を取り込んでいる作品である。しかし、カムパネルラの気持ちを想像するという点では「銀河鉄道の夜」と『〝文学少女〟と慟哭の巡礼者』は決定的に違うレールを進み始める。

カムパネルラの気持ちを遠子の言ったように想像することによって、「銀河鉄道の夜」はお互い一緒にいたいと思っている者が別れてしまう「とても哀しい物語」（三三七頁）に変容するのである。

そしてその「哀しさ」は現実の作家・宮沢賢治の人生とも重ねられる。作品終結部で遠子は、聖人といわれてきた賢治が挫折の人だったこと、最愛の妹、親友とも別れ別れになってしまったこと、農業実践も成功しなかったこと、生きているうちは作家としても認められなかったことなどを挙げ、作家・宮沢賢治の聖人像を崩し、賢治の生にも哀しみがあったと解説するのである。

その上で、では賢治の書いたものが、敗北と慟哭の物語なのかと遠子は問い、「雨ニモマケズ」を引用しながら、「自分が置かれている立場がどんなものであっても、賢治は理想を持ち続けたのよ。」（三四二頁）と、理想を持ち続けること、想像することの大切さを聞き手である心葉や美羽らに訴えるのである。

遠子は、永遠に理解できない存在であったカムパネルラの心情を想像することで「普通の男の子」として読み替え、聖人賢治像を挫折の側面からとらえることでやはり聖人ではない人間として読み直す。カムパネルラからの読みという点で「銀河鉄道の夜」から『〝文学少女〟と慟哭の巡礼者』は飛躍しており、あえてこの飛躍した読みがなされていることを考える時、『〝文学少女〟と慟哭の巡礼者』における物語の解体と再構築の内容が明らかになる。

つまり『〝文学少女〟と慟哭の巡礼者』では「銀河鉄道の夜」を題材としながらも、それを一度解体し再構築することで、多面性を持ち、我々に理解することの出来る個人の内面を語る物語になっているのである。

「銀河鉄道の夜」の後半、ジョバンニは銀河鉄道に乗ってきた姉弟と彼らの家庭教師をしている青年と知り合いになり、さらにその姉が銀河鉄道を降りる際、神さまについて論争をする。

その中でジョバンニは天上よりももっといいところをこさえなきゃいけないと先生に言われ

たことを述べ、女の子と「ほんたうの神さま」について論争する。そして最後には女の子の連れの青年に、「わたくしはあなた方がいまにそのほんたうの神さまの前にわたくしたちとお会ひになることを祈ります。」（第一一巻、本文篇、一六五頁）と「ほんたうの神さま」の前で会えることを祈られる。女の子と別れてしまったジョバンニは、カムパネルラに向かって一緒に行こうと誓い、「ほんたうにみんなの幸のためならば僕のからだなんか百ぺん灼いてもかまはない。」（第一一巻、本文篇、一六七頁）と固く決意するのである。その後カムパネルラと別れたジョバンニはその決意を抱えたまま作品内の現実世界へ帰還し、母のもとに向かって「一目散に河原を街の方へ走りました。」（第一一巻、本文篇、一七一頁）として作品は閉じられる。「銀河鉄道の夜」第三次稿ではジョバンニを導く役割を果たすブルカニロ博士の声があるが、第四次稿（最終稿）では消されてしまい、ジョバンニは自らの意思で「みんなの幸」に進んでいくのである。

その後のジョバンニの人生は読者の想像に開かれているとはいえ、ここには、個人としての苦悩を抱えながらも、助言者や友人がなく一人だとしても、怖れずに普遍的な「みんなの幸」へと向かおうとするジョバンニの決意、求道の姿勢をみることができよう。

遠子が『〝文学少女〟と慟哭の巡礼者』終結部で読みあげる際には省略してしまうのだが、「雨ニモマケズ」にも、このジョバンニの姿勢と関連する姿勢が見られる。「雨ニモマケズ」では「東ニ病気ノコドモ／アレバ／行ッテ看病シテ／ヤリ／西ニツカレタ／母アレバ／行ッテソノ／稲ノ束ヲ／負ヒ／南ニ／死ニサウナ人／アレバ／行ッテ／コハガラナクテモ／イヽ／トイヒ／北ニケンクヮヤ／ソシヨウガ／アレバ／ツマラナイカラ／ヤメロトイヒ」というような存在のあり方が提示され、最後に「サウイフ／モノニ／ワタシハ／ナリタイ」（第一三巻、（上）、本文篇、五二一～五二五頁）と締めくくられているのである。「雨ニモマケズ」にもまた、個から社会へ向かい、その中で「みんなの幸」のために行動する、そういうものになりたいという祈りを読み取ることが出来る。

一方、『〝文学少女〟と慟哭の巡礼者』では、遠子が「雨ニモマケズ」を朗読し賢治は何度負けても「理想を持ち続けたのよ。」（三四二頁）と述べた後、登場人物たちそれぞれがおのおのの理想を掲げる。皮切りとなるのは、直前まで人形のように虚ろな表情をしており、みんなと同じ感情が持てずに悩み、自分が存在してよいのかを疑い続けている竹田千愛の「……あたしは……フツウのヒトに、なりたい」（三四三頁）である。その後その場にいたものが掲げた理想は「惚れた女を最後まで守れる男」（三四四頁）、「自分の気持ちを、素直に伝えられる子」「誠実な人間」「自由な自分」（三四六頁）そして心葉の「真実と向き合える人間」（三四六頁）であった。また、美羽はみんなの役に立てる人になりたくて作家を目指したが、それが叶わなかったことを告白し、その後、心葉に「美羽がぼくの世界を、美しくしてくれたんだよ。ぼくを幸せにしてくれてありがとう」（三六二頁）と認められることによって、「……うれしい……ずっと……誰かに、そう言って……もらいたかったの……幸せだって……あたしがいて、幸せだって……」（三六二頁）と他人を幸せにすることを希望すると同時に、自分の存在を認めてもらいたかったことを告白する。美羽の場合、「みんなの幸」を目指して敗れたものが心葉の言葉により救済されているといえよう。

野村美月『“文学少女”と慟哭の巡礼者』エンターブレイン（ファミ通文庫）、2007年9月、345頁　イラスト：竹岡美穂　(C)2006 Mizuki Nomura・Miho Takeoka

「銀河鉄道の夜」で、ジョバンニは「みんなの幸」を心に秘めたまま、個から社会へと、まずはお母さんに渡す牛乳を持ち、お父さんの帰ってくることを伝えるために一目散に走る。一方、『〝文学少女〟と慟哭の巡礼者』で提出された理想には、それぞれの理想、あくまで自己と身近な周囲の者への目標が入っている。個から社会、「みんなの幸」という普遍的な理想へ向かうジョバンニの求道者としての側面、拡大していえば宮沢賢治作品の宗教的側面は抜け落ちている。

だがそれによって『〝文学少女〟と慟哭の巡礼者』はジョバンニのように「みんなの幸」へという普遍的な理想へ向かうことのみではなく、理想を個人の身近なものとする「再創造」が行われ、登場人物に等身大の目標を掲げさせることに成功しているということが出来よう。「銀河鉄道の夜」と宮沢賢治伝記の読み替えを通じ等身大の目標を得ることが出来て初めて心葉、美羽を中心とした、それぞれ苦悩を抱える登場人物たちは自らの道を見つけ、歩き始めることが出来たのである。

この点で、『〝文学少女〟と慟哭の巡礼者』は単なる面白さだけのエンターテイメントという枠には収まらない。「銀河鉄道の夜」のカムパネルラとジョバンニの関係を使用し、また、作家・宮沢賢治の伝記や「敗れし少年の歌へる」など多数の賢治作品を埋め込みながら、個から普遍へという大きな理想を持つ物語を飛躍的な読みによって解釈し直し、個人の幸福に向かう受容を行うことで、等身大の理想をゴールとし、作品中の現時点で悩める登場人物たちそれぞれが日常世界で救済されていく物語へと転換しているといえるだろう。

おわりに

「〝文学少女〟」シリーズは、文学作品を食べいとおしく語る文学少女というキャラクターにより学園ものに独創性を加えた作品である。

作中では随所で近代文学作品の紹介が行われており、近代文学作品を題材として取り上げることで新たな読者を生み出していくという二重性を持ったシリーズである。それはライトノベルの読者に、近代文学作品を届けるという道案内のような役割を果たしているといえる。これはライトノベルの一つの存在意義を示しているのではないだろうか。

『〝文学少女〟と慟哭の巡礼者』は「銀河鉄道の夜」を題材とし、多くの要素を類似させながらも、カムパネルラの立場に立って読むという、「銀河鉄道の夜」から飛躍した読みを行い、さらに作家・宮沢賢治の挫折の側面に注目する。この解体と再構築によって、「みんなの幸」という普遍的・宗教的な理想へと向かうジョバンニの物語を、個の物語へ変容させたといえよう。日常生活の中に欠落を抱えた登場人物それぞれに救いと目標が与えられる物語、つまり日常を生きる個人の内面こそを重視する個の物語への変容である。

注

（1）『このミステリーがすごい！』編集部編『このライトノベルがすごい！２００７』宝島社、二〇〇六年一二月、一一頁

（2）『このライトノベルがすごい！』編集部編『このライトノベルがすごい！２００８』宝島社、二〇〇七年一二月、一一～一五頁

（3）『このライトノベルがすごい！』編集部編『このライトノベルがすごい！SIDE-B』宝島社、二〇〇八年八月、四四〜五七頁

（4）『このライトノベルがすごい！』編集部編『このライトノベルがすごい！２００９』宝島社、二〇〇八年一二月、二〜一四頁。なお同誌には作家野村美月の受賞インタビューも掲載されている。なかでも担当の編集者と作家の具体的なやり取り、例えばシリーズを無理に引き伸ばさなかった点、作中の恋愛の設定について相談した点などで担当者と作家との関係の重要性が述べられており、ライトノベルの成立過程に関する資料という点でも興味深い。（同誌三八〜四五頁）

（5）各巻の主な題材となっている作品は次のとおり。

第一巻『″文学少女″と死にたがりの道化』　太宰治『人間失格』
第二巻『″文学少女″と飢え渇く幽霊』　エミリー・ブロンテ『嵐が丘』
第三巻『″文学少女″と繋がれた愚者』　武者小路実篤『友情』
第四巻『″文学少女″と穢名の天使』　ガストン・ルルー『オペラ座の怪人』
第五巻『″文学少女″と慟哭の巡礼者』　宮沢賢治『銀河鉄道の夜』
第六巻『″文学少女″と月花を孕く水妖』　泉鏡花『夜叉ヶ池』
第七巻『″文学少女″と神に臨む作家　上』　アンドレ・ジッド『狭き門』
第八巻『″文学少女″と神に臨む作家　下』　アンドレ・ジッド『狭き門』

（6）野村美月「小説術講義　FILE.08」（ガガガ文庫編集部編『ライトノベルを書く！――クリエイターが語る創作術』小学館、二〇〇六年九月、一二三二頁）

（7）野村美月『〝文学少女〟と慟哭の巡礼者』エンターブレイン、二〇〇七年九月、三八一頁

（8）稲垣恭子「「文学少女」のゆくえ」（『教育と医学』第五五巻第一〇号、慶應義塾大学出版会、二〇〇七年一〇月、三八頁）

（9）木村カナ「二十一世紀文学少女・覚書」（『ユリイカ』第三七巻第一二号、青土社、二〇〇五年一一月、六九頁）

（10）例えば第三巻『〝文学少女〟と繋がれた愚者』（エンターブレイン、二〇〇七年一月）では、「紹介しきれなかった名台詞がたくさんあるので、ぜひ『友情』や、他の作品を、お手にとってご一読くださいませ。きっと心に響く言葉に出会えることと思います。」（三一七頁）とある。

（11）野村美月自身、題材に関して「本が先のパターンとお話が先の場合と、両方あります。『嵐が丘』と『銀河鉄道の夜』、『狭き門』は本が最初に決まっていました。この場合、本の内容にストーリーを合わせていく感じですね。」（注3同誌、四九頁）と述べている。

（12）香取直一「カムパネルラへのアプローチ「銀河鉄道の夜」私見」（『宮沢賢治』第一号、洋々社、一九八一年一〇月、八六～八七頁）

第二節　橋本紡「半分の月がのぼる空」における宮沢賢治作品の受容

はじめに

ライトノベル作品の中には近代の文学作品を引用し、変形して使用するものがある。本節ではライトノベル作品において近代文学作品、その中でも宮沢賢治作品がどのように受容されているのかを中心に考察していく。

ライトノベル作品が賢治作品をどのように受容しているのかを考えることは、賢治作品の受容からライトノベルを考察するのみならず、ライトノベルから賢治作品を再考察することにもつながる。賢治作品がライトノベルによって引用され、模倣され、変形させられる時、賢治作品に潜んでいる新しい読みの可能性が開かれることになると考えられる。

宮沢賢治は『注文の多い料理店』広告ちらし㈹（一九二四年一一月一五日発行の新刊案内）において自らの作品を「それは少年少女期の終り頃から、アドレッセンス中葉に対する一つの文学としての形式をとつてゐる。」（第一二巻、校異篇、一〇頁）としている。そこで想定されている読者は、思春期、一二歳頃から二〇歳頃までであり、現在で考えるならばライトノベルの主な読者層である中高生と重なることは注目すべきである。

秋枝美保は、七〇年代の終わりから八〇年代にかけて長野まゆみなどの少女文学ともいうべき作品の系譜に賢治作品の影響が見られることなどを挙げた上で「七十年代の終わりに賢治の作品の新たな受容が始まるのであり、その受容のあり方を通して、現代文化の動向と賢治の作品の新たな可能性を知ることができよう。そこには「サブカルチャー精神」の動向が深く関わっていると考えられる。(1)」と本書の射程につながる興味深い指摘を行っている。

文学作品のみならず、音楽・漫画・アニメと様々なジャンルで受容される賢治作品だが、想定される「読者」が重なるライトノベル作品との関係についてはほとんど考察されていない。(2)中高生を主な読者対象としたライトノベルにおいて、賢治作品がどのように受容されているかは、現代における賢治作品の受容を考える上で重要である。

具体的な考察の対象として、橋本紡「半分の月がのぼる空」シリーズを取り上げる。シリーズの中でも宮沢賢治「銀河鉄道の夜」が引用されている第二巻『半分の月がのぼる空

2　waiting for the half-moon』（アスキー・メディアワークス、二〇〇四年二月）と、「春と修羅」が引用されているＤＶＤ『半分の月がのぼる空２』（ポニーキャニオン、二〇〇六年五月）初回限定版封入特典のショートストーリー「半分の月がのぼる空　gleaning　春と修羅」（以降、「gleaning　春と修羅」と省略）を考察の中心とする。

「半分の月がのぼる空」シリーズは著者・橋本紡、イラスト・山本ケイジ、株式会社アスキー・メディアワークス（電撃文庫）から刊行されている。『半分の月がのぼる空　looking up at the half-moon』（第一巻、二〇〇三年一〇月）から『半分の月がのぼる空８　another side of the moon last quarter』（第八巻、二〇〇六年八月）までの全八巻で第一巻から第六巻までが本編、第七巻、第八巻は短編集である。

橋本紡は「半分の月がのぼる空」シリーズ以前にも『猫目狩り』（上下巻、メディアワークス、一九九八年二月、一九九七年）、「リバーズ・エンド」シリーズ（メディアワークス、二〇〇一年一二月～二〇〇四年六月、全六巻）など電撃文庫刊行の多数の作品がある。現在では電撃文庫以外の小説もあり、ライトノベル以外のジャンルにも進出している作家である。『流れ星が消えないうちに』（新潮社、二〇〇六年二月）、『ひかりをすくう』（光文社、二〇〇六年七月）、『月光スイッチ』（角川書店、二〇〇七年三月）、などいくつかの出版社から単行本が刊行されている。

「半分の月がのぼる空」シリーズは他メディアでの作品化が盛んで、ビジュアルノベル・漫画・ドラマCD・アニメ・実写ドラマ・実写映画などで作品化がなされている。また挿絵をなくし、構成、表記、特に会話文を伊勢弁へと変更するという大幅な修整を加えたリメイク版の単行本、上下巻（電撃文庫版の第一巻〜第五巻に相当、アスキー・メディアワークス、二〇一〇年四月、五月）が刊行されている。

「半分の月がのぼる空」シリーズであるが、第八巻刊行後の『このライトノベルがすごい！2007』では、作品部門で第四位、キャラクター女性部門でヒロインの秋庭里香は第七位、キャラクターの総合では第一〇位、イラストレーター山本ケイジは第四位である。[3] 作品、キャラクター、イラストともに高い評価を受けており、ライトノベル作品を考える上で重要な作品ということが出来る。

物語の中心は、急性肝炎で入院した戎崎裕一と、重い心臓病（先天性心臓弁膜症）を抱えた秋庭里香の恋愛である。病院が主な舞台であるため、日常生活の中で人の生死が扱われている。里香の病も重く、全快が見込まれるものではない。「終わりのある日常」（第五巻、「あとがき」、二九五頁）[4] を描く物語である。

日常生活を舞台とするという点について、橋本紡は「半分の月がのぼる空」の創作開始時の心境について次のようにコメントしている。

「ライトノベルの中でＳＦでもファンタジーでもない話を出しても、やれなくはないんだ」ってことを示したかった。じゃないと僕の居場所はどこにもないと思ったので、それで『半分の月〜』を書いたんです。(5)

橋本は「半分の月がのぼる空」シリーズの前に『猫目狩り』などＳＦの要素を含む作品を書いてはいるものの、特別な世界を描くのではなく、日常生活を舞台としているということが「半分の月がのぼる空」シリーズの基盤であるといえよう。

この「半分の月がのぼる空」では、里香が文学好きゆえ、近代の文学作品が多く登場し、また、アニメＤＶＤ初回限定版附属のショートストーリーにおいても近代文学作品が使用される。詳しくは後述するが、宮沢賢治の「銀河鉄道の夜」「春と修羅」をはじめとして、近代文学作品の使用が物語の成立と深く関わってくるシリーズである。

一、「半分の月がのぼる空」シリーズにおける近代文学作品の位相

「半分の月がのぼる空」シリーズにおいては文学好きの里香の読書を通じて様々な近代文学作品が使用される。巻によってはあとがきに橋本紡による使用作品の解説がある。第二巻の「あとがき」には次のような記述がある。引用の際には巻数と頁数を記載する。

この『半分の月がのぼる空』では、なにしろ里香が本好きなので、いろんな物語が出てきます。前回は芥川さんの『蜜柑』でしたが、今回は宮沢賢治さんの『銀河鉄道の夜』です。本文への引用は、昭和四十四年発行の角川文庫版を使わせていただきました。

最初は『銀河鉄道の夜』なんてベタかなあと思ったんですが、久しぶりに読み返してみたら、記憶にあるよりもずっといい話でした　（第二巻、二五五頁）

具体的には、各巻において主に次のような近代文学作品が使用されている。作品中に記載がある場合は、（　）内にその出版社、発行年を記した。

・第一巻　芥川龍之介「蜜柑」、ビトリクス・ポター「ピーターラビット　こわいわるいうさぎのおはなし」
・第二巻　宮沢賢治「銀河鉄道の夜」（角川書店、一九六九年）
・第三巻　ロジェ・マルタン・デュ・ガール『チボー家の人々』（白水社、一九五六年）
・第四巻　中島敦「山月記」
・第五巻　太宰治「人間失格」（一九五九年）、寺山修司「懐かしのわが家」

・第六巻　太宰治「人間失格」、芥川龍之介「蜜柑」
・第七巻　森鷗外「高瀬舟」
・第八巻　ルイーザ・メイ・オルコット「若草物語」・「続・愛の若草物語」

以上のように、各作品が先行する近代文学作品と関連しながら成立しているのが「半分の月がのぼる空」シリーズの特徴である。

この近代文学作品の使用において注目されることは、海外の作品以外の大部分の作品は現在でも定番の国語教科書掲載作品だということである。「半分の月がのぼる空」シリーズは、教科書に掲載される作品との親和性が顕著なのである。

秋枝美保は、「「銀河鉄道の夜」と「世界の中心で、愛をさけぶ」における死生観―ジョバンニとカムパネルラの変奏―」の中で、身近に存在する文学、例えば「銀河鉄道の夜」から青少年が死生観を立ち上げる過程を論じている(6)。「半分の月がのぼる空」においても同様のことが行われていると考えられる。教科書掲載作品のような身近な作品を使用し、裕一がそれを読むことで物語が成立し、進展しているのである。

また「半分の月がのぼる空」シリーズは読書ガイドとして、ライトノベルの主な読者層である中高生に近代文学作品を届ける役割を果たしているといえる。作者の橋本紡は学校の「図書館便り」に原稿料なしで自らの小説を連載する作業を二〇〇七年から行っており、インタビューでも若い読者に「ライトノベル以外の小説の楽しさも覚えて欲しいんです。ライトノベルと文芸の間の橋渡し役になりたいという気持ちがあります」(7)と語っている。この記事は二〇〇八年のものであり、「半分の月がのぼる空」シリーズ刊行時と完全に一致はしないが、作者に読書紹介という意図が少なからずあるのではないだろうか。

では具体的に近代の文学作品はどのように使用されるのだろうか（第二巻は後述する）。

第一巻の芥川龍之介の「蜜柑」は裕一が里香と知り合いになるきっかけともなる。裕一は「教科書でしか見たことのない人の本である」（第一巻、六七頁）と言い、ここでも裕一によって教科書に載っている作品ということが意識されている。最初は教科書でしか知らなかった芥川の作品だが、里香と話を合わせるために裕一は読み、「読んでみると、意外と芥川さんはおもしろかった」（第一巻、一二三頁）と述べている。裕一が教科書でしか知らなかった近代の作家、文学作品を読み感想を形成していくこと、つまり読書することを描く小説でもある。

芥川作品に関しては「どうってことのないエピソードが描かれているだけの話なのに、それでもなにかが心に残る」（第六巻、二六〇頁）とある。第三巻の「チボー家の人々」は物語内容のあらすじがあり、里香の裕一に対する想いを告白することに絡むものとして使用されている。第四巻の「山月記」では、出世のために妻の小夜子を死なせてしまったと自らを責める里香の主治医夏目吾郎の出世欲と、虎になった李徴が重ねられている。第五巻の「人間失格」はテクストの引用はなく、第六巻にて「ひどい男」（第六巻、四二頁）と触れられる程度である。また看護師の谷崎亜希子により「ぼくは不完全な死体として生まれ、何十年かかって 完全な死体となる」という寺山修司の詩が人間存在の不確かさの暗喩として使用される。(8) 第六巻では特に新しい作品は登場せず、「人間失格」や「蜜柑」が軽く触れられる。短編集の第七巻の「高瀬舟」では、あらすじの後、兄弟は信じ合っていたから幸せであったと里香が言い、間違った方向であっても信じることの大切さという里香自身の想いを「高瀬舟」を通じて語っている。また第八巻には結婚に憧れる「若草物語」のメグに里香が重ねられている。第三巻には太宰先生、第八巻には小林喜多二という名の人物が登場し、作家のパロディを楽しめるようになってもいる。

「半分の月がのぼる空」シリーズは、視点となる人物が変化する作品であるが、多くの場面で裕一の一人称「僕」に寄り添う視点で物語が進む。「高瀬舟」「若草物語」などは、単に近代文学作品がネタとして出されるのみではなく、主に裕一の視点からだけでは表現きしれない里香の心情を補助する、里香の心情表現に広がりを持たせるために使用されている。また、第四巻では夏目の心情も「山月記」によって表現されている。いずれにせよ、身近な作品を使用して心情を厚く表現することが行われているといえる。

シリーズ全体において多くの近代文学作品が使用されているのだが、後述する宮沢賢治「銀

河鉄道の夜」は、引用量が他の作品に比べて格段に多く、注目すべきである。(9)

さらに「gleaning　春と修羅」ではそのタイトルの通り「春と修羅」が裕一や夏目の心情表現を置き換えるものとして長文で引用されている。

賢治作品がなぜ長文にて引用される理由は何なのだろうか。そしてどのように使用されているのだろうか。

次に、「半分の月がのぼる空」第二巻と「gleaning　春と修羅」における「銀河鉄道の夜」「春と修羅」の受容について考察を行う。

二、「半分の月がのぼる空」第二巻における「銀河鉄道の夜」の受容
――死にゆく者との対話

「半分の月がのぼる空」第二巻では、裕一に寄り添う一人称の視点（一部、里香、主治医である夏目、看護婦の谷崎に寄り添う三人称視点）によって物語が進行していく。

里香が持っている「銀河鉄道の夜」文庫本は里香が八歳の時、里香と同じ心臓病で死去した父親の所有物であった。橋本紡は前述した「半分の月がのぼる空」第二巻「あとがき」において「銀河鉄道の夜」に関する発言を行っている。

そこでは、ベタなものとしての「銀河鉄道の夜」の使用という発想が作者にあったことが分

かる。また橋本が使用した「銀河鉄道の夜」が昭和四四年発行の角川文庫（以降、四四年版と省略）であった点にも注目したい。

「銀河鉄道の夜」は作品後半で、裕一と里香が裕一の隠していたエロ本をめぐって喧嘩をし、里香が父親の本である「銀河鉄道の夜」を投げ、それが拾われた後、裕一が読み始めることで登場する。以降は「銀河鉄道の夜」を裕一が読むことによって物語が進行していく。裕一が「銀河鉄道の夜」を読み始めるシーンは次のように描かれる。

僕はそのとき、ベッドで本を読んでいた。里香から渡された宮沢賢治で、ベタなことに『銀河鉄道の夜』だった。（第二巻、二一〇頁）

「ベタ」というのは橋本紡の「あとがき」にも書かれており、「銀河鉄道の夜」が非常によく知られた作品として裕一においても認識されていることが分かる。ちなみにリメイク版『半分の月がのぼる空』においては「ベタなことに」は削除されている。[10]

橋本紡が「あとがき」で使用したと語る四四年版では、カムパネルラがいなくなった後、ジョバンニの前に、「黒い大きな帽子をかぶった青白い顔のやせた大人」、「ブルカニロ博士」が登場し、ジョバンニの嘆きを鎮め、彼を現実世界でほんとうの幸福を探すようにさとし、導く。

「銀河鉄道の夜」には、このジョバンニを導く人物が存在するバリアントと存在しないバリアントがある。新校本全集では初期形（第一次〜第三次稿）と最終稿（第四次稿）が二つに分けられ、両者の違いが明確になっている。

第四次稿にはジョバンニを導く人物や声は存在しない。なぜこの部分が第四次稿で削除されたのか。様々な要因が考えられるが、一つには宗教色が出すぎることを嫌ったためと考えられる。

吉本隆明はブルカニロ博士の登場が賢治の考えた如来性を象徴しているとした上で次のように述べる。

この構想が「法華経」の理念をあまりに「心理学」上の催眠幻覚や超能力の問題に引寄せていることを宮沢賢治自身はたぶん危惧したにちがいない。(11)

この吉本の見解には同意できる。第四次稿において宗教的な導き・救いを削除したことによってジョバンニはカムパネルラの死を一人で受け入れ、自ら考え、判断して前に進まなければならなくなるのである。

橋本の「あとがき」に従うならば、里香の読んでいる「銀河鉄道の夜」は第三次稿と第四次稿が組み合わさったバリアントと考えられる(12)。

橋本紡は『流れ星が消えないうちに』の中で「銀河鉄道の夜」のバリアントの問題に触れ、賢治が何度も書き直しをしたこと、「銀河鉄道の夜」は「最後の方はごっそり書きかえてあったよ(13)」と登場人物に言わせている。橋本自身がバリアントの問題についてこだわりを持っていることがうかがえる。

「半分の月がのぼる空」第四巻では、夏目の妻であった小夜子が里香に対して「どうして宮沢賢治がシーンを削ったのか考えながら読むと、いろいろわかってくることがあっておもしろいわよ」（第四巻、二七二頁）と述べている。

橋本が使用した四四年版では、第三稿から登場する「黒い大きな帽子をかぶった青白い顔のやせた大人(14)」が登場している。この人物は地上でジョバンニに実験を行ったブルカニロ博士と重なるのだが、「半分の月がのぼる空」第二巻はこの四四年版を使用しているものの、ブルカニロ博士の導きの部分はすべて削除されている。

ブルカニロ博士の導きの場面に関して、裕一は「しばらくぼんやりとしてから、読み進む。」（第二巻、二四八頁）として、ジョバンニがブルカニロ博士らの導きによって「ほんとうの幸」を求めて力強く進む決意をする部分が省かれているのである。

作家・橋本紡が「半分の月がのぼる空」の第二巻刊行時点（二〇〇四年二月）において「銀

河鉄道の夜」の改稿の問題を知っていたかどうかは明確には判断できない。ただ、あえて「あとがき」の中で四四年版と断っている点から、この時点でバリアントを意識していた可能性は高いのではないか。

ブルカニロ博士による導きを使わないことで、「半分の月がのぼる空」では里香に早いうちに訪れるであろう死の不条理さに対して救いが与えられない展開となる。四四年版を使用しながら、ブルカニロ博士の救いを削ることであえて裕一が自分で悩む方向へ、不確かではあるが裕一自身の内発による成長が求められる展開になっているといえる。

これはまた、「銀河鉄道の夜」が第三次稿から第四次稿への改稿の結果、ジョバンニが導き手なしで、自ら考え、未来へ向かうことになった展開と重なるだろう。

裕一が救いのない状態の中で悩む姿の背後には「銀河鉄道の夜」の改稿と近似する発想が流れているとは考えられないだろうか。またわざわざ「銀河鉄道の夜」の改稿の問題が触れられている点からも、「半分の月がのぼる空」シリーズにおいて「銀河鉄道の夜」がいかに重要な役割を負っているかも知ることが出来る。

三、「半分の月がのぼる空」第二巻における「銀河鉄道の夜」の受容
――日常からの意見

では、具体的にどのような「銀河鉄道の夜」の引用がなされるのか。

里香の手術を前に、屋上に出た里香と、途中まで「銀河鉄道の夜」を読んでいる裕一は、里香の趣向によって「銀河鉄道の夜」の読み合いを始める。主に裕一はジョバンニの役、里香はカムパネルラの役である。例えば、階段を登り終えた里香が、「ぼくはもう、すっかり天の野原に来た」（第二巻、二二一頁）と言う。その後も、「銀河鉄道の夜」を引用する里香の台詞が次のようにある。


「おっかさんは、ぼくをゆるしてくださるだろうか」

ぼんやりとした声で。

また銀河鉄道だ。

（第二巻、二二三頁）


それに対して、裕一が続くカムパネルラの台詞を読みあげる。

「ぼくはおっかさんが、ほんとうに幸になるなら、どんなことでもする。けれども、いったいどんなことが、おっかさんのいちばんの幸なんだろう」（第二巻、二二三頁）

この先、「銀河鉄道の夜」をしっかりとは読みこんでいない裕一が言いよどみ、里香がカムパネルラの台詞を暗唱する。

「ほんとうにいいことをしたら、いちばん幸なんだねえ。だから、おっかさんは、ぼくをゆるしてくださると思う」（第二巻、二二四頁）

この屋上での一連のやり取りの描写の前には、里香の主治医の夏目が里香の手術について里香の母親に説明する場面が描かれている。そこでは決して里香の容態が楽観視できるものではないことが暗示される。

ここでの「銀河鉄道の夜」の「おっかさん」に関するやり取りは、里香の母親が手術の説明を聞いていること、手術の成功率が高くないと母親が知ってしまうことを理解している里香の心情を表すものとなっている。この場面では「銀河鉄道の夜」の引用によって里香の母に対する憂いが語られている。

この場面に続き、裕一は「銀河鉄道の夜」に目を落とす。そこでは『カムパネルラは、なにかほんとうに決心しているように見えました。』／胸がどくんと、弾んだ。／「もうじき白鳥の停車場だねえ」／里香の声」（第二巻、二二四頁）という記述がなされる。危険な手術とその先にあるかもしれない死を暗示する道具として「銀河鉄道の夜」の引用が行われている。

宮沢賢治の「銀河鉄道の夜」では「カムパネルラは、なにかほんとうに決心しているように見えました。」と「もうじき白鳥の停車場だねえ」との間に、乗客のみんなが車窓から見える十字架に向かってハレルヤを唱える描写がある。しかし、この部分は「半分の月がのぼる空」第二巻では削除されている。車窓には白い十字架がそびえ立ち、崇高な場面ではあるものの、明確に死や天上の世界を暗示するからだと考えられる。また、「銀河鉄道の夜」を暗記するまでに読んでいた里香は、あえてこの直接的な死の暗示の部分には触れなかったといえよう。

こうして裕一がジョバンニ、里香がカムパネルラとなって「銀河鉄道の夜」を読むことで、作品前半部分で裕一が隠していたエロ本をめぐって喧嘩していた二人の距離は縮まっていく。

裕一は、「男の子らしいジョバンニに比べると、カムパネルラはなんだか弱々しくて、全然里香っぽくなかった。」（二二七頁）という思いを述べている。

カムパネルラの弱々しさと里香を重ねることが出来ない裕一は、里香の置かれた状況の深刻さに全く気づけていないということが明らかであるだろう。

裕一は里香との会話の中では最後まで「銀河鉄道の夜」を読んではいない。しかし「銀河鉄道の夜」を読んだ経験のある「読者」であれば、登場人物の裕一よりも先に、里香の想いをカムパネルラの「銀河鉄道の夜」における行動から推測することが出来る。ここでは「読者」に、「銀河鉄道の夜」をベースとして里香の想いを推測することが求められているといえる。

次に、「銀河鉄道の夜」が変形されている部分を挙げよう。

「けれどもほんとうのさいわいはいったいなんだろう」
ああ、なんだろう。
カムパネルラが、里香の声で言った。
「僕わからない」
途方に暮れる声。

（第二巻、二四七頁）

四四年版の「銀河鉄道の夜」においては「途方に暮れる声」は、「カムパネルラがぼんやり言いました」[15]となっている。しかし、里香の声は「途方に暮れる声」と変形させられている。ここには、旅の終わりに差し掛かり、ぼんやりとするカムパネルラ、死にゆく存在であり、銀河鉄道に乗った時点ですでに異界性を持ち、死者であるがゆえにとらえ得ない存在であるカムパネルラ[16]に対して、手術を前にして途方に暮れる里香の不安感が想像されている。

次は、裕一が「銀河鉄道の夜」を読み終わるシーンである。


ジョバンニは銀河鉄道に乗って、死んだカムパネルラと旅をしていたのだった。銀河鉄道の旅は、死への旅だった。

僕は呟いた。

「そうか……」

里香はこの本を最後まで読んでいた。（中略）

もちろん、その内容も、暗喩の意味も、最後のシーンも、里香はちゃんと知っていたんだ。（第二巻、二五〇頁）

この時点で裕一は「銀河鉄道の夜」の途中で、人が降り、神様のもとへ行くというエピソードを思い出す。ここで裕一は自らの能天気さに気がつき、また夏目が「なんでそんな楽観的なんだ」（第二巻、二三九頁）として自分を殴ったことも理解する。「里香がカムパネルラの台詞ばっかり読んでた理由を、僕は悟った」（第二巻、二五〇頁）とある。

近代文学作品を用いるライトノベル、野村美月「〝文学少女〟」シリーズ第五巻においては、

「銀河鉄道の夜」と宮沢賢治伝記の読み替えが行われ、「現実を生き、日常生活のなかに欠落を抱えた登場人物それぞれに救いと目標が与えられる物語」(17)が描かれていた。それに対して、「半分の月がのぼる空」第二巻では死にゆくものとの長期にわたる会話という「銀河鉄道の夜」のストーリーを使用して、里香が自らの死を暗示する。「銀河鉄道の夜」は、日常の中で死にゆくものが自らの死を覚悟した内面を語るための重要な装置として使用されているといえるだろう。

また、ジョバンニの一方的な想いと、死にゆくカンパネルラとのズレを裕一と里香に投影し、「銀河鉄道の夜」の結末を知る読者に裕一よりも先に里香の心の内面を推測させている。

さらに前述したように「半分の月がのぼる空」第二巻では「銀河鉄道の夜」全般に見受けられる宗教的救いを削除することによって、結果として裕一に日常での努力が求められることとなるのである。

では、「半分の月がのぼる空」第二巻は、死の可能性の高い里香の内面を「銀河鉄道の夜」を使用することで厚くし、宗教的救いを削除し、裕一自身が里香の死の可能性に向き合い自らの成長する物語とするのみなのだろうか。「銀河鉄道の夜」に対する批評性はないのだろうか。「銀河鉄道の夜」が引用される際に疑問が描写されている部分がある。そこには宗教的な大きな救いに対する、批判とまでは行かない、不満の描写が見られる。

それにしても、『銀河鉄道の夜』に出てくる人は、誰もが本当の幸を求めていた。幸を求めて、それをジョバンニに問いつづけていた。
なあ、そんなの簡単じゃないか――。
（第二巻、二三〇頁）

ここでは、裕一によって、非常に素朴な形で「本当の幸」を求めることについて、それは日常に簡単にあるとの見解が示されている。裕一の発言には、「銀河鉄道の夜」にあるような究極の目標としての「本当の幸」をかわし、日常のレベルで幸せを考えたいとする態度が表れているだろう。

さらにエピローグ「カムパネルラの声」では「銀河鉄道の夜」の引用の後に、裕一の台詞が続く。

「なにがしあわせかわからないです。ほんとうにどんなつらいことでもそれがただしいみちを進む中でのできごとなら、峠の上りも下りもみんなほんとうの幸福に近づく一あしずつですから」
そうなんだろうか。

「ああそうです。ただいちばんのさいわひに至るためにいろいろのかなしみもみんなおぼしめしです」

わからない。

（第二巻、二四五頁）

ここでは、「そうなんだろうか」「わからない」という形で、裕一の「本当の幸」に対する感覚の揺らぎがある。これは「銀河鉄道の夜」の宗教的な非常に大きな理想、「本当の幸」に向かうという人間の不幸や死をも乗り越える思想に対する、一高校生である裕一からの素朴な疑問であり、日常を生きる者の「わからない」という形での抵抗であるともいえる。

また「gleaning　春と修羅」においては友人のザネリを救うために溺れたカムパネルラの行為に対して、「いじわるなザネリなんか救おうとして、カムパネルラは溺れたんだ。いっそ放っておけばよかったのにさ」（二二頁）とあり、カムパネルラの行為に対する裕一からの素朴な、しかし非常にシニカルな意見が出されている。

「半分の月がのぼる空」や「gleaning　春と修羅」では、短い独白程度ではあるものの、「本当の幸」や友人を救ったカムパネルラの行為に対して、賢治作品内では宗教的・利他の精神として解釈される「死」について、裕一の短い台詞によって疑問が示されている。あくまで日常生活の立場に立つからこその発言であり、裕一は里香のやがて来る死に対抗しながら二人の関係を模索することになるのである。

「半分の月がのぼる空」は単に「銀河鉄道の夜」を引用するのみではなく、裕一という日常を生きる登場人物の視点で、「銀河鉄道の夜」に表明された大きな理想と日常とのギャップを描いている作品でもあるといえるのである。

四、ショートストーリー「gleaning　春と修羅」における「春と修羅」の受容

このショートストーリーは「gleaning」（落穂拾いの意）であり、拾遺、語り残したエピソードが語られる内容となっている。DVD各巻に特典として入れられている。DVD第一巻は「檸檬」、第二巻は「春と修羅」、第三巻は「トロッコ」である。ここでも近代文学の作品名がタイトルとなっている。「檸檬」では梶井基次郎「檸檬」の作品中の読みの分からない漢字を里香が裕一に聞くところから物語が展開する。第三巻では裕一の読む「蜜柑」が夏目から「ベタ」な「教科書に載ってる」作品[18]と言われた後、「トロッコ」の終結部の細い道が現在でも続いているという点に夏目の過去が重ねられる。

第二巻「gleaning　春と修羅」では、里香の担当医師夏目と、裕一の心境が交互に語られる構成である。この心境（内面）の告白の際に賢治の「春と修羅」が長文で使用される。「gleani ng　春と修羅」のタイトルどおり「春と修羅」が裕一と夏目の内面を語る際の重要な位置を占めるのである。

まず、裕一が「そういえば、宮沢賢治の詩を読んだことがある。／教科書に載っていたんだった。／あれはなんて詩だっけな。春と、なんとかだ。」（一一～一二頁）として「春と修羅」を思い出す。ただし、「春と修羅」は最近一〇年間において教科書には掲載されておらず、実際に教科書にはないものの、裕一の読書の範囲が教科書を中心としていることを如実に示す。

次に、夏目の過去が語られ、その中で彼が出世を目指すあまり、恋人を失った（特発性拡張型心筋症による死）経緯が明らかにされる。そしてそのことに対する自責の念、自分に対する怒り・悲しみを抱えていることが「春と修羅」の引用から語られる。

夏目は本編の「半分の月がのぼる空」第二巻において、自らの過去、出世のために恋人との時間を大切にせずそれによって恋人を死なせてしまったことと里香の病の深刻さに気がつかない裕一を重ね、裕一を殴ってしまう。

夏目は次のように独白する。

> 考えてもしかたない。だから殴ったのだ。徹底的に殴ったのだ。あいつを。あのクソガキを、自信満々の嫌なヤツを、出世に囚われた愚かな男を、痛めつけてやったのだ。

修羅となって。

（二一九～二二〇頁）

夏目の怒りは、自らが自分の過去の姿を裕一に重ねて見ていることを理解した上での怒りであるといえる。

その後の引用では「はぎしり燃えてゆききする／おれはひとりの修羅なのだ」（二二〇頁）とあり、夏目の抱える怒りが「修羅」という言葉の使用によってより明確になっている。

裕一は、本編で夏目にその脳天気さを指摘され、殴られた後、里香の暗示に気がつかなかった自らの愚かさを悔やむ。彼は「同じ道を、里香は覚悟している。／カムパネルラと同じ道を。」（二二一頁）として里香の覚悟を知るのである。

そして、裕一は自らの愚かさを語る。

本当にどうしようもないバカだ。すべてを知ってもまだ、そんなところをうろうろしている。

愚かさには、底がない。

（まことのことばはここになく
修羅のなみだはつちにふる）」

（二二五～二二六頁）

ここでは、人間の闘争性の反映、愚かさを強調するものとして仏教における「修羅」の意識が使用されている。日常生活における他者を知ることの不可能性、そこで発生する怒り、愚かさに揺れる激しい内面を暗示するための重要な装置として「春と修羅」が使用されているといえよう。この「修羅」の意識は心象スケッチとして「春と修羅」のそれと共通性を持つ。ただし、「春と修羅」における仏教的な修羅の位相―怒りと喜びの両面を持ち、善神でも悪神でもあり、法華経の守護者的存在(19)―という宗教性は除かれ、むしろ日常生活の中でありうる怒り、愚かさの反映としての「修羅」意識の使用となっている。

自己と他者の間で発生する、怒りと悲しみの繰り返しに「春と修羅」の内面の激しい揺れが使用されていると考えられる。

おわりに

近代文学作品を受容したこのシリーズにおいては有名作品、特に国語教科書に掲載されるような文学作品が受容される傾向にあった。

同時に、裕一が身近な文学作品を読み学ぶ小説でもあり、読書案内の効果ももたらすものでもあった。

「半分の月がのぼる空」第二巻における「銀河鉄道の夜」の受容では、死を覚悟した里香の心情を映し出し、補強し、里香の内面を肩代わりする使用が行われていた。「読者」は裕一の知らない「銀河鉄道の夜」の結末から里香の心情を推理することが出来、死にゆくものの覚悟と絶望を読み取れるように使用されていた。

引用においては「銀河鉄道の夜」にみられる宗教性、四四年版に存在した、救いが省かれる点が特徴的である。ここには死を覚悟したものの内面を表現するものとして、それを日常生活の段階で表そうとする傾向、また究極的な救いではなく、日常に悩むことにこそに焦点を当てようとする「銀河鉄道の夜」の受容がみられた。それは宮沢賢治が「銀河鉄道の夜」の最終稿においてブルカニロ博士を削除したことと共通すると考えられる。

究極の理想や救いの削除は、日常の中で対決するという「半分の月がのぼる空」シリーズに流れるテーマとの関連をみることが出来るだろう。

また、「銀河鉄道の夜」の中に描かれる「本当の幸」や「カムパネルラ」の行為に対する日常の生活からの疑問が提示されていた。

「gleaning　春と修羅」では、修羅の宗教性は除き、激しい感情の揺れの表現として「春と修羅」が受容されていることが分かった。

宗教性に対する削除と大きな理想に対する反発、死にゆくものの心情を表現するための「銀河鉄道の夜」の受容、激しい感情の揺れの表現としての「春と修羅」の受容は、中高生向けの文学作品における賢治作品の受容の一つのあり方を示しているのではないだろうか。

注

（1）秋枝美保「『宮沢賢治の文学と思想』補説Ⅱ―宮沢賢治の可能性―教養主義からサブカルチャーへ―」（『論攷　宮沢賢治』第七号、中四国宮沢賢治研究会、二〇〇六年七月、三七頁）

（2）「半分の月がのぼる空」シリーズを論じた先行研究として、松原慎吾「青少年読者とライトノベル―新しい読みの可能性の考察―」（千葉大学大学院修士論文、二〇〇六年）があり、「受動的な自己」「わかりやすい物語」の問題について言及している。ただし本節では先行する近代文学作品との関係を中心として論じたため松原論に対する言及は行わない。

また、拙稿「野村美月『〝文学少女〟』シリーズ――『銀河鉄道の夜』から飛躍する文学少女」（一柳廣孝・久米依子編著『ライトノベル研究序説』青弓社、二〇〇九年四月）では野村美月「〝文学少女〟」シリーズにおける賢治作品の受容を考察した。

（3）『このミステリーがすごい！』編集部編『このライトノベルがすごい！２００７』宝島社、二〇〇六年一二月、一二～一五頁、六九頁

（4）『半分の月がのぼる空　looking up at the half-moon』（第一巻　二〇〇三年一〇月）～『半分の月がのぼる空８　another side of the moon-last quarter』（第八巻　二〇〇六年八月）の引用は以降、巻数と頁数を載せる。またアニメＤＶＤ初回限定版封入特典ショートストーリー「glea

ning　春と修羅」の引用は頁数のみを挙げる。
「半分の月がのぼる空」第二巻及び「gleaning　春と修羅」に使用される宮沢賢治作品、「銀河鉄道の夜」、「春と修羅」は新校本全集の該当箇所と比較して、旧字体から新字体へ、また一部に漢字から平仮名への変更が見られる。「銀河鉄道の夜」の比較には『新校本宮澤賢治全集』（第一一巻、本文篇、筑摩書房、一九九六年一月）、「春と修羅」の比較には『新校本宮澤賢治全集』（第二巻、本文篇、筑摩書房、一九九五年七月）を使用した。

（5）『このミステリーがすごい！』編集部編『このライトノベル作家がすごい！』宝島社、二〇〇五年四月、九〇頁

（6）秋枝美保「「銀河鉄道の夜」と「世界の中心で、愛をさけぶ」における死生観―ジョバンニとカムパネルラの変奏―」（『福山大学人間文化学部紀要』第八巻、福山大学人間文化学部、二〇〇八年三月、一二頁）

（7）橋本紡「〈著者インタビュー〉大衆文芸の花を咲かせたい」（『本の話』第一四巻第一二号、文藝春秋、二〇〇八年一二月、一二五頁）

（8）「懐かしのわが家」（『朝日新聞』朝日新聞社、一九八二年九月一日、夕刊、五面）

（9）「半分の月がのぼる空」シリーズにおいて、「銀河鉄道の夜」、「春と修羅」の引用は他の近代文学作品に比べ、引用の量・登場人物の心情を表現する装置としての役割の二点で突出している。

（10）橋本紡『半分の月がのぼる空』上、アスキー・メディアワークス、二〇一〇年四月、二五一頁

(11) 吉本隆明『悲劇の解読』筑摩書房、一九七九年一二月、一四七頁
(12) 第一次、第二次稿では登場しない「黒い大きな帽子をかぶった青白い顔のやせた大人」は、第三次稿において登場し、第四次稿では削除される。また昭和四四年版の終結部「もう一目散に河原を街の方へ走りました」は、第四次稿の終結部と一致する。『宮沢賢治全集7』（筑摩書房、一九八五年一二月、五五三頁、二九八頁）
(13) 橋本紡『流れ星が消えないうちに』新潮社、二〇〇八年七月、二〇六頁
(14) 宮沢賢治『銀河鉄道の夜』角川書店、一九六九年七月、二三二頁
(15) 注14同書、二三〇頁
(16) 香取直一「カムパネルラへのアプローチ　「銀河鉄道の夜」私見」（『宮沢賢治』第一号、洋々社、一九八一年一月、八六〜八七頁）
(17) 拙稿「野村美月『〝文学少女〟』シリーズ――『銀河鉄道の夜』から飛躍する文学少女」（一柳廣孝・久米依子編著『ライトノベル研究序説』青弓社、二〇〇九年四月、二七二頁）
(18) 橋本紡「半分の月がのぼる空1　gleaning　トロッコ」（ポニーキャニオン、二〇〇六年四月、九頁）
(19) 萩原昌好「修羅」（渡部芳紀編『宮沢賢治大事典』勉誠出版、二〇〇七年八月、三九〇頁）

第三節　「銀河鉄道の夜」のアダプテーション

――『輪るピングドラム』を軸として

はじめに

本節は、日本の近代文学・現代文学における「メロドラマ的想像力」の展開に関して、多角的に研究を行おうとする試みの一部である。「メロドラマ的想像力」に関しては本節の後半にて言及する。以上のテーマのもと、本節では、近年のアダプテーション研究の知見を援用しつつ、日本の近代文学が、現代の「物語」にどのように再創造され、そこに、どのような想像力が発生するのかを考察していく。

(1)、アダプテーション

本書「序」でも述べたが、論の始めに本節で使用するアダプテーションについて述べる。アダプテーションとは、文学作品を映画に「翻案」あるいは「改作」する行為、または「翻案」「改作」された映画作品とするのが基本である。ただし、アダプテーションの範囲はかなり広い。

武田悠一はアダプテーションについて、「原作の創造的な翻訳＝解釈であり、原作に「死後の生」を与え、そこに潜在していながらこれまで気づかれることのなかった〈未来〉を顕在化させる」[1]と述べる。武田は、小説から映画という方向性のみではなく、映画から映画、などの様々なアダプテーションの可能性を示しており、間テクスト・間メディア・間ジャンルの可能性として指摘している。このようにアダプテーションの範囲は広範囲に考えることも出来る。

アダプテーションを広くとらえた場合、宮沢賢治の作品自体に、多くの下書稿が残されており、宮沢賢治自ら改作を多層的に行っていることも自作のアダプテーションといえるだろう。「銀河鉄道の夜」に関していえば、第一次〜第四次稿まで原稿が存在し、それぞれをバージョンとして読むことが可能である。さらにいえば「銀河鉄道の夜」自体が「法華経」のアダプテーションという解釈も可能になるだろう。大橋洋一は「作品のアダプテーションは、作品の改変ではなく、作品の最終的完成への重要な一段階ともなるのです」[2]と述べており、その範囲はとらえ方によっては実に広いといえよう。

本節ではアダプテーションの範囲を限定して、文学作品からアニメーションへの移行をアダプテーションとしてとらえる。

　アダプテーションの内容に関して、リンダ・ハッチオンは「他の作品への短い間テクスト的言及や、楽曲の短い一部をサンプリングしたものは、アダプテーションに含まれないだろう。だがパロディは含まれる。」とし、さらに「結局、アダプテーションをアダプテーションとして体験するのは、受容者自身にかかっている。[3]」と述べている。本節では、原作とテーマ・登場人物・ストーリーに共通項を持つ作品が作られる行為とともに、その結果生まれた作品としてアダプテーションの内容面をとらえる。

(2)、先行研究

「銀河鉄道の夜」は、様々な形でアダプテーションが行われている作品である。ますむらひろしのキャラクターによる映画「銀河鉄道の夜」（一九八五年、劇場用アニメ映画、監督：杉井ギサブロー、原案：ますむらひろし）、「八〇年後のKENJI〜宮沢賢治二一世紀映像童話集〜「銀河鉄道の夜」」（二〇一三年三月六日、ＮＨＫ　ＢＳプレミアムで宮沢賢治没後八〇年を記念した映像作品・特別番組『八〇年後のKENJI〜宮沢賢治二一世紀映像童話集〜』の第五回と第六回）などが挙げられる。本節で扱う『輪るピングドラム』（二〇一一年）は「銀河鉄道の夜」全体をアニメ化したものではないが、「銀河鉄道の夜」の「パロディ」（差異と批評的距離を置いた反復）の側面を強く持つアニメーションである。

先行研究として、『輪るピングドラム』全体について評論し、かつ「銀河鉄道の夜」にも言及したものとして、山川賢一『Mの迷宮』（キネマ旬報社、二〇一二年五月）が挙げられる。幾原邦彦による『少女革命ウテナ』や、『風の谷のナウシカ』、『新世紀エヴァンゲリオン』を経由しながら、『輪るピングドラム』を論じたものである。この評論の中では、宮沢賢治の「銀河鉄道の夜」についても触れられる。山川は「なぜ『ピンドラ』は、宮沢賢治の『銀河鉄道の夜』にオマージュを捧げているのだろうか？」とした上で、次のように述べる。

冠葉と晶馬の名前は、『銀河鉄道の夜』の主人公であるカムパネルラとジョバンニから、また眞悧の名は、ジョバンニの意地悪な同級生ザネリからとられているのではないか。眞悧の本拠地である図書館が「そらの孔分室」と名付けられていたのも、この小説で暗黒星雲が「そらの孔」と呼ばれていることによるものだ。(4)

『ピンドラ』が『銀河鉄道の夜』にオマージュを捧げている理由の一つは、両作がどちらも自己犠牲を主題にしているからだと思われる。(5)

おそらく『ピンドラ』で蠍の物語が重視されているのは、自己犠牲の精神により生存競争の次元を脱出する可能性が、ここに見出されているからではないだろうか。(6)

山川の考察は『輪るピングドラム』全体について論じたものである。その考察の範囲からすると、「銀河鉄道の夜」のアダプテーションに対する考察は相対的に薄くなってしまっていることは否めず、登場人物と「銀河鉄道の夜」の対比も紹介で終わってしまっている。

筆者は両作品の関係性は単に登場人物の名前にとどまらないと考える。さらに山川は『輪るピングドラム』と「銀河鉄道の夜」の両作品の主題を「自己犠牲」とまとめているが、「銀河鉄道の夜」やその他の宮沢賢治作品には「自己犠牲」の語は使用されておらず、なぜ「自己犠牲」と言及されるのか、どのように死と命のつながりが描かれるのかに関して再考が必要である。

『輪るピングドラム』第一話と第二四話で少年たちによって語られる「賢治」の名前の出るエピソードに関しては、山川論では第二四話についてはふれられているものの、第一話に関しては触れられていない。この点に関しても考察を加える。

一、『輪るピングドラム』

『輪るピングドラム』は、幾原邦彦・監督脚本によるアニメーションであり、二〇一一年七月から同年一二月まで、テレビ放映された。関連作品は多数あるが、小説版（幾原邦彦・高橋慶著）もアニメーションの放映とほぼ同時期に上（二〇一一年七月）・中（二〇一一年一〇月）・下（二〇一二年二月）が刊行されている。本節では、アニメーション版を主体として考察するが、この小説版も補助線として使用する。

物語は高倉冠葉・晶馬の兄弟が、妹の陽毬の命を救おうとする試みを軸に展開する。この三人は血縁のない家族であったことは後に明らかになる。

では、『輪るピングドラム』と宮沢賢治作品はどのような接点を持つのであろうか。両作品の接点は、「銀河鉄道の夜」のエピソードや世界観が『輪るピングドラム』の基盤として使用されていることにある。なお「銀河鉄道の夜」は大正末に制作が始まり、一九三一、一九三二年頃まで推敲が続けられた宮沢賢治の生前未発表・未完作品であり、第一次稿から第四次稿までが現存する。

幾原邦彦は辻村深月との対談の中で「銀河鉄道の夜」に触れ、次のように述べている。（傍線筆者。以降同じ）

じつは最初、『銀河鉄道の夜』をあそこまでフューチャーするつもりはなかったんです。電車ネタだから、主人公の名前をちょっと拝借しようかな、くらいの気持ち。それが3月の震災以降、あの作品のことを考えれば考えるほど惹かれるものがあった。もともと宮沢賢治が死んでしまった妹のために書いた話でもありますしね。（中略）『銀河鉄道の夜』の中で蠍の話って、ちょっと異物的に入っているんだよね。食物連鎖と命の輪廻が関連づけて語られるんだけど、すべての死は何かにつながっていると言っているわけでしょう。それとタイタニック号の乗組員の話が出てきて、どんな死もムダじゃないとも言っている。それら死にまつわるエピソードと、震災で失われた多くの命、それに『ピングドラム』で描こうとしていた命の話のつながりは強く意識したところですね。(7)

幾原の発言から、登場人物の名前だけではなく「食物連鎖と命の輪廻」「命の話のつながり」というテーマの観点からも「銀河鉄道の夜」との関係の深さがうかがえる。また、「銀河鉄道の夜」との関係が深くなった理由として二〇一一年の東日本大震災があることが分かる。『輪るピングドラム』は東日本大震災後の宮沢賢治作品の受容の一つの形といえよう。

次に『輪るピングドラム』公式完全ガイドブックから、右の引用において幾原が強調している「蠍の話」、「銀河鉄道の夜」の「蝎の火」のエピソードと『輪るピングドラム』の「蠍の炎」について言及されている箇所を挙げよう。

> 「蠍の炎」
> 『銀河鉄道の夜』で描かれた、蠍を焼いた献身の炎（中略）。桔梗色の空を照らすその真紅の輝きは「ルビーよりも赤くすきとおりリチウムよりもうつくしく酔ったように」と形容されている。蠍の逸話に感銘を受けたジョバンニとカムパネルラは、終点であるそらの孔を目前に〝みんなの幸いのためなら僕の身体など百ぺん焼いても構わない〟と誓い合った。本作での「蠍の炎」は、運命を乗り換える代償として登場。呪文を唱えた者はこの炎に焼かれ、世界の風景から消えてしまうという。これまで、自己犠牲の象徴である蠍のモチーフは冠葉を指すことが多かったが（第一二話・第一三話）、晶馬もまた苹果に代わり「蠍の炎」《ママ》引き受けることで彼女を救っている。[8]

幾原の言及、公式ガイドブックから「銀河鉄道の夜」の「蝎の火」と『輪るピングドラム』の「蠍の炎」のエピソードの関連が深いことが分かる。ただし繰り返しになるが公式ガイドブックにある「自己犠牲」という言葉は、宮沢賢治作品では使用されていないことは注意したい。

『輪るピングドラム』に関しては幾原邦彦が対談でも「銀河鉄道の夜」の影響の大きさについて語っており、より丁寧な考察を加える必要があると考えられる。また、この考察は『輪るピングドラム』自体のメッセージと、そこから逆照射される「銀河鉄道の夜」の読みを考えることになる。

なお、アニメーション『輪るピングドラム』の引用はＤＶＤ版（キングレコード、一〜八、二〇一一年一〇月〜二〇一二年五月）から書き起こし、引用の際にはＤＶＤ版の巻数と経過時間を記載する。

二、「りんご」を分け合うこと

では、具体的に『輪るピングドラム』において「銀河鉄道の夜」がどのように使用されているのか考察する。第一話「運命のベルが鳴る」では冒頭から、少年二人がりんごについて話す。

「だからさ、りんごは宇宙そのものなんだよ。掌に居る宇宙。この世界とあっちの世界をつなぐものだよ。」

「あっちの世界？」

「カムパネルラや他の乗客が向かってる世界だよ。」

「それとりんごに何の関係があるんだ？」

「つまりりんごは愛による死を自ら選んだものへのご褒美でもあるんだよ。」

「でも死んだら全部おしまいじゃん。」

「おしまいじゃないよ！　むしろそこから始まるって賢治は言いたいんだ。」

「ぜんぜんわかんねーよ。」

「愛の話なんだよ、なんでわかんないかな。」（第一巻・第一話、五分三八秒　小説版も参照）

第一話の少年達の会話は、「りんご」、「カムパネルラ」、「賢治」とあり、宮沢賢治とその作品との関連を明示している。この会話は何を意味するのだろうか。詩集『春と修羅』第一集に収められた「青森挽歌」では死んでしまった者と「りんご」との関係が次のように歌われている。

こんなやみよののはらのなかをゆくときは
客車のまどはみんな水族館の窓になる
　（乾いたでんしんばしらの列が
　せはしく遷つてゐるらしい

きしやは銀河系の玲瓏レンズ
巨きな水素のりんごのなかをかけてゐる）
りんごのなかをはしつてゐる
けれどもここはいつたいどこの停車場〔だ〕
（中略）
わたくしがその耳もとで
遠いところから声をとつてきて
そらや愛やりんごや風、すべての勢力のたのしい根源
万象同帰のそのいみじい生物の名を
ちからいつぱいちからいつぱい叫んだとき
あいつは二へんうなづくやうに息をした
（第二巻、本文篇、一五六〜一六一頁）

宮沢賢治作品においては、多くは明治期になって輸入された西洋リンゴの正式名である「苹果」が主に使用される。第三章第二節でも言及するが宮沢賢治は宇宙を大生命ととらえ、それを「まこと」・如来であると理解していた。「青森挽歌」では「創世記」のイメージも含みながら「りんご」は生命そのものの象徴として登場する。

見田宗介はこの象徴的な「りんご」の示すものについて「銀河鉄道の夜」の例を挙げながら次のように述べている。

人間が生のひとときを分かちあいながら、あるいは孤独を噛みながらたしかに生きたということを刻印するあかしのように、汽車に乗る人たちは、いつもりんごをたべている。あるいはりんごを手にもっていたり、ポケットにしまっていたりする(9)

この存在の証としての「りんご」に関する叙述は「銀河鉄道の夜」のみではなく、宮沢賢治が知人に配布したとされる「手紙四」にもある。

「チユンセはポーセをたづねることはむだだ。なぜならどんなこどもでも、また、はたけではたらいてゐるひとでも、汽車の中で苹果をたべてゐるひと〔で〕も、また歌ふ鳥や歌はない鳥、青や黒やのあらゆる魚、あらゆるけものも、あらゆる虫も、みんな、みんな、むかしからのおたがひのきや〔う〕だいなのだから。チユンセがもしもポーセをほんたうにかあいさうにおもふなら大きな勇気を出してすべてのいきもののほんたうの幸福をさがさなければいけない。それはナムサダルマプフンダリカサスートラといふものである。チユンセがもし勇気のあるほんたうの男の子ならなぜまつしぐらにそれに向つて進まないか。」それからこのひとはまた云ひました。「チユンセはいいこどもだ。さアおまへはチユンセやポーセやみんなのために、ポーセをたづねる手紙を出すがいい。」そこで私はいまこれをあなたに送るのです。

（第一二巻、本文篇、三二〇～三二一頁）

「ナムサダルマプフンダリカサスートラ」は、お題目の「南無妙法蓮華経」を梵語の音で表記したものであり、「手紙四」で述べられているあらゆる生命は皆、兄弟であるという思想は仏教の輪廻転生の思想が基盤になっている。「すべてのいきもののほんたうの幸福」と「法華経」が関連づけられており、知人への手紙ということもあり、直接宗教的な表現となっている。

では、「銀河鉄道の夜」で配られる「りんご」についてその象徴するものを再度考えてみたい。この「りんご」は第二次稿から第四次稿までのバージョンで登場する。次に引用するのは「第四次稿」である。

「いかがですか。かういふ苹果はおはじめてでせう。」向ふの席の燈台看守がいつか黄金と紅でうつくしくいろどられた大きな苹果を落さないやうに両手で膝の上にかゝえてゐました。

「おや、どっから来たのですか。立派ですねえ。こゝらではこんな苹果ができるのですか。」青年はほんたうにびっくりしたらしく燈台看守の両手にかゝへられた一もりの苹果を眼を細くしたり首をまげたりしながらわれを忘れてながめてゐました。

「いや、まあおとり下さい。どうか、まあおとり下さい。」青年は一つとってジョバンニたちの方をちょっと見ました。「さあ、向ふの坊ちゃんがた。いかがですか。おとり下さい。」ジョバンニは坊ちゃんといはれたのですこししゃくにさわってだまってゐましたがカムパネルラは「ありがたう、」と云ひました。すると青年は自分でとって一つづつ二人に送ってよこしましたのでジョバンニも立ってありがたうと云ひました。

燈台看守はやっと両腕があいたのでこんどは自分で一つづつ睡っている姉弟の膝にそっと置きました。

「どうもありがたう。どこでできるのですか。こんな立派な苹果は。」

青年はつくづく見ながら云ひました。

「この辺ではもちろん農業はいたしますけれども大ていひとりでにいゝものができるやうな約束になって居ります。農業だってそんなに骨は折れはしません。たいてい自分の望む種子さへ播けばひとりでにどんどんできます。米だってパシフヰック辺のやうに殻もないし十倍も大きくて匂もいゝのです。けれどもあなたがたのいらっしゃる方なら農業はもうありません。苹果だってお菓子〔〕だってかすが少しもありませんからみんなそのひとそのひとによってちがったわづかのいゝかほりになって毛あなからちらけてしまふのです。」

　にはかに男の子がぱっちり眼をあいて云ひました。「あゝぼくいまお母さんの夢をみてゐたよ。お母さんがね立派な戸棚や本のあるとこに居てね、ぼくの方を見て手をだしてにこにこにこにこわらったよ。ぼくおっかさん。りんごをひろってきてあげませうか云ったら眼がさめちゃった。あゝこゝさっきの汽車のなかだねえ。」

「その苹果がそこにあります。このおぢさんにいたゞいたのですよ。」青年が云ひました。

「ありがたうおぢさん。おや、かほるねえさんまだねてるねえ、ぼくおこしてやらう。ねえさん。ごらん、りんごをもらったよ。おきてごらん。」姉はわらって眼をさましまぶしさうに両手を眼にあてゝそれから苹果を見ました。男の子はまるでパイを喰べるやうにもうそれを喰べてゐました、また折角剥いたそのきれいな皮も、くるくるコルク抜きのやうな形になって床へ落ちるまでの間にはすうっと　灰いろに光って蒸発してしまふのでした。

　二人はりんごを大切にポケットにしまひました。（第一一巻、本文篇、一五五～一五六頁）

銀河鉄道の走る幻想第四次の異空間では、非常に生産性が高く、また、廃棄物も出ない作物が描かれる。「銀河鉄道の夜」において「りんご」は生きるための生産や、生存競争から離れた作物である。農業も種を播けばひとりでに出来るという非常に理想的な状態である。

さらに宮沢賢治作品に登場する「りんご」は匂いも良い。匂いを輪廻転生の観点で考えれば、悪い匂いは人間界から下降する方向であり、良い匂いは上昇する方向である。宮沢賢治が読んだ『漢和對照妙法蓮華経』においても、この経を享受する者は、「三千大千世界《さんぜんだいせんせかい》の、上下《じょうげ》、内《ない》外《げ》の種種《しゅじゅ》の諸《もろもろ》の香《か》を聞《か》がん[10]」とある。

「銀河鉄道の夜」において「りんご」は存在の証であり、その場の皆がもらえる果実である。そして匂い・消滅する皮から、「天上界」に近い食べ物と推定される。生産がほぼ自動化され非常に生産性が高い理想的な世界の象徴ともいえよう。

次に『輪るピングドラム』では「りんご」は何を示すのか考察を進める。第一話と第二四話では、「愛による死を自ら選択したものへのご褒美」と語られる。第二四話の回想シーンでは、檻の中で餓死寸前の冠葉と晶馬の会話があり、「りんご」を見つけた冠葉が晶馬と分け合うシーンがある。

第二四話では、「運命の乗り換え」が行われる。そこでは冠葉と晶馬は妹の陽毬と、晶馬の恋人の苹果を生者の乗る地下鉄に移し、その代わりに二人は生者の世界とは別の世界へ行く列車に移る。その後、「運命の乗り換え」が済んだ後の世界で、陽毬と苹果が朝食を食べている家の前を、二人の少年が歩くシーンがある。このシーンは第一話冒頭に近似しているが、細部に「差異」がある。二人の描かれ方は、一見「バンクシステム」（アニメや特撮において、特定のシーンを保存し、別のシーンで使用する方法）のようであるが、家の前のものが片付けられ、さらには少年の青いバッグもなくなっている。少年たちの会話から「カムパネルラや他の乗客」といった「銀河鉄道の夜」と関連するセリフがなくなっている。家の前を歩くだけのシーンであるが、少年たちは冠葉と晶馬と推定される存在になり、ペンギンをつれて歩いていく。このことも「運命の乗り換え」が済み、世界が変化したことを示している。

この冠葉と晶馬と推定される少年らは次のような会話をする。第一話の冒頭を再度挙げ、比較していく。

○第一話

「だからさ、りんごは宇宙そのものなんだよ。掌に居る宇宙。この世界とあっちの世界をつなぐものだよ。」

「あっちの世界？」

「カムパネルラや他の乗客が向かってる世界だよ。」

「それとりんごに何の関係があるんだ？」

「つまりりんごは愛による死を自ら選んだものへのご褒美でもあるんだよ。」

「でも死んだら全部おしまいじゃん。」

「おしまいじゃないよ！　むしろそこから始まるって賢治は言いたいんだ。」

「ぜんぜんわかんねーよ。」

「愛の話なんだよ、なんでわかんないかな。」（第一巻・第一話、五分三八秒　小説版も参照）

○第二四話
「つまりりんごは愛による死を自ら選んだものへのご褒美でもあるんだよ。」

「でも死んだら全部おしまいじゃん。」

「おしまいじゃないよ！　むしろそこから始まるって賢治は言いたいんだ。」

（第八巻・第二四話、一時間九分三九秒　小説版も参照）


『輪るピングドラム』は第一話と第二四話で「りんご」をテーマに少年たちの会話がなされ、その中にピングドラムをめぐる物語があるという入れ子構造になっている。第一話では「銀河鉄道の夜」の生者の世界と死後の世界が語られる。両話に共通する「むしろそこから始まるって賢治は言いたいんだ」というのは、「銀河鉄道の夜」に流れる輪廻の世界観とつながる。輪廻転生を前提とした世界観、死の世界に向かう者とその者に与えられる「りんご」という設定は「銀河鉄道の夜」や「手紙四」と共通する。

ただし『輪るピングドラム』で「りんご」が、「愛による死を自ら選んだものへのご褒美」として語られている点は「銀河鉄道の夜」とは異なる。「愛による死を自ら選んだものへのご褒美」という内容は、「銀河鉄道の夜」の生産性の高い、汽車の中の存在証明である「りんご」とは異なっているのである。

『輪るピングドラム』の「りんご」には、愛ゆえの犠牲による喪失にご褒美が与えられるという「自己犠牲を美徳とする」価値観が提示されていると考えられるのである。

また、死の描かれ方に関して、「銀河鉄道の夜」では、死者が（もしくは汽車の中の登場人物が）どこに向かうかについて、ジョバンニと、海難事故に遭い汽車に乗り込んできた女の子（かおる子）の間で「神様論争」が行われる。キリスト教と関係の深い停車場で降りようとする女の子や連れの青年たちに対して、ジョバンニは「天上へなんか行かなくたっていゝぢやないか。ぼくたちこゝで天上よりももっといゝとこをこさえなけぁいけないって僕の先生が云ったよ。」（第一一巻、本文篇、一六五頁）と言っている。それに対してかおる子は、「だっておっ母さんも行ってらっしゃるしそれに神さまが仰っしゃるんだわ。」（第一一巻、本文篇、一六五頁）と答える。「銀河鉄道の夜」においては、キリスト教的な天上に行くか、日蓮宗（国柱会）の教えをイメージさせる地上での楽園の建設かという宗教論争がある。つまり、死者の行く世界についても様々な方向、信じる神による多様な行く先が暗示されている。

一方、『輪るピングドラム』においては、生者と死者の世界の連関を描く。前述の少年たちの会話からもそれはうかがえる。ただし、死者の行く世界に関して、それは冠葉や晶馬、眞悧と桃果のいる世界であろうが、その内実は不明であり、死の先の世界があることのみが示される。『輪るピングドラム』においては、むしろ、残された生者の世界に重点があるといえよう。

『輪るピングドラム』においては、「愛による死を自ら選んだものへのご褒美」という少年の言葉が示すように「銀河鉄道の夜」の存在証明の「りんご」と異なり、「りんご」は「自己犠牲」の褒美として明確に描かれているといえよう。また死の先の世界も生者と死者の世界というように分かりやすさが重視された「再創造」となっている。

三、「蝎の火」と「蠍の炎」

三―一、「銀河鉄道の夜」「蝎の火」と『輪るピングドラム』「蠍の炎」

『輪るピングドラム』において、陽毬に憑依したプリンセスは、兄の冠葉の自らの命を陽毬に与え、陽毬の命を存続させようとする行為を「蠍の魂」と呼ぶ。この自らの命を他者に与える行為について、山川賢一は前述したように「自己犠牲の精神により生存競争の次元を脱出する可能性」と述べている。この山川の主張は大乗仏教の「捨身」ともつながり、ある程度理解することは出来る。

ただし、「自己犠牲」という言葉を宮沢賢治自身が使用していないことには注意を払いたい[11]。同時に「銀河鉄道の夜」を「自己犠牲」と単純にくくってしまうことも警戒したい。『輪るピングドラム』のアダプテーションにおいては、一見「銀河鉄道の夜」に忠実であるように見える場面、「銀河鉄道の夜」の「蝎の火」から、『輪るピングドラム』の「蠍の炎」において飛躍する「再創造」がなされている。

以下に、少し長くなるが、カムパネルラとジョバンニが銀河鉄道の車内でかおる子から聞く「蝎の火」（「銀河鉄道の夜」第四次稿）のエピソードを引用する。

> むかしのバルドラの野原に一ぴきの蝎がゐて小さな虫やなんかを殺してたべて生きてゐたんですって。するとある日いたちに見附かって食べられさうになったんですって。さそりは一生けん命遁げて遁げたけどたうたういたちに押へられそうになったわ、そのときいきなり前に井戸があってその中に落ちてしまったわ、もうどうしてもあがられないでさそりは溺れはじめたのよ。そのときさそりは斯う云ってお祈りしたといふの、

あゝ、わたしはいままでいくつのものの命をとったかわからない、そしてその私がこんどいたちにとられやうとしたときはあんなに一生けん命にげた。それでもたうたうこんなになってしまった。あゝなんにもあてにならない。どうしてわたしはわたしのからだをだまっていたちに呉れてやらなかったらう。そしたらいたちも一日生きのびたらうに。どうか神さま。私の心をごらん下さい。こんなにむなしく命をすてずどうかこの次にはまことのみんなの幸のために私のからだをおつかひ下さい。って云ったといふの。そしたらいつか蝎はじぶんのからだがまっ赤なうつくしい火になって燃えてよるのやみを照らしてゐるのを見たって。いまでも燃えてるってお父さん仰ったわ。ほんたうにあの火それだわ。」

（第一一巻、本文篇、一六三頁）

次は、かおる子達が汽車から降りた後に、カムパネルラとジョバンニが交わす会話である。

「カムパネルラ、また僕たち二人きりになったねえ、どこまでもどこまでも一緒に行かう。僕はもうあのさそりのやうにほんたうにみんなの幸のためならば僕のからだなんか百ぺん灼いてもかまはない。」

「うん。僕だってさうだ。」カムパネルラの眼にはきれいな涙がうかんでゐました。「けれどもほんたうのさいわひは一体何だろう。」ジョバンニが云ひました。「僕わからない。」
カムパネルラがぼんやり云ひました。（第一一巻、本文篇、一六七頁）

「銀河鉄道の夜」の引用部分からは、「みんなの幸」「ほんたうのさいわひ」が、他者のために自らの命を投げ出すことだということが分かる。自己を「みんなの幸」のために燃やすというエピソードが、「蝎の火」であり、その尊さの象徴に蝎は現在でも燃え続けるのである。ただし、「銀河鉄道の夜」では、命を投げ出すのは、あくまで死に臨んだ蝎の願いである。また自己を他者のために役立てることが具体的に何かはカムパネルラやジョバンニでも「わからない」とされる。「ほんたうのさいわひ」に関しては様々な考察があるが、「銀河鉄道の夜」において、分かり得ない境地としてあると考えられよう。

「銀河鉄道の夜」においては、第三次稿では黒い帽子の人が登場し、カムパネルラを失った後のジョバンニに進むべき道を示す。だが、第四次稿においては、その道は示されず、日常の世界に帰還したジョバンニは、カムパネルラの父親の前に立った際に「ジョバンニはもういろいろなことで胸がいっぱいでなんにも云へずに博士の前をはなれて早くお母さんに牛乳を持って行ってお父さんの帰ることを知らせやうと思ふともう一目散に河原を街の方へ走りました。」（第一一巻、本文篇、一七一頁）として終わりを迎える。

「蝎の火」のエピソードを「法華経」の「薬王菩薩本事品」における薬王菩薩の焼身供養の作品化と読むことも可能だろう。(12)ただし繰り返しになるが「銀河鉄道の夜」においては「みんなの幸」は「わからない」ものとして提示される。前述の「神様論争」やカムパネルラが「おっかさん」の「ゆるし」を考えることからも簡単に結論は出ないのである。

一方で『輪るピングドラム』の「蠍の炎」では、桃果が他者の運命を変えるため、運命の乗り換えの呪文を唱えるたびに「代償」として自らを燃やす、という第一五話から続くエピソードがある。冠葉が陽毬のために危険に身を投じる第一二、一三話からのエピソードは、他者の悲惨な運命を変えるために、自らの体を燃焼させるという点で「蝎の火」の「みんなの幸」の反映が読み取れるだろう。

ただ、この他者のために命を使う方法だが、桃果が眞悧の破壊からみんなを救うために力を使い死んでいく一方で、高倉家では兄の冠葉が家族を守るために、さらにそれは次第に妹の陽毬を救うこと、そのために命を捧げることに焦点化される。一方、弟の晶馬は、陽毬・冠葉に対して、自分に出来ることが無いのを悩む。第二四話においては、陽毬は体を傷つけながら暴走する冠葉を抑え、今度は晶馬が命の光を冠葉に与えることで彼を救う。また、苹果が姉の桃果の残した運命を変える呪文を唱え、その罰として燃える際、晶馬はその炎を代わりに受け取る。なお、小説版では、晶馬は苹果にキスをして炎を受け取る（下、二二五頁）。

桃果のように皆のために命を使うものと、兄弟・兄妹、恋人の間で、互いに自らの身を相手の役に立てるためにその身を燃やす、二種類の命の与え方が描かれる。

『輪るピングドラム』では、自己を他者のために役立てる方法が「銀河鉄道の夜」の「みんなの幸」という広大な対象を持つのに比して、冠葉・晶馬においては、家族・兄弟・妹・恋人・友人という対象を持ち、具体的である。冠葉・晶馬・陽毬・苹果は、救うべき対象を明確にする点で、「銀河鉄道の夜」の「みんなの幸」の範囲を具体化・限定化しているといえよう。

ここで注目したいのは高倉家や主要人物以外がピクトグラムとして描かれていることが多い点である。『輪るピングドラム』は主要人物の関係者や家族を中心とし、それ以外の関係性は意図的に記号化される世界観を表現している。『輪るピングドラム』には「みんなの幸」の具体的で限定された例が示され、同時に救いの対象が具体化されることで見えなくなる存在についても意図的であるにせよ無いせよ、明示してしまっている。

さらに『輪るピングドラム』は桃果というキャラクターを配置することで、「みんなの幸」を実践する存在も描く。その点で「銀河鉄道の夜」には描かれなかった先の物語、つまりジョバンニとカムパネルラの「わからない」に対し、より積極的に自己を燃やして「みんなの幸」をもたらす、という一つの答えを出すアダプテーションになっているといえよう。

「銀河鉄道の夜」と『輪るピングドラム』とのもう一つの「差異」は、「死が迫った状態」での決断と「自己犠牲」である。

「銀河鉄道の夜」では、蝎は自らの命をみなのために使うことを望んだが、それは自らの死が迫った際であり、「みんなの幸」のために死ぬ訳ではない。カムパネルラは死んだことを母親が許してくれるかを心配し、水死した青年もなにが幸せかわからないとする。カムパネルラやジョバンニも前述したように「あのさそりのようにほんたうにみんなの幸のためならば僕のからだなんか百ぺん灼いてもかまはない」と言うものの、「ほんたうのさいわひ」は何かわからない。「銀河鉄道の夜」においては「ほんたうのさいわひ」が具体化されず、「自己犠牲」は「至高善ではない」のであり慎重に回避される。先行研究においても「善を求めることの方が上である」[13]と考察されており首肯できる。

一方で『輪るピングドラム』は冠葉が陽毬のために死ぬという点で、対象の明確な「自己犠牲」の色合いを強めている。ただし『輪るピングドラム』では、他者のために自らの命を使うことの危険と限界も示されている。冠葉の行為は、妹の陽毬を守るということに特化していき、やがて冠葉は「企鵝の会」という集団のテロ行為の主謀者になることによって、陽毬の延命のための薬代を医者の眞悧に払い続けようとする。ここには、自己を犠牲にして他者を助けること、自己を他者のために燃やすことの危険性が描かれる。

『輪るピングドラム』は、自己を他者のために役立てる、「みんなの幸」という「わからない」

ものとは具体的に何か、「銀河鉄道の夜」でカムパネルラとジョバンニが「わからない」とした部分の回答を提示し、次に「みんなの幸」の対象が限定される「再創造」となっている。

三―二、生存の「罰」

『輪るピングドラム』の中で再三語られる「罰」の問題を考えてみたい。

自己を犠牲にするのみではなく、「罰」の問題が『輪るピングドラム』につきまとっている。最終話二四話にて、クリスタル・ワールドにおいて、陽毬（プリンセス・オブ・クリスタル）の登場がそれまでのクリスタル・ワールドとは逆の配置となり、黒のテディ・ドラムにいる冠葉までの階段をのぼる陽毬が「ロング・ショット」（写真や映画で被写体を遠くから撮影すること、その画面）や「フカン」（高い位置から全体を見下ろすこと、その画面）で描かれる。自己を陽毬のために燃やし尽くそうとする冠葉に対し、陽毬は「生きるってことは罰なんだね。私高倉家で生活している間、ずっと小さな罰ばかり受けていたんだよ」（第八巻・第二四話、五六分四五秒）と述べる。

宮沢賢治が重視した「法華経」では、前述した「手紙四」の輪廻に加え、「十界互具」という、地獄・餓鬼・畜生・修羅・人間・天・声聞・縁覚・菩薩・仏の十界があり、それぞれの界の中に他の九つの界があるとする。そのため、畜生の界にも人間以上に高い精神の持ち主が存在する。この観点からするならば、動物を食べることによって生きるということへの罪の意識も考えることが出来よう。

「銀河鉄道の夜」では「鳥捕り」を肉食の罪を犯した者として考察する論考[14]があり、「蝎の火」の祈りも生存競争・食物連鎖の「罪」につながる。この生存競争・食物連鎖を意識するならば、「みんなの幸」を祈ることは、因縁でつながっているがゆえに、結果として自らを救うことにもなる。

『輪るピングドラム』では仏教的なテーマが前面に出るわけではなく、「銀河鉄道の夜」の「蝎の火」にあった生存競争・食物連鎖から来る「罪」が、人が存在する時点でお互いに傷つけるという自我同士の摩擦、「罰」に転換されている。そしてこの「罰」も分け合われるものだという主張がなされる。

「銀河鉄道の夜」の「みんなの幸」「ほんたうのさいわひ」の「みんな」への利他と「わからな」さに対し、『輪るピングドラム』では、ともに過ごすことで「罰」も含めて受容し、分け合って生きていこう、という現世での「共存」のあり方、罰に対する対処方法が描かれるのが特徴的である。そして分け合う対象が「家族」・「愛」に至る点が『輪るピングドラム』の回答といえよう。

「銀河鉄道の夜」の「蝎の火」は十分に尊いが、それは過剰になってしまえば、過剰に個を否定するという危険性をはらむ。その危険性を回避する方法が『輪るピングドラム』の「蠍の炎」に表現されるのである。

「罰」を親によって負わされてしまった子もまた、救われる。第二四話の冠葉たちの担任である高校教師・多蕗桂樹と婚約者の時籠ゆりの会話も「家族」・「愛」を示しているだろう。


「ゆり、やっとわかったよ。どうして僕たちがこの世界に残されたかが。」

「教えて。」

「君と僕は〈あらかじめ失われた子ども〉だった。でも世界中のほとんどの子どもたちは僕らと一緒だよ。だからたった一度でもいい。誰かの愛してるって言葉が必要だった。」

「たとえ運命がすべてを奪ったとしても、愛された子どもはきっと幸せを見つけられる。私たちはそれをするために世界に残されたのね。」

「愛してるよ。」

「愛してるわ。」


（第八巻・第二四話、一時間六分三八秒）

「愛」による救済、それを基盤として成立する恋人・「家族」のあり方は、「罰」も含めて、他者と関わり、自己を過剰に犠牲にしなくてはならないとする段階から離脱する発見である。

このことは、『輪るピングドラム』が一九九五年のオウム真理教による地下鉄サリン事件を経て、さらに二〇一一年の震災を経た作品であることが大きいだろう。「みんな」への利他的行為である「みんなの幸」を追い求めるよりも、範囲を限定し、日常の中での恋人・「家族」、さらに「疑似家族」（ラストの陽毬と苹果の食事のシーンが象徴する）（第八巻・第二四話、一時間八分二七秒）としての共存とそれを支える「愛」が『輪るピングドラム』の提示した可能性である。

四、「宗教的想像力」から「メロドラマ的想像力」へ

最後に「メロドラマ的想像力」の観点から読み解いていきたい。「メロドラマ的想像力」とは何か、これに関してピーター・ブルックスは、次のように説明している。

メロドラマは、道徳秩序の伝統形式がもはや社会的に必要な接着剤の役割を果たさなくなったような、恐るべき新しい社会がもたらす苦悩を、そもそもの出発点として描いている。メロドラマはこの苦悶の力を悪の一時的な勝利として描き出すが、やがてそれは美徳の勝利によって追放される。メロドラマは、倫理的力の記号が発見され、人々に理解されるまでを、繰り返し示す。（中略）メロドラマは典型的に道徳主義のドラマであるのみならず、道徳のドラマでもあるのだ。それは道徳の世界の存在を、発見し、明示し、例証し、

「証明」しようとする。その世界は疑問視され、悪行と正義の誤用によって隠されてはいても、ちゃんと存在し、人間界でのその実在と絶対的力を断言しうるものなのである。(15)

さらに、「道徳」の獲得される過程について、鷲谷花は、メロドラマとは犠牲を必要とするものであり、「犠牲者のあからさまな苦痛は、美徳の証左へと変容される」ことを指摘し、「犠牲者化の機能の鍵は、メロドラマという様式にとって不可欠である「道徳の読み取りやすさ」(moral legibility) を編成する」(16)と述べる。

以上のように「犠牲」によって「道徳」が伝えられるのである。羽鳥隆英は「メロドラマ的想像力」の封じる「苦悩」について、封建制度に代表される前近代的諸権威の解体が近代的個人の自助努力による自己実現を可能にしたとされるとしつつ、二つの欺瞞を指摘する。一つ目は「自己実現とは何かを定義する社会的権威が失墜した以上、自己実現を目標とする近代的人生の意味自体が安定しない」こと、二つ目は「仮に自己実現を社会的に定義し得たとして、自助努力にもかかわらず、その自己実現に失敗した場合、彼／彼女の自己同一性を保障する社会的権威も存在しない」こととし、メロドラマが封じるのは、「近代の抱えるこうした欠陥への不安」(17)と主張する。ここからするならば『輪るピングドラム』は、不安を生きる登場人物達が、「家族」・「愛」に救いを見出すメロドラマ的想像力を持つといえよう。

「銀河鉄道の夜」には、宗教的価値観、それにつながる「宗教的想像力」がある。究極的には「みんなの幸」が求められ、キリスト教を受け入れつつも仏教・「法華経」に包含される世界観が描かれる。この「宗教的想像力」がカムパネルラやジョバンニを支えるのである。[18]またその「宗教的想像力」の行く先は、少年・青年たちの「わからない」という発言に示されるように広大で、「みんなの幸」「ほんたうのさいわひ」の射程を広げている。「ほんたうのさいわひ」は究極的な目標であり、その行程にこそ注目させるのである。広大で遠大な目標とそこへ至る行程にこそ重点を置く、「宗教的想像力」の「銀河鉄道の夜」と「メロドラマ的想像力」の『輪るピングドラム』の大きな「差異」であろう。

「メロドラマ的想像力」からみる『輪るピングドラム』では「蠍の炎」における「自己犠牲」を、桃果・苹果、冠葉・晶馬の行動から描くと同時に、その危険性（テロリズム）も提示する。「りんご」を分け合う＝愛（罰も含め）を分け合う行為によって、バラバラで不安定な「個」ではなく、物語のラストの陽毬と苹果の朝食に象徴される安定した「家族」（疑似家族）という「道徳」が「自己犠牲」という美徳によって回復される様を提示している。

この「道徳」性の背景には、「ポスト・モダン化」により、いっそう多様化がすすみ、阪神淡路大震災・オウム真理教による地下鉄サリン事件、東日本大震災を経て、「答えのないことが答え」という不安の高まる時代状況があったといえよう。

「銀河鉄道の夜」の「宗教的想像力」は「メロドラマ的想像力」を介して、『輪るピングドラム』において具体的な「家族」（疑似家族）の物語へと「再創造」されたと考えられる。

おわりに

本節では、宮沢賢治の「銀河鉄道の夜」を基盤にした『輪るピングドラム』を、アダプテーションの観点から読み解いた。

考察の中で「銀河鉄道の夜」では、「蝎の火」の先にある「みんなの幸」が「わからない」ものとされていることを確認した。

その上で、『輪るピングドラム』は桃果のように皆を救うために命を投げ出す存在を描きはするものの、「蝎の火」のエピソードとは異なり、より具体的な対象を救う様が描かれていることが確認できた。そこでは、自らの命と引き換えに「疑似家族」を存続させる、喪失から生まれる「メロドラマ的想像力」があった。

冠葉と晶馬の死という喪失によって守られる「家族」（疑似家族）による共同生活、それを支えた「愛」による救済を描いているのである。「銀河鉄道の夜」では「わからない」ものであった「みんなの幸」を具体化し、現代に接続していることが読み取れた。

同時に自らを他者のために燃焼することの危険性を冠葉により体現し、その上で、自らを他者のために燃やし尽くす「愛」のみではなく、ともに過ごすことで「罰」をも分けて生きていこう、という主張を読み取ることが出来た。そこには「メロドラマ的想像力」によって不安定化する現実社会の補完が意図されていることを確認した。

また、『輪るピングドラム』におけるアダプテーションは、基盤となった「銀河鉄道の夜」だけではなく、同時期の文化・社会的な状況といったコンテクストから強く影響を受けたものであった。

宮沢賢治作品のアダプテーションは現在も行われており、その「宗教的想像力」がどのように「再創造」されるのかは、近代文学と現代文学の接続を考える意味でも今後も継続的に問うていかねばならない問題だといえよう。

本節は、日本学術振興会科研費科研費（基礎研究C）「日本近現代文学におけるメロドラマ的想像力の展開に関する多角的研究」（二〇一九～二〇二二年）による研究成果の一部である。メロドラマ研究会第六回研究集会（於早稲田大学早稲田キャンパス七号館三〇二教室、二〇二〇年二月二日（日））での研究発表を基礎としており、当日貴重なご意見をくださった方々に感謝する。

注

（1）「アダプテーション批評に向けて」（岩田和男・武田美保子・武田悠一編『アダプテーション

とは何か――文学／映画批評の理論と実践』世織書房、二〇一七年三月、八頁）
（2）「未来への帰還――アダプテーションをめぐる覚書」（岩田和男・武田美保子・武田悠一編『アダプテーションとは何か――文学／映画批評の理論と実践』世織書房、二〇一七年三月、三四頁）
（3）リンダ・ハッチオン、片渕悦久・鴨川啓信・武田雅史訳『アダプテーションの理論』晃洋書房、二〇一二年四月、二一〇～二一四頁（原著二〇〇六年）
（4）山川賢一『Mの迷宮『輪るピングドラム』論』キネマ旬報社、二〇一二年五月、二一六頁
（5）注4同書、二一九～二二〇頁
（6）注4同書、二二二頁
（7）『輪るピングドラム』公式完全ガイドブック　生存戦略のすべて』幻冬舎コミックス、二〇一二年三月、一八三頁
（8）注7同書、一一六頁
（9）見田宗介『宮沢賢治　存在の祭りの中へ』岩波書店、一九九一年八月、六頁
（10）島地大等「法師功徳品第一九」（『漢和對照妙法蓮華経』明治書院、一九二〇年六月（一七版）、四七二頁）
（11）入沢康夫・天沢退二郎『討議『銀河鉄道の夜』とは何か　新装版』青土社、一九九〇年四月、三九頁
（12）渡邊寶陽『宮澤賢治と法華経宇宙』（大法輪閣、二〇一六年九月、六四頁）。なお、「焼身」供養が描かれる「薬王菩薩本事品第二十三」は『法華経』においては後から追加されたものとい

う解釈もある。（菅野博史『法華経入門』岩波書店、二〇〇一年九月、七三～七四頁）等。

（13）注11同書、三九頁

（14）牧野静は、鳥捕りを殺生を行うものとする先行研究をまとめた上で、「鳥捕りが殺生を行いながらも生きていくことをなんとか受容しようとした試み」と考察する（「宮沢賢治における他者受容の志向―『銀河鉄道の夜』を手がかりに―」『哲学・思想論叢』第三四号、筑波大学哲学・思想学会、二〇一六年一月、五八（二三）頁）。

（15）ピーター・ブルックス、四方田犬彦・木村慧子訳『メロドラマ的想像力』（産業図書、二〇〇二年一月、四四～四五頁（原著一九七六年））ただし河野真理江「文芸メロドラマの映画史的位置――「よろめき」の系譜、商品化、批評的受容」（『立教映像身体学研究』第一号、立教大学大学院現代心理学研究科映像身体学専攻、二〇一三年三月、三〇頁）では文芸メロドラマにおいては「幸福な結婚生活や平穏な日常への回復というかたちをとることはほとんどなかった」と記述されており、ステレオタイプから外れるものもあったことには注意が必要である。

（16）鷲谷花「松川事件をめぐる画像・映像メディアと《メロドラマ的想像力》」（坪井秀人編『戦後日本を読みかえる　第二巻　運動の時代』臨川書店、二〇一八年七月、一一六頁）

（17）羽鳥隆英「恨みは長し60年――昭和初年の幕末映画をめぐるメロドラマ的想像力――」（加藤幹郎監修、杉野健太郎編『映画のなかの社会／社会のなかの映画』ミネルヴァ書房、二〇一一年一二月、二八～二九頁）

（18）「銀河鉄道の夜」と法華経に関しては様々な文献があるが、松岡幹夫『宮沢賢治と法華経――日蓮と親鸞の狭間で』（昌平黌出版会、二〇一五年三月）では、銀河空間を浄土真宗の極楽浄土とする。小野隆祥は「刹那滅の意識や一念三千理論からの脱出は見られない。」（『宮沢賢治の思索と信仰』泰流社、一九七九年一二月、一九四頁）とする。

第四節　再創造されるライトノベル
――橋本紡「半分の月がのぼる空」表現論

はじめに

ライトノベルの特徴として、その表現があることは、従来の研究の中で指摘されてきた。表現について触れた代表的な研究である大森望・三村美衣『ライトノベル☆めった斬り！』（太田出版、二〇〇四年）では「あなたにもできる！　ライトノベル度診断表」を設け、文章表現の項目として「わかりやすく、読みやすい文章」、「会話が多く、情景描写が少ない」、「会話全改行」、「叫び声や吐息などの文字化」、「擬音が多い」などをライトノベルの特徴的な表現として挙げる。(1)　泉子・K・メイナード『ライトノベル表現論　会話・創造・遊びのディスコースの考察』（明治書院、二〇一二年、以降『ライトノベル表現論』と称する）は言語学の立場から会話のスタイル、オノマトペの特徴、さらには、表現の視覚化、他作品への言及とパロディ、マンガとの比較といった広範囲の調査・考察を行っている。(2) 泉子論は近代文学作品との間テクスト性に関して、具体的な「一般文芸」作品とライトノベル作品との比較も行っている。ただ、同作家の作品が「ライトノベル」から「一般文芸」へと修整された場合、どのように表現が変化するのかは考察されておらず、その点で不十分なものとなっている。

本節では、電撃文庫という代表的なライトノベルのレーベルから出版された後、修整され「ハードカバー版」として発売された「半分の月がのぼる空」シリーズを用い、「ハードカバー版」と「ライトノベル版」という二つのバージョンを比較することによって、それぞれの表現の特徴と差異について考えていきたい。

ライトノベル版「半分の月がのぼる空」シリーズは著者・橋本紡、イラストは山本ケイジ、株式会社メディアワークス〔現アスキー・メディアワークス〕（電撃文庫）から刊行された。『半分の月がのぼる空　looking up at the half-moon』（第一巻、二〇〇三年一〇月）から『半分の月がのぼる空8　another side of the moon-last quarter』（第八巻、二〇〇六年八月）までの全八巻で第一巻から第六巻までが本編、第七巻・第八巻は短編集である。(3) このシリーズは「電撃文庫」として累計発行部数一四〇万部(4)と非常に多くの発行部数を誇る。

橋本紡は「半分の月がのぼる空」シリーズの他に『猫目狩り』（メディアワークス、一九九八年二月、一九九七年電撃ゲーム小説大賞受賞、上下巻）、『リバーズ・エンド』（メディアワークス、二〇〇一年一二月〜二〇〇四年六月、全六巻）など電撃文庫刊行の多数の作品がある。『流れ星が消えないうちに』（新潮社、二〇〇六年二月）、『ひかりをすくう』（光文社、二〇〇六年七月）、『月光スイッチ』（角川書店、二〇〇七年三月）、二〇〇九年二月東京都立高等学校入学試験問題ともなった「永代橋」が所収されている『橋をめぐる――いつかのきみへ、いつかのぼくへ』（文藝春秋、二〇〇八年一二月）などの単行本が刊行されている。

「半分の月がのぼる空」シリーズにもどると、このシリーズはメディアミックスが盛んで、ビジュアルノベル・漫画・ドラマＣＤ・アニメ・ＴＶドラマ・実写映画などで作品化がなされている。

また挿絵をなくし、構成、表記、特に会話文を伊勢弁へと変更するという大幅な修整を加えたハードカバー版の単行本、上下巻（ライトノベル版の第一巻〜第五巻に相当、アスキー・メディアワークス、二〇一〇年四月、五月）が刊行されている（以降、ハードカバー版を「ハードカバー版」と称し、「ライトノベル版」と区別する。引用の際には、「ライトノベル版」は第一巻から第五巻の巻数と頁数、「ハードカバー版」は上下巻と頁数を記載する）。なお「ハードカバー版」は、映画版「半分の月がのぼる空」の公開日、四月三日に上巻が刊行されている（下巻は、五月二五日刊行）。「ハードカバー版」の刊行については、橋本紡自身がインタビューの中で、映画版の試写を見て伊勢

弁の会話に衝撃を受け決意したと語っている。(5)

ライトノベルの大きな特徴であるイラストだが、「ライトノベル版」のアニメ調のイラストに対して、「ハードカバー版」の表紙にはアニメ調のイラストは無く、エンボス加工された紙の凹凸によって浮きあがる少年（上）少女（下）の像があるのみで、ライトノベルのイラストとは違い極力アニメ調のイメージを出すことが抑えられている。本文自体にも挿絵はなく、口絵にラフな裕一と里香と思われる少年少女のイラストがあるだけである。

また、書籍の広告として大きな役割を果たす「帯」についてだが、「ハードカバー版」上下巻の「帯」には実写映画化の宣伝の写真が載り、「普通の少年と少女の、だけど〝特別〟な物語。」・「実写映画化！」など映画宣伝の文言がある。

下巻末尾には、「〝普通〟の少年と少女の、――だけど〝特別〟な恋物語。」・「完全版」と帯とほぼ同一の記述があり、さらに「著者・橋本紡が原稿の一字一句を精査し、台詞を伊勢弁に修正するなど大幅に改稿した完全版。」・「⚡電撃文庫／「半月」シリーズの原点／シリーズ全8巻／好評発売中！」（傍点筆者）とあり二一×三センチの程度のライトノベル版の表紙が掲載されているのみである。「ライトノベル版」は原点であり「ハードカバー版」が「完全版」であるとのメッセージがある。表紙・本文・帯のすべてにおいて「ライトノベル版」のアニメ調のイラストのイメージは極力抑えられている。

山中智省『ライトノベルよ、どこへいく』では、イラストの存在を重視してきたライトノベルで、読者層拡大のため、「イラストを評価対象からはずそうとする傾向は一層顕著になった」とし、「従来のライトノベルの枠組みが徐々に融解し、新たな枠組みの再構築に向かっている現れの一つ(6)」とする。「半分の月がのぼる空」シリーズの「ハードカバー版」においてイラストが極力排除されたのも読者層拡大が要因の一つであり、山中の見解と重なるだろう。

物語の内容についてだが、ストーリーの基本的な流れに関して「ライトノベル版」、「ハードカバー版」に大きな変化は無い。

舞台は三重県伊勢市、急性肝炎で入院した戎崎裕一と、重い心臓病（先天性心臓弁膜症）を抱えた秋庭里香の恋愛を軸として展開する。病院が主な舞台であるため、病院内という場ではあるが、日常生活の中で人の生死が扱われている。里香の病は重く、全快が見込まれるものではない。「終わりのある日常」（第五巻、「あとがき」、二九五頁）を描く物語である。

このSFやファンタジーの要素が無い、日常生活を舞台とするという点に関して、橋本紡は「半分の月がのぼる空」の創作開始時の心境を次のように述べている。

「ライトノベルの中でSFでもファンタジーでもない話を出しても、やれなくはないんだ」ってことを示したかった。じゃないと僕の居場所はどこにもないと思ったので、それ

で『半分の月〜』を書いたんです。(7)

橋本は「ライトノベル版」刊行の前に『猫目狩り』などSFの要素を含む作品を描いていた。他方で、特別な世界を描くのではなく、日常生活を舞台としているということが「半分の月がのぼる空」シリーズの基盤だといえるだろう。

次に、表現方法についてである。橋本紡は、二〇〇六年、対談の中で「一般の小説」と比較してライトノベルの手法について、次のように発言をしている（以降傍点筆者）。

——手法というか書き方はかなり違うものですか。

橋本　基本的には一緒なんですけれども、ライトノベルには独特のノリがあるので、ライトノベルを書くときにはそれを入れるように気をつけてます。

——独特というのは具体的に？

橋本　何でしょうね。非常に難しいところなんです。まあ、マンガなんかにも通じるんですけど少し悪ノリを許容する。許容してくれるという言い方がいちばん近い感じですね。一般小説では許容してくれないような悪ノリを少し許容してくれるところがありますね。それがいやな人もいれば、それを面白いという人もいるでしょうし、そのへんがライトノベルを読む人と読まない人の差だと思います。

――一般の小説でそれを書いてしまうと、たぶん担当編集者は「ここは削れませんか」とか、言うのでしょうね。

橋本　だと思います（笑）。(8)


これはあくまで橋本の理解であることは前提とした上で、では橋本がライトノベルを書く際に「入れる」「独特のノリ」「悪ノリ」とはいったい何なのだろうか。「ライトノベル版」と「ハードカバー版」を比較すると、そこには表現の差異がみられる。その差異からは、「ライトノベル版」に入れられた「独特のノリ」と、それが存在しない「ハードカバー版」との手法の違いがみえてくるのではないか。

「半分の月がのぼる空」を「ライトノベル版」と「ハードカバー版」で比較し、物語の生き残りの戦略の一つのありようを考察したい。

一、バージョンとしての「半分の月がのぼる空」
――「ライトノベル版」から「ハードカバー版」へ

では、実際に「半分の月がのぼる空」の「ライトノベル版」と「ハードカバー版」を比較し、何が削られ、何が追加されたのか、考察していく。

なお作品を長文にわたり引用する場合は、「◎＝「ライトノベル版」、▼＝「ハードカバー版」」の表記で区別する。まずは「バカオヤジ」という表現を考察する。次に、ライトノベルに関する先行研究でもライトノベルの特徴として指摘される改行や擬音をみていきたい。裕一が亡き父親との会話を回想する部分である。引用の際は巻数・頁数を記載する。

◎「おまえもそのうち好きな女ができるんだろうなあ。いいか、その子、大事にしろよ」
バカか、と思った。
あんたはしてねーだろ、と。
（第一巻、一二三頁）

▼「おまえもそのうち好きな女ができるんやろなあ。ええか、その子、大事にせえや」
正気を疑った。眩暈さえした。あんたはしてないだろうが、と。
（上、五頁）

◎あのとき、僕は認めたくなかった。
バカオヤジのせいで、自分が里香に魅かれてるなんて。
バカオヤジのせいで、里香が自分を気にしてるなんて。

決して認めたくなかった。（第一巻、二〇一頁）

▼けれど僕は認めたくなかった。
決して受け入れたくはなかった。（上、一一三頁）

以上のように、回想シーンでの一文ごとの改行によって回想の内容を強調する手法が「ハードカバー版」では削除され、「バカか」「バカオヤジ」という俗な表現も「ハードカバー版」では削られている。この他にも煙草を看護師の亜希子から勧められ、手を出したらこっぴどく叱られた裕一の心内会話は、「ライトノベル版」では「いつか殺そう。／絶対殺そう。／僕は心に固く誓った。／実際は殺さないまでも、ひどい目にあわせてやろう。」（第一巻、六一頁）であるのに対して、「ハードカバー版」では「いつか復讐しよう。絶対にしよう。僕は固く誓った。」（上、三三頁）となっている。

「バカか」・「殺そう」というような表現が、「正気を疑った」・「復讐しよう」に変更されている。「バカか」や「殺そう」といった過剰な表現は、「ライトノベル版」においては「独特のノリ」と考えられるのである。

次は、病院を脱走した裕一とそれを発見した亜希子の笑い・会話である。

◎僕は笑いつづけた。
「ははは」

亜希子さんも笑いつづけた。

「ふふふふふ」

「はははははは」

「ふふふふふふふふふふふふ！」

「はははははははははははは！」

僕と亜希子さんはひたすら笑いつづけた。

なんというか、異様で微妙である。

すぱこぉぉぉ――――んっ！

異様で微妙な光景は、およそ七秒後、そんな音によって断ち切られた。

「い、痛い……」

僕は頭を抱えた。スリッパの裏で思い切り頭を叩かれたのだ。　（第一巻、三四～三五頁）

▼僕は笑いつづけた。亜希子さんも笑いつづけた。
異様で微妙な光景はやがて断ち切られた。すごい音によって。亜希子さんが、僕の頭を、スリッパで殴ったのだ。僕は頭を抱えた。角度が見事だったらしく、ひどく痛い。

（下、一六頁）

ここでは、数行にわたる全改行の「笑い」の文章が削除されている。「笑い」の言語化、また、「すぱこぉぉぉ――――んっ！」というオノマトペは先行研究でも指摘されているように、「ライトノベル版」の特徴といえそうである。そのために「ハードカバー版」では多くが削られていると考えられる。

この「会話全改行」、「叫び声や吐息などの文字化」、「擬音が多い」に関しては、『ライトノベル☆めった斬り！』や『ライトノベル表現論』(9)において指摘されている。つまり、「ライトノベル版」はSFやファンタジーの要素は薄いものの、ライトノベルの特徴的なものと想定された文章表現を各所で使用しており、それは「ハードカバー版」では避けられる傾向にあることがわかる。

二、「アニソン」から「演歌」へ——饒舌な語り

「ライトノベル版」から「ハードカバー版」への修整では、その表現において様々な修整・削除が行われていることがわかった。

では次に、表現の技法以外で削除・改稿された部分はないのであろうか。その一つに、他ジャンルからの引喩が挙げられる。注目すべきは「アニソン」・「プロレス」ネタが「ライトノベル版」に使用され、「ハードカバー版」において削除されている点である。裕一と友人の司がカラオケに行く場面では「ライトノベル版」では「「よし、おじゃる丸のテーマだけは歌うぞ」／「う、歌うのか……」」（第一巻、一〇五頁）だった会話文が「ハードカバー版」では「「せっかくやから、サザエさんのオープニングとエンディングは歌うか」／「え、歌うんか」」（上、五五頁）というように、カラオケで歌う選曲がＮＨＫ教育テレビのアニメ「おじゃる丸」（一九九八年～）から、より知名度の高い『サザエさん』（一九六九年～）への変更されている。視聴者のより広範な「国民的アニメ」である『サザエさん』にすることにより、読者の年齢層を広げようとする意図がみられるだろう。次に、カラオケボックス内での状況を引用する。

◎隣の部屋からは、相変わらずアニソンが聞こえてくる。

『どががん！どががん！　どがががあああぁ――――――んっ！』

さっきと少し歌詞が違う。

どうやら二番に入ったらしい。

『時空を震わすオレの魂――――っ！　うおおおぉぉぉ――――っ！』

震わせてみたいものだ、時空。

しかし現実に震えあがっているのは、むしろ僕の魂のほうだった。将来ってヤツのことを考えると、まったく憂鬱になる。

（第一巻、一一九〜一二〇頁）

▼隣の部屋からは、相変わらず演歌が聞こえてくる。

泣いて泣いて
忘れようとしたあなた
けれど
心が、体が
確かに覚えている
ああ、会いたい

ああ、たとえ一目でも
気持ちが、ほら、震えてる

歌っているのはおばさんで、なかなかうまかった。たいしたものだ。しかし現実に震えあがっているのは、むしろ僕の魂のほうだった。将来ってヤツのことを考えると、まったく憂鬱になる。（上、六四頁）

「ライトノベル版」では「アニソン」（アニメソング）という他のジャンルの特徴のある表現が行われていること、さらには読者には馴染みがあると仮定されるヒーロー・ロボット物のアニソンが使用されている。「アニソン」を、叫び声まで文字化してそのままに入れ込んで表現しており、これは、「ライトノベル版」における一つの遊びといえるだろう。だからこそ、「ハードカバー版」では幅広い読者を獲得するためにも、「アニソン」を削除し、演歌に変更されたものと考えられる。「ハードカバー版」では、「アニソン」というものが特定の読者に限定された独特な要素と想定され、回避されていると考えられるのである。裕一が友人から借りたMDに関しての記述でも類似した変更が行われている。「ライトノベル版」では「GO！　GO！　GOGOGOOOOOO／ゆ〜け〜！／戦え〜！／ぶぅとばせえええ〜！（中略）まさかこんな曲が入ってるなんて。」(第二巻、六九〜七〇頁) とあるものが、「ハードカバー版」ではMDがDVDに変更され、「DVDの最後のほうは、山西が選んだ、いわば山西セレクトのアニメソング集になっていた。」(上、一六二頁) とされる。この引用箇所でも「ハードカバー版」ではアニメソングの歌詞がすべて削られている。また「アニソン」という略称が、「アニメソング」に変更されていることも分かる。ここからも「ハードカバー版」はより広範な読者獲得のための変更があるといえよう。

ただし、「ハードカバー版」で削られたのはアニメの歌詞であり、「アニメソング」という存在自体はその後の父親とのエピソードを思い出すための伏線として使われている。このアニメソングは、父親が幼い裕一を蹴ったのちに裕一が毎週見ていたアニメの主題歌を歌いながら去っていくという回想を引き出すための鍵となっているのである。

ちなみに、その他に看護師の亜希子さんの歌う「古い歌」があるが、これはアニメソングではなく、「ライトノベル版」の「抱きしめた〜いの〜に〜」(第二巻、四三頁) が「ハードカバー版」では「抱きしめたいのに」(上、一四三頁) とくだけた表現は省略されるものの歌詞自体に大きな変更はない。ここからも、「ハードカバー版」では「アニソン」とその歌詞が「悪ノリ」として回避されたといえるだろう。

「アニソン」と同様に、「ライトノベル版」に登場する「プロレス」に関する記述も「ハードカバー版」にて多くの削除がある。「ライトノベル版」では著名なプロレスラーであるスーパーストロングマシーンのマスクをかぶる友人司に対して裕一が「プロレスおた」（第二巻、一六四頁）と語るほどに、プロレスが関連する記述は多い。第二巻では裕一が夢の中で、スーパーストロングマシーンと化した司とアントニオ猪木との対決を見ているし、第四巻では裕一の語りで、ミル・マスカラスとドス・カラスの美しい兄弟愛とドス・カラスの優しさを証明する「マリポーサ（蝶々）事件」の逸話について約三頁にわたる解説がある（二八七～二八九頁）。司に「プロレスおた」と尋ねている裕一こそが「プロレスおた」であることを証明してしまう饒舌な語りである。この第四巻の三頁にわたるプロレス語りは「ハードカバー版」においては五行程度に圧縮されている。この「プロレスおた」とも読めるプロレスに関する裕一の知識の披露は、物語の直線的な進行を一旦停止させる薀蓄であり、そこだけが独立したプロレスに関する注のような存在である。読者に笑いと共感を求める「薀蓄」といえよう。

「ハードカバー版」では、「会話文」から俗で過剰な表現やオノマトペが削られている。ただしそれのみではなく、「ライトノベル版」が「アニソン」のような、他のジャンルの略語も貪欲に取り入れていること、プロレスネタの饒舌な語りで物語の進行を一旦停止させるといった寄り道もまた「ライトノベル版」に特徴的な表現と考えることが出来よう。逆に「ハードカバー版」は、より広範の読者を強く意識し、それによって『サザエさん』や演歌を使用し、読者の幅を広げ、物語の進行を止める饒舌な語りを避けているということが出来る。

三、近現代文学作品の引用とその異動

「ライトノベル版」「半分の月がのぼる空」シリーズでは近現代文学作品の引用が多数行われ、そこに登場人物の心情が映し出されている。[10] ここでは、その引用が「ハードカバー版」への修整によってどのように変化したかをみたい。まず、各巻において主に使用されている近現代文学作品を確認したい。「ライトノベル版」は第八巻まであるが、本節では、「ハードカバー版」への修整が行われている第一巻から第五巻についてみていきたい。なお（　）内は作品中に出版社、発行年の情報があるものである。

・第一巻　芥川龍之介「蜜柑」、ビトリクス・ポター「ピーターラビット　こわいわるいうさぎのおはなし」「フロプシーのこどもたち」
・第二巻　宮沢賢治「銀河鉄道の夜」（角川書店、一九六九年）
・第三巻　ロジェ・マルタン・デュ・ガール『チボー家の人々』（白水社、一九五六年）
・第四巻　中島敦「山月記」
・第五巻　寺山修司「懐かしのわが家」、太宰治「人間失格」（一九五九年）から井伏鱒二

「山椒魚」（一九五九年）へ変更

以上のように、各巻において近現代文学作品の引用等を行いながら成立しているのが「半分の月がのぼる空」シリーズの一つの側面である。では、「ライトノベル版」と「ハードカバー版」で近現代文学作品の使用にどのような違いが発生しているのだろうか。「ライトノベル版」は、ほとんど読書をしない裕一が読書好きの里香に押し付けられる形で著名な文学作品を読書するもので、「ハードカバー版」でもこの設定は基本的に変わっていない。

芥川龍之介の作品を里香に言われて無理に読んでいる裕一だが、「ライトノベル版」は「読んでみると、意外と芥川さんはおもしろかった。なんというか、ちょっとばかり変わった人なんだと思う。」（第一巻、一二三頁）という感想を抱いている。この表現は「ハードカバー版」でも「いざ読んでみたところ、案外と芥川さんはおもしろかった。なんというか、ちょっとばかり変わった人なんだと思う。」（上、六六頁）と基本的には変わりはない。

次に、第二巻で「銀河鉄道の夜」は「ライトノベル版」では「里香から渡された宮沢賢治で、ベタなことに『銀河鉄道の夜』だった。」（第二巻、二一〇頁）と語られる。「ハードカバー版」では「里香から渡された、宮沢賢治の『銀河鉄道の夜』だった。」（上、二五一頁）となる。ここでは「ベタ」が「ハードカバー版」では削除が行われている。「銀河鉄道の夜」はあまりにも有名すぎて「ベタ」であるという認識に共感を求める表現の使用というのも「ライトノベル版」の特徴であろう。

ライトノベルの近代文学作品の引用に関して泉子は「ライトノベルで表現しにくい物語的雰囲気を導入することで全体の表現効果をあげるわけで、そこに作者の創造性が認められる」(11)と述べており、近代文学作品の引用によって登場人物の心情をより豊かに表現することは「半分の月がのぼる空」シリーズでも行われている。

「ライトノベル版」「ハードカバー版」と、基本的に変更のない近現代文学作品の使用だが、二点、比較的大きな変更があった。一つは、第五巻における寺山修司の詩に関する記述である。看護師の谷崎亜希子により「ぼくは不完全な死体として生まれ、何十年かかって完全な死体となる」という寺山修司の詩が人間の不完全さの暗喩として使用される部分である。

◎結局、どこまで行っても、いつまで生きても、不完全なまま。不完全に生まれ、不完全なまま死ぬ。ああ、誰だっけな。似たようなことを言ってた作家がいたっけ。僕は不完全な死体として生まれ、何十年かかって完全な死体となる――だっけ。

（第五巻、六一～六二頁）

▼結局、どこまで行っても、いつまで生きても、不完全なまま。不完全に生まれ、不完全なまま死ぬ。ああ、誰だったか。似たようなことを言った作家がいた。僕は不完全な死体として生まれ、何十年かかって完全な死体となる……だったか。実に下らない言葉だ。完全な死体などない。死んだら逃げられる思っているから、そんな甘い言葉を吐くのだ。現実はもっと冷酷だった。たとえば死体の処理をしてみれば、すぐに気づくだろう。看護学校を出たばかりの新人でも知っている。

（下、二七八頁）

「ライトノベル版」では、人間は「不完全」だとする亜希子さんの言葉を裏付け、その救われなさを深める表現として引用が使用される。一方、「ハードカバー版」では異なった使い方がなされている。「実に下らない言葉だ」という痛烈ともいえる批評が加えられているのである。「ライトノベル版」から「ハードカバー版」への修整において全体の文章量は減っている中で、この増加は特徴的である。まずは、元となった寺山修司の詩を挙げよう。この詩「懐かしのわが家」は一九八二年、寺山修司死去の前年に『朝日新聞』に掲載された。

「懐かしのわが家」

昭和十年十二月十日に／ぼくは不完全な死体として生まれ／何十年かゝって／完全な死体

となるのである／そのときが来たら／ぼくは思いあたるだろう／青森市浦町字橋本の／小さな陽あたりのいゝ家の庭で／外に向って育ちすぎた桜の木が／内部から成長をはじめるときが来たことを／／子供の頃、ぼくは／汽車の口真似が上手かった／ぼくは／世界の涯てが／自分自身の夢のなかにしかないことを／知っていたのだ(12)

「ハードカバー版」では、亜希子はその「完全な死体」という死を理想化して死ぬことの無責任さを看護師として否定している。完全という言葉を使うことで、死を美化することへの批判を行っているだろう。単に登場人物の心情を豊かに表現するための近現代文学作品の引用ではなく、そこに批評が加えられているところに、「ライトノベル版」には見られない「ハードカバー版」の特徴・差異があるといえよう。ただ、この亜希子の批判については、寺山修司自身によっても乗り越えが図られている。寺山修司の「懐かしのわが家」には別のバージョンが存在する。『寺山修司全詩歌句』（思潮社、一九八六年五月）から引用する。

ぼくは不完全な死体として生まれ／何十年かけて／完全な死体になるのである／次のときにはできるだけ新しい靴下をはいていることにしよう／零を発見した／古代インドのことでも思いうかべて／／「完全な」ものなど存在しないのさ(13)

「ライトノベル版」から「ハードカバー版」への修整に際して、「銀河鉄道の夜」に関しては、「ベタ」という表現が外されている。また、「ライトノベル版」ではなかった「懐かしのわが家」に対する看護師からの批評が加わっている。「ライトノベル版」では亜希子の思いを暗示し、豊かに語るための道具として挙げただけの「懐かしのわが家」であったが、「ハードカバー版」では、批評が加わり、「完全」という解答にたどり着くことを排除し、より厳しい現実に目を向けるような改変がなされている。「表現効果」を高めるのみではない、近現代文学作品の引用とそれに対する批評が加わる点に、「ハードカバー版」の特徴があるといえる。

「ライトノベル版」第五巻ではさらに、裕一が里香に買ってきてと言われた本のタイトルに変更があり、それについても考察する。

◎今朝、看護婦さんが里香から預かったと言って、折りたたんだメモを持ってきてくれた。
ウキウキしながら、そのメモを開いたところ、
太宰治。人間失格。買って。
（第五巻、六七頁）

▼今朝、看護師さんが里香から預かったと言って、折りたたんだメモを持ってきてくれた。

どきどきしながら、そのメモを開いたところ、書かれていたのは、たった一行だけだった。
井伏の山椒魚——。（下、二八二頁）

なぜ、他の近代文学作品はほぼ変化しないにもかかわらず、太宰治「人間失格」のみが井伏鱒二の「山椒魚」に変化したのだろうか。どちらも有名作品には変わりはないが「山椒魚」には長期入院によって他人と関係を作れない里香が、裕一と付き合うことによって、「山椒魚」に描かれる山椒魚と蛙の閉塞状況に至ることの暗示があるのではないだろうか。

なお、タイトルだけの登場ではあるが、そこに里香の心情を仮託するケースは、第一巻「こわいわるいうさぎのはなし」「フロプシーのこどもたち」にも見受けられる。「こわいわるいうさぎのはなし」は悪い兎が罰せられるお話だが、里香によって「なに聞いてんのよ！　それだけは絶対に借りてこないでねって言ったヤツじゃない！」（第一巻、八四頁）として表現されている。タイトルのみではあるが、里香の自らに対する自省の心情が仮託されていると推測できる。

おわりに

「半分の月がのぼる空」シリーズを「ライトノベル版」、「ハードカバー版」の二つのバージョンで比較すると、「ライトノベル版」の特徴として改行の多用、オノマトペの多用、俗な表現など、ライトノベルの特徴と想定されうる表現が使用されていることが浮かび上がってきた。ただし、それのみではなく「ライトノベル版」にはプロレスについての饒舌な語りの使用が見られた。その語りの特徴とは、読者との共有を前提とした特定の文化に対する趣味的な、知識を過剰に盛り込んだ饒舌な語りであることが分かった。逆に「ハードカバー版」は「プロレス」の知識など過剰な記述の減少とともに、寄り道の少ない直線的な物語となっているといえる。

加えて作中の歌、特にアニソンに関しては「ハードカバー版」ではそれが削られ、また、演歌に変更されることによって、対象となる読者層の拡大が図られていたことも推定された。このように一部の読者に共有可能なコンテンツについての饒舌な語りは「ライトノベル版」の特徴といえよう。一方で、それらを削除し、より広く知られたコンテンツを使用し読者層の拡大を狙う点に「ハードカバー版」の特徴があるといえよう。

さらに近現代文学作品の引喩においては、登場人物の心情を仮託する道具として使用する「ライトノベル版」に対して、「ハードカバー版」においては距離を置いた批評の視座が追加されていることが分かった。

ただし、「半分の月がのぼる空」の両バージョンの差異がライトノベルというジャンルの、特にライトノベルの表現を考える上で特徴的なものか、言い切ることは出来ない。なぜならば桜庭一樹の「GOSICK」シリーズに関しては、「ライトノベル版」表紙のアニメ調のイラストを削除した文庫版では、句読点以外にほぼ異同はないからである。

一方で今回の「半分の月がのぼる空」の修整からは、表現と同時に物語内容も含めた「ライトノベル版」と「ハードカバー版」との差異がみられた。そこには「物語」が読者層を意識して変化し、原作に批評的改変も加えながら生成されていく一つの例をみることが出来るだろう。

注

（1）大森望・三村美衣『ライトノベル☆めった斬り！』太田出版、二〇〇四年一二月、一六～一七頁

（2）泉子・K・メイナード『ライトノベル表現論　会話・創造・遊びのディスコースの考察』明治書院、二〇一二年四月

（3）橋本紡は第五巻以降に関して、第五巻の「あとがき」にて次のように述べる。「実を言うと、『半分の月がのぼる空』はこの五巻で終わる予定でした。もともと長く続ける話ではないし、五巻で十分だと思ったわけです」（第五巻、二九四頁）。

（4）「「電撃文庫」累計一四〇万部を誇る不朽の名作　単行本『半分の月がのぼる空〈上〉』発行のお知らせ」（アスキー・メディアワークス、二〇一〇年三月三一日）

（5） msn 産経ニュース「【著者に聞きたい】橋本紡さん」http://sankei.jp.msn.com/culture/books/100425/bks1004251002013-n1.htm 二〇一〇年四月二五日閲覧

（6） 山中智省『ライトノベルよ、どこへいく 一九八〇年代からゼロ年代まで』青弓社、二〇一〇年九月、一三八頁

（7） 『このミステリーがすごい！』編集部編『このライトノベル作家がすごい！』宝島社、二〇〇五年四月、九〇頁

（8） 「interview」（『本が好き！』光文社、二〇〇六年八月、七頁）

（9） 注2同書では、大げさ表現（一〇一頁）、分割された文の効果（一五〇〜一五一頁）、過剰なオノマトペの使用と極度の繰り返しによる音の大げさな再生（一五九〜一六〇頁）等がライトノベルの特徴的な表現として指摘されている。

（10） 拙稿「橋本紡「半分の月がのぼる空」における宮沢賢治の受容」（『コンテンツ文化史研究』第四号、コンテンツ文化史学会、二〇一〇年一〇月）

（11） 注2同書、一三六頁

（12） 「懐かしのわが家」（『朝日新聞』朝日新聞社、一九八二年九月一日、夕刊、五面）

（13） 寺山修司『寺山修司全詩歌句』思潮社、一九八六年五月、口絵参照。この単行本は、寺山修司の生前に企画されたものである、とある。

第五節　「太宰治」の再創造と「文学少女」像の提示するもの
――「ビブリア古書堂の事件手帖」シリーズ

はじめに

二〇一〇年代の文学の中で、様々な文学作品を引用し「再創造」している物語に「ビブリア古書堂の事件手帖」シリーズ（以降「ビブリア古書堂」シリーズと略記）がある。

本節では、まず、既存の文学作品を二〇一〇年代の文学がどのように受容し「再創造」しているのか、「ビブリア古書堂」シリーズを例に考える。特に、このシリーズを貫いて引用され、物語への関係性の大きい作家・太宰治と太宰作品の受容について考察する。

次に、「ビブリア古書堂」シリーズに描かれる「文学少女」像の特徴を探る。この考察は、多くの文学作品に登場する、本や作家や作品を偏愛する「文学少女」という存在が、二〇一〇年代にどのように表象されるのかを考えるものである。

本シリーズの概要であるが、本を偏愛し、古書に関して抜きん出た知識を持つ一方で、普段はとても人見知りである古本屋店主・篠川栞子が、店員の五浦大輔とともに、客が持ち込む古書にまつわる謎を解いていくミステリーである。作中で扱う古書はほとんど実在するものである。作品の舞台は神奈川県の北鎌倉周辺から伊勢佐木町で、作品内の時間は、二〇一〇年後半から東日本大震災の三か月後の二〇一一年が中心となる。

テキストは著者・三上延、イラスト・越島はぐ「ビブリア古書堂の事件手帖」シリーズ全七巻（メディアワークス文庫、アスキー・メディアワークス→KADOKAWA、二〇一一〜二〇一七年）を使用する。(1)「ビブリア古書堂」シリーズの番外篇で扉子が活躍する二〇一八年刊行作品は扱わない。

一、「ビブリア古書堂」シリーズと太宰治『晩年』

「ビブリア古書堂」シリーズでは、太宰治の『晩年』（砂子屋書房、一九三六年）をめぐって第一巻から物語が展開する。その他にも多様な文学作品が登場するが、シリーズを貫くのは太宰治と『晩年』である。第一巻では栞子の個人コレクションで、太宰治の書き込みがある『晩年』のアンカット初版本をめぐり、それを奪おうとする田中敏雄（第一巻では大庭葉蔵と名乗る）との間に事件が発生する。大庭葉蔵という人物から、この『晩年』を求めるメール[2]が来るところから物語は栞子の家族も巻き込み展開する。

　大庭は「自信モテ生キヨ　生キトシ生クルモノ　スベテ　コレ　罪ノ子ナレバ[3]」という献辞入りの『晩年』をめぐり栞子と対峙する。栞子は、大庭葉蔵は「道化の華」という短編の主人公の名前だとして警戒する。しかし大庭葉蔵により、石段から突き落とされてしまう。

三上延『ビブリア古書堂の事件手帖——栞子さんと奇妙な客人たち』表紙　アスキー・メディアワークス、2011年3月
(C)EN MIKAMI 2011

　栞子は普段は内気でコミュニケーション能力が低めにみえるのだが、本のことになると「栞子さんの語り口はいつのまにかなめらかになっていた。大きく言えば本についての話なので、スイッチが入ったらしい[4]」と変化する。外見は、黒髪のロングのストレートで、本に関しては熱っぽく語り、書物を偏愛する女性として描かれる。大正時代から続く「文学少女」像の定型が、古書店主となったようにみられる。この点は後述するが注目に値する[5]。

太宰治作品の受容だが、第六巻では「自家用」という書き込みのある『晩年』について先行研究も引用し解説がなされる(6)。ここで興味深いのは研究書である『太宰治論集　同時代篇』(山内祥史編、全十巻、ゆまに書房、一九九二〜一九九三年)が作中に登場していて、現実の太宰治研究とのリンクしていることである。一九三六年五月二五日発行『晩年』の初版本に関しては、研究書の文章が引用され、それを根拠に太宰が見返しの左下に「自家用」と書いたものが実は「自殺用」を墨で消し修正したものだと解説される。これによって、現実の『晩年』と「ビブリア古書堂」シリーズ中の『晩年』が関連づけられ、作中の書物の存在が読者に現実に存在するものと根拠づけられている。

ただし、その受容にはある傾向がみられる。太宰の師であり、石原美知子との結婚の仲人もつとめた井伏鱒二に関しては、「特に師匠の井伏鱒二は太宰に指導し続け、一九三三年に作家活動を始めてからも、様々な形で援助をしています。井伏がいなければ、太宰治という作家は存在しなかったでしょう(7)」と井伏鱒二の作家・太宰と太宰文学への影響力の大きさが表現されている。ただし、太宰治が晩年、井伏に対して批判的な言説を残し、一九四八年六月一三日、玉川上水での山崎富栄との心中の後に残された妻・美知子宛と推定される遺書の反故に、井伏批判がある点は栞子から語られていない。それは次のような記述である。

皆、子供はあまり出来ないやうですど　陽気に育てて下さい
あなたを　きらひになつたから死ぬのでは無いのです
小説を書くのがいやになったからです　みんな　いやしい　欲張りばかり　井伏さんは悪人です(8)

栞子の語りにはこの部分はない。このことからは、第六巻の記述では、井伏に庇護される従順な太宰という側面が強調されているといえよう。

太宰治の作家像について栞子は次のように語る。まず「研ぎ澄まされた自尊心の持ち主だった太宰は、生活能力のない自分、言い訳のできない失敗を繰り返す自分への絶望を抱えていました。いつ命を絶ってもおかしくない状況だったと思います」としてその存在としての危うさに言及する。『晩年』については、「遺書のつもりで作り上げた『晩年』は、同じような思いを抱えていた当時の若者たちの胸を打ちました(9)」、「今でも『晩年』の愛読者は多いです。わたしもそうですね。太宰の荒れた私生活は嫌いですけど、人としての弱さには共感できるんです……ちょっと、矛盾しているかもしれません」というように作家・太宰像も含めた「弱さ」への共感を語る。

さらに栞子の語りの後に、恋人となる五浦によって「「別におかしくないですよ」／誰にだっ

て心に弱いものを持っているはずだ。別に矛盾でもなんでもない、当り前のことだと思う[10]」という返答と地の文の語りがあることで、作家・太宰と『晩年』が重ねられ、「弱さ」への共感がさらに肯定されている。

栞子は太宰の作家論的アプローチから『晩年』の読み解きを行っていて、そのことで第六巻の作家・太宰像と『晩年』の読みは「弱さ」へと回収されていくのである。

作家・作品のすべてを客観的に語ることはもちろん不可能である。だが、とりわけ研究上明らかになっている太宰の強さは語られない傾向にある。例えば、佐藤隆之『太宰治の強さ』では作家・太宰治と彼の作品の「弱さ」から「強さ」に転じる点、戦中期の「強い」活動とそこから生まれた作品に焦点が当てられる[11]。

また、晩年の「如是我聞」でも太宰は師の井伏をも古い作家として批判していて、先に述べた妻宛ての反故にもみられるように、一時の師であった井伏鱒二にも闘いを挑み、超えていこうとする新時代の作家としての自覚があったと推測される。第六巻では、あえてこれらの「強い」側面を省いて成立した「弱い」作家という太宰治像と『晩年』から読み取れる「弱さ」を強調する「再創造」を行ったといえるだろう。

二、「断崖の錯覚」の再創造

太宰治の「断崖の錯覚」は、黒木舜平の名で『文化公論』第四巻第四号（文化公論社、一九三四年四月）に掲載された。これは、太宰の二五歳のときの作品であり、一九八一年になってようやく太宰治作と認定されたものである。[12]非合法活動から転向した後の長い習作時代に書かれた作品である。「ビブリア古書堂」シリーズを通して使用される『晩年』は、一九三六年の作となる。

「断崖の錯覚」の主人公「私」は、二〇歳の正月、大作家になりたい一念からある新進作家の偽者になりすまして熱海の宿に宿泊する。作家に憧れ、小説好きの少女と仲良くなるが、偽者だとバレることを恥じるあまり、少女を熱海の百丈の断崖から突き落として殺害してしまう。結局大作家になれなかった、「私」の二五歳の時の回想である。

主人公の「私」がどれほど「大作家」という存在に憧れていたかは、随所に心情の吐露がある。「その頃の私は、大作家になりたくて、大作家になるためには、たとへどのやうなつらい修業でも、またどのやうな大きい犠牲でも、それを忍びおほせなくてはならぬと決心してゐた」。[13]また少女に関しては、文学好きの少女とされているのにも注目したい。「それあ、判るわ。私、小説が少し好きなの」「大好き。あの人の花物語といふ小説」[14]とある。

この作品は犯罪小説なのだが、「私」の犯行が発覚しない。百丈の崖から少女を突き落としたものの、あまりの高さに、犯行の直後に私の隣に立ち、崖の真下に少女の死体を発見したきこりは「私」と少女の死を結びつけられなかった。タイトルの「断崖の錯覚」とはそのトリックを称するもので、トリックとしてはかなり強引なものとなっている。

「ビブリア古書堂」シリーズ第六巻でも「推理ものとしては……その、当時も特に、評判にはならなかったようです[15]」と栞子にもほぼ評価されていない。

この「断崖の錯覚」は第六巻において、田中敏雄の祖父にまつわるエピソードの鍵として扱われている。ただ、本節では、「文学少女」像をめぐる物語として、両作品を対比してみたい。「ビブリア古書堂」シリーズと「断崖の錯覚」との共通点は何か。「断崖の錯覚」では百丈の断崖から作家と文学の好きな「文学少女」を突き落とす。一方、「ビブリア古書堂」シリーズでは、第一巻で書物を偏愛し、外見は「文学少女」の栞子が鎌倉の石段から『晩年』を奪いたいと執着する田中敏雄によって突き落とされる。男性によって突き落とされる、文学を愛する少女という設定が太宰の「断崖の錯覚」との共通項といえるだろう。

三、「断崖の錯覚」から「ビブリア古書堂」シリーズへ

では、「断崖の錯覚」と「ビブリア古書堂」シリーズの相違点は何だろうか。そして、どの

ような「再創造」が行われたのだろうか。

藤原耕作は、「断崖の錯覚」の「私」について考察を行い、「「私」がほんものの「作家」たるためには、つまり贋金でないほんものの〈貨幣〉たるためには、ほんものに似せることはあやまりでしかない(16)」と述べる。

「断崖の錯覚」の「私」が、本物の作家に自分を似せることは、あやまりでしかない、という藤原の見解には同意することができる。その上で筆者は、この「ほんものに似せる」人物像に関して、「断崖の錯覚」の設定と類似した設定を持ちながら、「ビブリア古書堂」シリーズでは異なる「再創造」を行っていると考える。

太宰の「断崖の錯覚」では殺す側は大作家になりたい文学青年であり、殺される少女が、文学・作家好き少女であった。そして、「断崖の錯覚」において「私」がなりたいと願い、名前を偽った新進作家自体は「私」とは面識がなく直接関わらない存在である。

一方で、「ビブリア古書堂」シリーズでは、書物を偏愛する古書古主・栞子を階段から突き落とすことに直接手を下したのは田中敏雄であり、その動機はアンカットの書き込み入りの『晩年』への執着であった。ただし第六巻で、栞子の親戚である女子大生・久我山寛子が田中敏雄と関わっていて、田中が栞子を突き落とす原因を作り、傍観していたことを告白する。さらに、田中敏雄を利用して栞子の『晩年』を奪おうと犯行を行う。栞子に対する嫉妬と書物に対する執着が犯行の背景にあったことが明らかになる。また、この寛子の嫉妬や執着の背景には寛子の祖母で、「文学少女」であった久我山真理の栞子所蔵の『晩年』に対する執着があった。「断崖の錯覚」では「大作家」つまり「本物」は「私」にとって憧れの存在であって、嫉妬や憎しみの対象ではない。

「ビブリア古書堂」シリーズでは犯罪を仕掛ける側は本に詳しい古書店主になりたい学生であり、憧れの存在だった栞子という「本物」を陥れてしまう。憧れの対象を害する点で「断崖の錯覚」とは根本的に異なるのである。

太宰の「断崖の錯覚」が「ほんものに似せる」「私」を描くとするならば、「ビブリア古書堂」シリーズでは、「ほんものに似せる」ために「本物」を害する加害者を描く。この点で、「ビブリア古書堂」シリーズは「断崖の錯覚」から飛躍した「再創造」を行っているのである。では、久我山寛子は、栞子に対して、どのような感情を抱いているのだろうか。寛子の台詞から考察する。

栞子が石段から落ちるのを傍観し、さらに犯行を重ねようとしたことが発覚した後、寛子は次のように自らの心情を栞子にぶつける。

「あなたの方がわたしよりも全然知識があって、頭の回転が速くて、美人だった……会うたびに思ってたよ。この人はわたしの欲しいものを全部持ってるって。栞子さん、わたしから本を借りたことないんだよ。貸したことはあってもね。全部あなたが先に持ってて、先に読んでるの。気がついてなかったでしょう？(17)」

「好きなものがあって、もっと好きになりたいけど、どこから手を着けていいか分からない……もっとできる人には絶対に追いつけないって気持ち、栞子さんには分からないでしょう。自分は口下手で不器用で、本のこと以外なにもできないって思いこんでたけど、わたしから見たら違うんだよ。栞子さんは自分を信じてる……駄目な自分も素直に認めてる。つい嘘をついて、自分を大きく見せたりしない……」

「あなたはなんでも持ってる。自分の欠点ごと、ちゃんと好きになってくれる彼氏まで……自分がどれだけ勝ち組か、自覚してないだけ(18)」

寛子にとって栞子は「勝ち組」であり、手の届かない存在であり、嫉妬の対象なのである。この寛子の告白に対して、栞子は「勝ち組」の件については答えない。「格差」に対する栞子の内面は不明なままである。その上で、「寛子さんは古書が好きだからではなく、もっと古書を好きな人になりたいから、わたしの『晩年』を奪うことにしたの？」と問う。それに対して寛子は「そうだよそれが一番の近道だから」[19]と答える。注目すべきは次の会話である。

「寛子さんは、『断崖の錯覚』の主人公みたい……小説を書くために、様々な体験をしなければと思いこんでいる……」[20]

「女性を殺してしまった主人公は、それっきり小説が書けなくなってしまう……人殺しという貴重な体験をしたにもかかわらず。わたし、他人から古書を奪うような人は、いつか古書を愛せなくなる日が……古書に復讐される日が、来ると思う」[21]

この栞子の「断崖の錯覚」を引きながらのセリフには読みの飛躍があるだろう。「断崖の錯覚」の主人公はもともと大作家に憧れて新進作家の名を偽った偽者であり、人殺し自体は偽作家であることが判明する恥から起こしたにすぎず、憧れの作家を害したわけではない。殺人の前後でも「私」は偽者であるがゆえに、大作家にはなれなかったものの、殺人の罪もかぶらず、「復讐」されたのかどうかは栞子の推測にすぎない。

「ビブリア古書堂」シリーズで寛子は憧れそのものに嫉妬し、その「格差」を乗り越えるために罪を犯し、逮捕されてしまっているのである。「ビブリア古書堂」シリーズの最終巻第七巻においては、「久我山寛子は拘置所に移っていると聞いている。そろそろ裁判が始まる頃だ」(22)と語られる。

偽者であり、「本物」とは距離があり続ける「私」を描いた「断崖の錯覚」に対し、「ビブリア古書堂」では、「本物」に「絶対に追いつけない」という断念を持つ寛子、栞子という「本物」を害し、『晩年』を奪おうとすることで結果として自らの可能性を狭めてしまう寛子を描くのである。「近道」をして超えられない者を害してでも「何ものかになる」という「執着」を描く物語となっているのである。

この「執着」は「文学少女」だった寛子の祖母の久我山真理の「執着」でもあった。真理は事件の後、寛子を操り、アンカットの『晩年』を欲したこと、誰かが死ぬかもしれなかったことを栞子に責められるも、「「……死んでいたら、どうしたというの」／唇から細い声が洩れた。／「わたしは、もうすぐ死ぬ……なにもしなくても。次の秋は、見られないわ」(23)」と厭世と書物への強い「執着」をみせるのである。

「ビブリア古書堂」シリーズでは、寛子は拘置所に移ったままになってしまう。そのため、後日談や、その後の栞子の心情が描かれることはない。ただ、寛子の母から寛子がお詫びの手紙を書くと言っているということが伝えられ、五浦によって「彼女が栞子さんにきちんと謝って和解できる日が来ればいいと思う。甘いかもしれないが(24)」と語られるだけである。

　この寛子の栞子に対する糾弾は、「本物」を害するという執着の恐ろしさの提示と、同じ書物を愛するものであっても、栞子という本を偏愛し古書店主である人物の優位性とその無意識に発生する「勝ち組」として立ち位置を一瞬ではあるが相対化し、明示したということができるだろう。

四、「ビブリア古書堂」シリーズと「文学少女」の提示するもの

　寛子の執着は、寛子自身が告白するように、好きなものに憧れながらも、憧れに至れない断念を抱いている「文学少女」の心情描写であった。この好きなものを持たなければならないという強迫観念にも似た寛子の心情は何を示すのだろうか。寛子の告白を、二〇一〇年代という時代の中で考えてみたい。

　鈴木愛理は、「大きな物語」の喪失によって絶対的と思われる価値観が揺らぐ時代、物事の価値や目標が相対化していく時代の「個」のあり方について、次のように述べている。


　なにもかもに対し、そのすべてを受け入れることはできない。真や善、美について絶対的な基準はない。それが自明のこととなっているいまとは、絶対的な正解がないということ

とのみが、絶対的なこととして了解されている時代ともいえる。

「受け入れる力」とは、そのようなにものをも完全に信じられないという（ことのみ信じられる）時代を打破し、先へと進んでいくために必要な思想であると筆者は考える。（中略）他人に否定される可能性を承知のうえで、それでも自分が、真である、善い、美しい、と感じられるものはないかを知り、それを信じる自分を受け入れられる姿勢や態度を身につけていく教育が、「受け入れる力」を育成する教育である。またそれこそが、これからを生きていく力であり、強さにもなるだろう。(25)

この自分の真善美、つまり好きなものを見つけることで、絶対的な基準のない社会を生き抜こうとする姿勢は、「ビブリア古書堂」シリーズの寛子にだけ表れるものではなく、同時期の様々な物語に描かれている。

例えば魚住直子『園芸少年』（講談社、二〇〇九年）では、ふとしたきっかけから園芸が好きになり始め、園芸部を創設し、園芸に目覚めることによって、過去の傷を振り切り、今ここにある「自分」を構築しようとする三人の高校生の、一見のんびりしながらも、必死の心情劇が描かれる。この作品でも、好きなものを見つけた三人の少年と、三人のうちの一人、元不良の大和田の友人たちは対比的に描かれる。大和田の友人たちはある時園芸部を襲い、鉢を破壊して去る。この彼らに対して大和田は諦めの言葉を述べるだけである。さらに大和田は作品終結部で自らの外見が目立つのを抑え、「種を蒔かない」ようにして園芸部を続けることになる。園芸という好きなものを持った三人がその後どうなるのか、大和田の友人に関しても、答えが出されない物語である。

伊藤敬佑は大和田が「種を蒔かない」ようにすることについて、「中庸に集約されていく彼らの背後に、自らの美意識に基づき、枯れそうな草木には水と肥料を与え、野放図に伸びるようなら剪定する、庭師のごとき作者を垣間見てしまう」とし、「この曖昧な、あるいは教訓的な決着では納得できないからこそ、読み取れる生き方の問い自体は、現在においてなお興味深い。この問いに対し、他の作品がどう答えを出していくのか。それをどう受け取るのか。二〇一〇年代の課題の一つかもしれない[26]」と述べる。

この見解は同意できる。好きなものを見つけられた人物と、好きなものがない人物、そこから発生する「階層」を暗示する点、好きなものを見つけた人物が完全に肯定されるわけではない点など、本作に横たわる生きることの「厳しさ」にこそ、その後の二〇一〇年代の「私」の生き方をめぐる問題を提示しており興味深い。

振り返って、「ビブリア古書堂」シリーズでの寛子の告白は二〇一〇年代の物語を考える上で重要な意味を持つだろう。寛子の叫びは、「好きなもの」を見つけることで「本物」になることが実は困難であるという暴露と断念、すでに好きなものを見つけ、「本物」になった者への嫉妬・怒りの強さをよく表している。

本シリーズでは、寛子の祖母・真理は、父親・久我山尚大によって、その存在を切り捨てられてしまう。尚大は「この仕事（古書店―筆者注）にはなにがあろうが品物を手に入れ、売りつける熱意が覚悟が要る。[27]」と常々言っており、真理について「あれはただの文学少女だ。おまえ（栞子の母・智恵子―筆者注）と違って古書の取り引きなどできん[28]」とする。

「ビブリア古書堂」シリーズでは、「文学少女」というだけでは他者も自己も救えない。本が好きで、さらに、それを「生業」とするためには、熱意と覚悟が必要とされるのである。それが仕事というもの、と言ってしまえばそれまでだが、好きだけでは、「文学少女」では、生きていけない状況を描いた作品として、二〇一〇年代の「文学少女」像、「文学少女」のその後の「生き方」、抽象化するなら「物語」から「現実」への変化を描いた作品として読み解けるのである。

おわりに

本節では、「ビブリア古書堂」シリーズにおいて、栞子の太宰治像と『晩年』の弱さを強調する読み解きが行われているということ、「断崖の錯覚」からの読み解きの飛躍により、「文学少女」の嫉妬や断念が表現され、栞子の優位性が相対化されることを論じた。では、「本物」になれなかった「文学少女」の情熱や怨念はどこへ向かうのか、寛子が拘置所に入ったまま物語が閉じられる「ビブリア古書堂」シリーズからは、絶対的な基準のない社会の中で生き抜く「厳しさ」をそのままにみる冷徹な眼を読み取ることが可能である。

注

（1）本シリーズの累計発行部数は約六八〇万部。メディアミックスも盛んで、漫画・テレビドラマ・映画化されている。『朝日新聞』朝日新聞社、二〇一九年六月一五日、朝刊、二四面参照。
（2）三上延「第四話　太宰治『晩年』（砂子屋書房）」（『ビブリア古書堂の事件手帖――栞子さんと奇妙な客人たち』アスキー・メディアワークス、二〇一一年三月）
（3）注2同書、二二四頁
（4）三上延『ビブリア古書堂の事件手帖6――栞子さんと巡るさだめ』（メディアワークス文庫）、KADOKAWA、二〇一四年三月、九一頁
（5）木村カナは「文学少女」の系譜について概説し、明治から大正期に作られた女学生の身体的イメージである「ストレートロング」の「黒髪」、「病弱娘」、「夢みる乙女」といった属性が現代の「文学少女」像の根底にあるとし、さらに、「「文学少女」というイメージも、完全に固着している一方で、すでに実像を離れた、ある意味、定型化・形骸化した虚像に過ぎない。」（「二十一世紀文学少女・覚書」『ユリイカ』第三七巻第一二号、青土社、二〇〇五年一一月、六九頁）

と述べている。二〇〇〇年代における定型化された「文学少女」像の例としては、「文学少女」が本を読むことにより事件を解決する野村美月「〝文学少女〟」シリーズに関する拙論（「野村美月『〝文学少女〟』シリーズ――『銀河鉄道の夜』から飛躍する文学少女」一柳廣孝・久米依子編著『ライトノベル研究序説』青弓社、二〇〇九年四月）を参照いただきたい。

（6）太宰の書き込みに関する記述を一部引用する。

　それは太宰君が見返しの左下に自筆で書いてゐるところなのだが、その「自家用」といふ三字も最初には「自殺用」と書かれてゐるのである。誤ってさう書いたのか、意識して書いたのか、そのせんさくはともかくとして、墨で消した一字を洗ふと、たしかに「殺」といふ字が読める。この一字を消して、「家」といふ字がその左傍に書いてある。（淀野隆三「太宰治君の自家用本『晩年』のこと」山内祥史編『太宰治論集　同時代篇』第九巻、ゆまに書房、一九九三年二月、八四頁。初出は『文学雑誌』第三巻第一号、大丸出版社、一九四九年一月）

（7）注4同書、五六頁

（8）山崎富栄著、長篠康一郎編『雨の玉川心中――太宰治との愛と死のノート』（青の鳥双書）、真善美研究所、一九七七年六月、二二六頁、再掲『新潮』一九九八年七月号、新潮社、参照。ただし、この「悪人です」という文言に関しては佐藤春夫が「人並みに女房を見つけて結婚させるような重荷を負はせた（中略）井伏鱒二のおかげで女房子供に可愛そうな思ひをさせる」という思いを正直に記す気恥ずかしさからくる言葉だとコメントしている。（佐藤春夫「井伏鱒二は悪人なる説」「作品　第二号」一九四八年一一月（佐藤春夫著、中村真一郎他監修『評論・

随筆５』『定本　佐藤春夫全集』第二三巻、臨川書店、一九九九年一一月、一三〇頁）。一方、川崎和啓は「師弟の訣れ―太宰治の井伏鱒二悪人説―」（『近代文学試論』第二九号、広島大学近代文学研究会、一九九一年一二月）において、井伏が太宰の言葉は「逆説的に表現する性格」（『時事新報』時事新報社、一九四八年六月一七日）と記したことに触れ、井伏が太宰を武蔵野病院に入院させ、その際見聞した運動会について「薬屋の雛女房」（『婦人公論』一九三八年一〇月号、中央公論社）という小説に仕立てたこと、「如是我聞」において「先輩たちがその気ならば、私たちを気狂ひ病院にさへ入れることが出来る」と書いていること等から、晩年の太宰が井伏に批判的だったと考え、佐藤の見解に疑問を提示している。筆者は、川崎の意見に同意し、同時に、作家という職業に付随する負の側面を「悪」とし、井伏に代表させたと考える。

(9)　注４同書、五六頁、直前引用も同様。

(10)　注４同書、五七頁、直前引用も同様。

(11)　佐藤隆之『太宰治の強さ――中期を中心に　太宰を誤解している全ての人に』和泉書院、二〇〇七年八月

(12)　山内祥史「太宰治全集未収録短編小説「断崖の錯覚」について」（『国文学　解釈と鑑賞』第四六巻第一〇号、至文堂、一九八一年一〇月、一二一～一二四頁）

(13)　太宰治「断崖の錯覚」、「小説１」（『太宰治全集』第一巻、筑摩書房、一九九八年五月、三三五頁）

(14)　注13同書、三六七頁

(15)　注４同書、二二二頁

(16) 藤原耕作「貨幣としての「私」――太宰治「断崖の錯覚」を中心に――」(『日本文学』第四八巻第一二号、日本文学協会、一九九九年一二月、五五頁)
(17) 注4同書、二八二頁
(18) 注4同書、二八三頁、直前引用も同様。
(19) 注4同書、二八五頁
(20) 注4同書、二八五〜二八六頁
(21) 注4同書、二八六頁
(22) 三上延『ビブリア古書堂の事件手帖7――栞子さんと果てない舞台』KADOKAWA、二〇一七年二月、一九六頁
(23) 注4同書、二九七頁
(24) 注22同書、一九七頁
(25) 鈴木愛理『国語教育における文学の居場所　言葉の芸術として文学を捉える教育の可能性』(ひつじ書房、二〇一六年一二月、一八九頁)
(26) 伊藤敬佑「「種を蒔かない」園芸部員たち」(児童文学評論研究会編『児童文学評論研究会五〇〇回記念　児童文学・21世紀を読む』児童文学評論研究会、二〇一八年八月、二一二頁)
(27) 注22同書、一六五頁
(28) 注22同書、九頁

第三章　「科学」と「命の循環」

第一節　「氷河鼠の毛皮」と批判的技術主義

――高橋源一郎『ミヤザワケンジ・グレーテストヒッツ』・木内達朗『氷河ねずみの毛皮』の受容から

はじめに

本節は宮沢賢治の「氷河鼠の毛皮」における生存競争と科学に関する問題点を考察した上で、再創造の二作品を考える試みである。一つは「氷河鼠の毛皮」の絵本化である木内達朗『氷河ねずみの毛皮』（偕成社、二〇〇八年二月）である。「氷河鼠の毛皮」に流れる、「科学」と「生存競争」に関するテーマも、木内達朗『氷河ねずみの毛皮』の中では再創造され、別の発展を見せているように思われる。もう一作品は、宮沢賢治作品の変奏の代表的な書籍の一つである高橋源一郎『ミヤザワケンジ・グレーテストヒッツ』（集英社、二〇〇五年五月）である。この作品においても、「氷河鼠の毛皮」についての独自の解釈がなされている。

現代において「どのように」宮沢賢治作品が再創造されたのか。生存競争と科学に関連する「再創造」を取り上げて考察する。

この考察は、宮沢賢治作品から再創造へ、その考察を通じて宮沢賢治作品を逆照射する試みでもある。

一、「氷河鼠の毛皮」について

「氷河鼠の毛皮」の初出は『岩手毎日新聞』（一九二三年四月一五日　第三面）である。

伝記的事実をたどるなら、宮沢賢治は一九二一年一月に家出、上京し、国柱会にて奉仕活動を行った後、八月中旬から九月初旬に花巻に戻り、一二月稗貫（後の花巻）農学校の教師となる。月給を得、経済的には安定した時期であった。

翌一九二二年一一月に妹のトシの死があったが、一九二四年四月には詩集『春と修羅』が、一二月には童話集『注文の多い料理店』が刊行されている。宮沢賢治の伝記的事実の中でも「氷河鼠の毛皮」の刊行された時期は、経済的安定と創作熱に満ちた時期であったといえよう。

ただし、宮沢トシの死を詠った「永訣の朝」を含む「無声慟哭」シリーズの最後である「無声慟哭」が一九二二年一一月二七日の日付が振られているのに対して、『春と修羅』に収録された「風林」は一九二三年六月三日の日付であり、その間に半年のブランクがある。「氷河鼠の毛皮」がいつ『岩手毎日新聞』に送られたのかは分からないものの、詩集においてはブランクとなっている時期に発表された作品であることも指摘しておきたい。

「氷河鼠の毛皮」は、ベーリング行きの列車に乗ってイーハトヴを発った人達が遭遇した出来事を描いた作品である。突然乗ってきた白熊のようなもの達にとらわれてしまう金持ちタイチとそれを救う帆布の上着を着た青年に焦点が当てられている。

物語の冒頭で「このおはなしは、ずゐぶん北の方の寒いところからきれぎれに風に吹きとばされて来たのです。氷がひとでや海月やさまざまのお菓子の形をしてゐる位寒い北の方から飛ばされてやつて来たのです。」（第一二巻、本文篇、一三一頁）とあるように伝聞の話であることが指摘され、あくまで語り手が聞いた話という形式をとっている。この文章に続いて「十二月の二十六日の夜八時ベーリング行の列車に乗つてイーハトヴを発つた人たちが、どんな眼にあつたかきつとどなたも知りたいでせう。これはそのおはなしです。」（第一二巻、本文篇、一三一頁）とあり、三人称の語りである。物語の最後は「氷山の稜が桃色や青やぎらぎら光つて窓の外にぞろつとならんでゐたのです。これが風のとばしてよこしたお話のおしまひの一切れです。」（第一二巻、本文篇、一四〇頁）とあることから、「風のとばしてよこしたお話」の一部が語られているという形式である。

未発表が圧倒的に多い宮沢賢治作品の中でも「氷河鼠の毛皮」は『岩手毎日新聞』に発表さ

れた賢治の数少ない作品の一つである。白熊のようなもの達と帆布の上着の青年とのやり取りからは、生き物の命を過剰に奪うことに対する批判が伝わってくる作品といえる。ただし、詳細に読んでみると人間と白熊のようなもの達のやり取りは切実でありながら曖昧さももって描かれているのではないか。その内実を考察していく。

二、先行研究に関して

「氷河鼠の毛皮」は大変短い作品ではあるものの、発表された作品であること、宮沢賢治作品に通底する北への志向があること、同じく「なめとこ山の熊」などにみられる「生存競争」に関するテーマが隠されていることから先行研究でもしばしば取り上げられている。

天沢退二郎は、「宮沢賢治の〈書くこと〉は、くりかえし詩人を、さらには〈語り〉そのものを北へ旅立たせたが、ついにその極限への到着そのものを作中に公開することはない」[1]として極限の北方そのものはブラックボックスであり明かされないことを指摘する。また、天沢は、この作品の終結部に関して次のように述べている。

豪商タイチやその追従者はいかにも愚かしく嫌悪と侮蔑をこめて描かれてはいるけれども、それにしてもあのイギリス風の紳士たちが山猫に食われる寸前に助かったごとく、このタイチも帆布の青年によって救われなければならない。このときの青年の演説は、毅然としているが同時に苦しい(2)。

以上のように天沢は、命を軽視する者が命の危機に会うという同様のテーマが流れる「注文の多い料理店」の紳士たちが「くしやくしやの紙屑のやう」（第一二巻、本文篇、三六頁）な顔になったものの命は奪われなかったことを指摘し、同じ傾向の物語としての「氷河鼠の毛皮」でタイチが救われるという型を持つことを指摘している。その上でタイチが救われるがゆえに発生してしまう苦しい演説を指摘している。タイチが救われること、帆布の上着の青年の苦しい発言に関しては以降考察する。

また、近年では、現実の人間社会の縮図（寓話・アレゴリー）としての読みも盛んに行われている。

中沢新一は二〇〇一年のアメリカ同時多発テロの後、現代の圧倒的に非対称な格差とそれが招き寄せるテロの問題を語る。そしてこの非対称の原型としての人間と野生動物の関係を思考していた作家として宮沢賢治を挙げ、「氷河鼠の毛皮」を使用しながら非対称の問題を論じ、非対称ゆえの暴力を肯定した上で脱却を思考したとする。その上で生存のための殺生は仕方がないものの、無法は駄目であり、命のやり取りは「対称的な関係のもとにおこなわれなければならない」[3]として対称性を回復すべく努力していかねばならないとする。そして強い技術力を手に入れた人間と家畜化された動物の圧倒的な非対称は毒物に変態しテロを起こすとする。

宮沢賢治は人間と動物を徹底的に分離してしまう考え方と、人間の社会の中に不平等や不正義がおこなわれている現実の間には、深いつながりがあると考えていたのです。そこで『注文の多い料理店』をはじめとするさまざまな作品の中で、利口な山猫や狐たちが、人間と動物との間の非対称をひっくりかえしていく、痛快な物語を語ってみせたのでした。[4]

中沢の指摘する非対称に関しては「なめとこ山の熊」における狐けんには入らない町の荒物屋の主人と熊・小十郎との立ち位置とつながるものである。非対称性を対称性にする青年の言葉にある「無法」とは何か、それを対称性に戻すことは可能なのか、これに関しては青年の発言の考察で触れることになろう。

さらに、現在、脱成長のアニミズム文学（「非人間を人間と同じ人格であると考える文学」[5]）としての読みもなされている。松崎慎也は人間と非人間との関係に関して次のように述べる。

人間の言葉で会話する動物が登場する場合もあれば、人間とは会話はできないが、喜び踊ることはできる花が登場している場合もあるだろう。そのとき、前者は、内面性（精神・霊魂・意識――筆者注）において類似度が高いテクスト、後者を内面性において類似度が低いテクストと呼ぶことができる。（中略）宮沢賢治の童話のあるものは、ここで見る例（「氷河鼠の毛皮」――筆者注）もそれにあたるが、動物と人間とが会話をするので、高類似テクストに属する。(6)

松崎は、前述の中沢の格差を発生させる圧倒的な「非対称」に共感した上で、非人間をモノ化するしかないタイチの過剰な殺生に対して、青年は「揺らいでいるアニミスト」であり、青年の終結部の「おい、熊ども」（第一二巻、本文篇、一三九頁）で始まる発言は、アニミズムに踏み止まる青年の約束であり「すべての〈人〉が「節度ある豊かさ」を目指す脱成長の約束(7)」なのだとする。この松崎の考察に関しては、宮沢賢治「氷河鼠の毛皮」において「動物（人格を持った非人間）と人間」という構図が成り立つのか、そして青年の発言の内実に関しても単なる「脱成長の約束」とまとめてよいのか。本節においてさらに考察を加える必要があると考える。

最後に、本作品は実際の舞台を探る研究もなされている。木佐敬久は「氷河鼠の毛皮」をシベリア出兵当時の世界情勢と重ね合わせ、熊どもを日本軍を悩ませたロシアのパルチザンに、タイチの直接のモデルとして資本家・島田元太郎を挙げ、「氷河鼠の毛皮」は「〈シベリア出兵の寓話〉」であるとする。その上で船員の仲裁は「シベリア進出を生存権で擁護した点が限界」(8)とする。

舞台を探す考察はこれからも行われると思われる。もちろん、同時代の事件との関りは無視は出来ないが、今回の考察においては、イーハトヴを舞台とした作品であり、特定の事件や舞台との関わりを追求するのではなく、「氷河鼠の毛皮」のテーマを解読し、それがどのように「再創造」され、変奏していくのかを軸に考察を進める。

三、批判的技術主義の可能性

白熊が汽車を襲撃し、タイチを客車の外に連れ出そうとした際、帆布の上着を着た青年は、のろしのように天井につくかとばかりに飛び上がり、鉄砲の弾も躱して、赤ひげの鉄砲を奪いタイチを奪還する。赤ひげを人質にしながら、次のように高く叫ぶ。

『おい、熊ども。きさまらのしたことは尤もだ。けれどもなおれたちだつて仕方ない。生きてゐるにはきものも着なけあいけないんだ［。］おまへたちが魚をとるやうなもんだぜ。けれどもあんまり無法なことはこれから気を付けるやうに云ふから今度はゆるして呉れ。

ちよつと汽車が動いたらおれの捕虜にしたこの男は返すから』
（第一二巻、本文篇、一三九頁）

この青年の叫びには、二つの要素がある。一つは、生存競争の肯定である。宮沢賢治作品においては「なめとこ山の熊」でもそうであったように、生存競争は否定されない。その生存競争の苛酷さが肯定された上で、「異世界」を介してそこからの消極的な離脱の願望を描いたものが「なめとこ山の熊」の熊と小十郎の世界であった。この帆布の上着の青年は、生存競争に関しては「仕方ない」とする立場である。

もう一つの要素だが、「あんまり無法なことはこれから気を付けるやうに云ふから今度はゆるして呉れ」という言葉に表れている人間の過剰な殺戮を抑える点、それに付随する批判的な技術主義である。村田純一は、現代においても「技術革新とそれに伴う社会の変化からなる近代化の過程は、加速されることはあっても、減速されることはないように見える。[9]」とする。フェルベークは、技術と人間の二つの領域は相互浸透しており、私たちが技術の外側に立てない以上、技術と道徳のあり方をこそ考えるべきだとする。そこでは技術との関わり合いの中で、自らの主体性をできる限り好ましいと思われる仕方で構成していく必要性と、「我々は、人間の領域を技術の領域から分離するのではなく、二つの領域がどのように相互浸透することが望ましいのかと自問する必要がある」[10]とする。「氷河鼠の毛皮」の青年の叫びも、科学技術の減速を主張するのではなく、「あまりに無法」を気を付けるように言う、つまり批判的に技術を見守るということであろう。では宮沢賢治作品に描かれる批判的技術主義の内実を考えよう。

本文を読むと分かるが、白熊のようなもの達の怒りは、単にタイチが毛皮で出来た外套を過剰に着込み、黒狐の毛皮を九百枚持って帰ると命を軽んじ数値化しているからだけではない。「きさまこいつだなあの電気網をテルマの岸に張らせやがつたやつは」（第一二巻、本文篇、一三八頁）というように、以前タイチが「電気網」という技術を使用したことに対しても恨みに思っているのである。「電気網」に関しては、後に言及する。

タイチが白熊のようなもの達に引っ立てられるのも、大量に毛皮を使用した外套のみではなく、電気を使用した技術も原因として触れられており、「あんまり無法なこと」の中にはこの「電気網」も入っていると考えられる。

また、タイチは北極兄弟商会パテントの緩慢燃焼外套を着ている。この外套は発明品であり、ゆっくりと燃焼する外套の意味で宮沢賢治の創作上の産物と考えられるが、ここにも科学技術が使われている可能性がある。

青年の叫びには、「生存競争」を認めつつ、またそのための技術を否定はしないものの、過剰な殺戮、さらには過剰な科学技術の使用に関してもセーブをかけようとする意志、つまり、批判的技術主義を読み解くことが可能だろう。
この「電気網」という技術がどのようなものなのか、情報が少ないため明確にすることは出来ないが、同時代において、北米の実験の報告として、灌漑用溝渠に三〜四万匹の幼鮭が入り、死なないようにするための「電氣を應用せる魚道閉塞装置」が紹介されている。この記事では、装置を応用して「其中に入りたるものを捕ふるもよく、魚道に應用して流すもよい。」[11]とある。また、「氷河鼠の毛皮」の掲載よりもやや後年になるが、河川に電気を流し魚を誘導する「電気網」が研究されていた。『全国湖沼河川養殖研究会要録』によれば、次のような試みがなされていることが分かる。

第十二號問題　山縣提
河川ニ於ケル發電其ノ他ノ設備中ニ迷入スル魚族ヲ防止スヘキ電氣防魚網ノ機能効果如魚ハ其ノ觸撃ノ影響ニヨリ假死ノ状態トナル、之レハ魚ニ傷ヲ與ヘルノミニテ効果ハ少ナイヨウデアル、止水中デハ五〇ボルトデモ、一〇〇ボルトデモ効果ナシ、電氣網モ政策上必要ナルガ、効果ニツキ研究スル必要アリ。
（中略）

富山縣（島村技師）魚道ニ誘導スル電氣網ノ成績ヲ承ハリ度シ。議長（和氣課長）長野縣ハ如何デスカ。

長野縣（谷技手）有セズ。

新潟縣（天野技手）新潟縣ニハ二ケ所アリ、本年六月二日竣工シテヤツテ居ル、改裝後ハ成績ヨシ十數回ニ亘リ、試驗シタルガ其ノ結果ハ未ダ纒メル迄ニ至ラズ。

（中略）

富山縣（島村技師）魚ハ少シモ上ラズ、第一其ノ下ニ來ラズ、電氣網ニテ誘導スルモ魚道ニ上ラズ、本年鮎ハ少シモ上ラズ鱒ハ少シトルガ多カラズ(12)

以上のように、電気を使用して魚を灌漑用溝渠や発電施設に侵入しないようにする、もしくは大量に魚を魚道に導く方法として「電気網」が使用されていることが分かる。その場合は、魚の被害が発生していることが分かる。また、「電気網」によって使用者の望む場所へ魚を導くならば、人間にとって簡単に大漁となるもののやはり使用者以外のものからすれば収獲高が激減し、生死に関わる問題となるであろう。

他の宮沢賢治作品においても河に山椒等を流して魚をしびれさせて獲る「毒もみ」に関して多く触れられており、「毒もみのすきな署長さん」では国の第一条に「火薬を使って鳥をとってはなりません、／毒もみをして魚をとってはなりません。」（第一〇巻、本文篇、一九二頁）とあり破ったものは死刑である。ただしこの作品においては、毒もみが楽しくてやめられず、死刑になるも、地獄で毒もみをやるかな、と豪語する署長さんに対する皆の感服が語られる。また「さいかち淵」では主人公に「毒もみは卑怯だから、ぼくは厭だ」（第一〇巻、本文篇、七〇頁）と言わせるものの毒もみをワクワクして楽しむ子どもたちも描写されている。「風〔の〕又三郎」では爆発の衝撃で魚を獲る発破とそこに集まる子どもと大人とが描かれる。この「卑怯」な手段を用いて大量に魚を獲ることの興奮は、それが違法であったとしても宮沢賢治作品に繰り返し登場するテーマであり、非日常における殺生の興奮が描かれているという特徴を持つ。

青年の「熊ども」への「あんまり無法なことは」の内容には、タイチの毛皮の為に殺戮された多くの動物が対象となってはいるが、同時に、「電気網」という技術の持つ大量に魚を獲るという無法さに対する批判も含まれていると考えられるだろう。

ただし、先行研究において天沢が「このときの青年の演説は、毅然としているが同時に苦しい」と述べるように、青年の批判的な技術主義は端的にいって根拠が薄い。青年がこの後、このエピソードを誰に伝えるのか、そしてそれによってあんまり無法な猟やあんまり無法な科学技術が止まるのかといえばその保証は全くない。また、この青年の叫びに対して白熊のようなもの達は「『わかつたよ。すぐ動かすよ』外で熊どもが叫びました。」（第一二巻、本文篇、一三九頁）と応じる。これは青年の叫びに納得して「わかったよ」と言ったのではないだろう。青年は赤ひげの胸に鉄砲を突き付けているのであり、白熊たちは想定外の身体能力の高さを持つ青年の行動を理解し、赤ひげのいのちを青年から取り戻すために、テロの中止・失敗を認めたということが出来る。

では結局この青年の叫びは何だったのだろうか。

他の乗客がタイチが連れていかれるのを黙認したのに対して青年の行為は「生存競争」を仕方ないと認めつつも無用な殺生を禁止することを希求するものであるといえる。青年はタイチに対して肯定はしておらず、ただ、命が奪われることは避けたというだけであろう。

では「あんまり無法なことはこれから気を付けるやうに云ふ」という批判的技術主義はどう考えればよいのだろうか。結論からいうならば、ここには宮沢賢治作品における批判的技術主義が技術主義を止めるものではないという特徴が示されているだろう。

他の宮沢賢治作品において、例えば「グスコーブドリの伝記」で潮汐発電所が作られているように科学技術は肯定され住民の生活の前提や救いとなるケースが多い。

よって、青年の「熊ども」に対する叫びは、人間の無法な行為、その中に含まれる科学技術の行きすぎに対する批判を行っており、批判の萌芽が見えるものの答えのない宙づり状態であり、そこに青年の叫びの限界もあるといえよう。

さらにこの作品で気になる点がある。それは最後に赤ひげが「笑」うシーンである。この『さあけがをしないやうに降りるんだ』船乗りが云ひました〔。〕赤ひげは笑つてちよつと船乗りの手を握つて飛び降りました。」という描写は多様な解釈が可能であろう。テロを起こした張本人ともいえる赤ひげに丁寧な声をかけた青年が滑稽だったともとらえられるし、結局、大演説をしたものの、何も解決していないことをあざ笑ったと考えることもできるだろう。

四、「氷河鼠の毛皮」の再創造

ここからは、「氷河鼠の毛皮」の「再創造」を考察し、「氷河鼠の毛皮」のテーマがどのように変奏し「再創造」されていったかを考える。

「氷河鼠の毛皮」の「再創造」で興味深いのは、テロを起こしたもの達の表現である。木内達朗の絵本においては、最初から白熊が人間の仮面をかぶって汽車に侵入してくる。さらに作品終結部においては、四つ足の白熊たちが描かれており、木内の絵本の絵テクストは明確に侵入者を白熊とする絵テクストとなっている。

しかし、宮沢賢治の「氷河鼠の毛皮」においては、侵入者は次のように表現されている。

すさまじい顔つきをした人がどうもそれは人といふよりは白熊といつた方がいゝやうな、

いや、白熊といふよりは雪狐と云つた方がいいやうなすてきにもく〲した毛皮を着た、いや、着たといふよりは毛皮で皮ができ〔て〕るといふ方がいゝやうな、ものが変な仮面をかぶつたりえり巻を眼まで上げたりしてまつ白ないきをふう〲吐きながら大き〔な〕ピストルをみんな握つて車室の中にはいつて来ました。

（第一二巻、本文篇、一三七〜一三八頁）

この描写からは、直喩と声喩を繰り返しながら、すさまじい顔つきをした人ではあったのだがよく見ると「もの」としてしか表現できない何かとして侵入者が描写されていることが分かる。この「もの」としてしか表現できなかった何かを、木内の絵本においては白熊として「再創造」してい

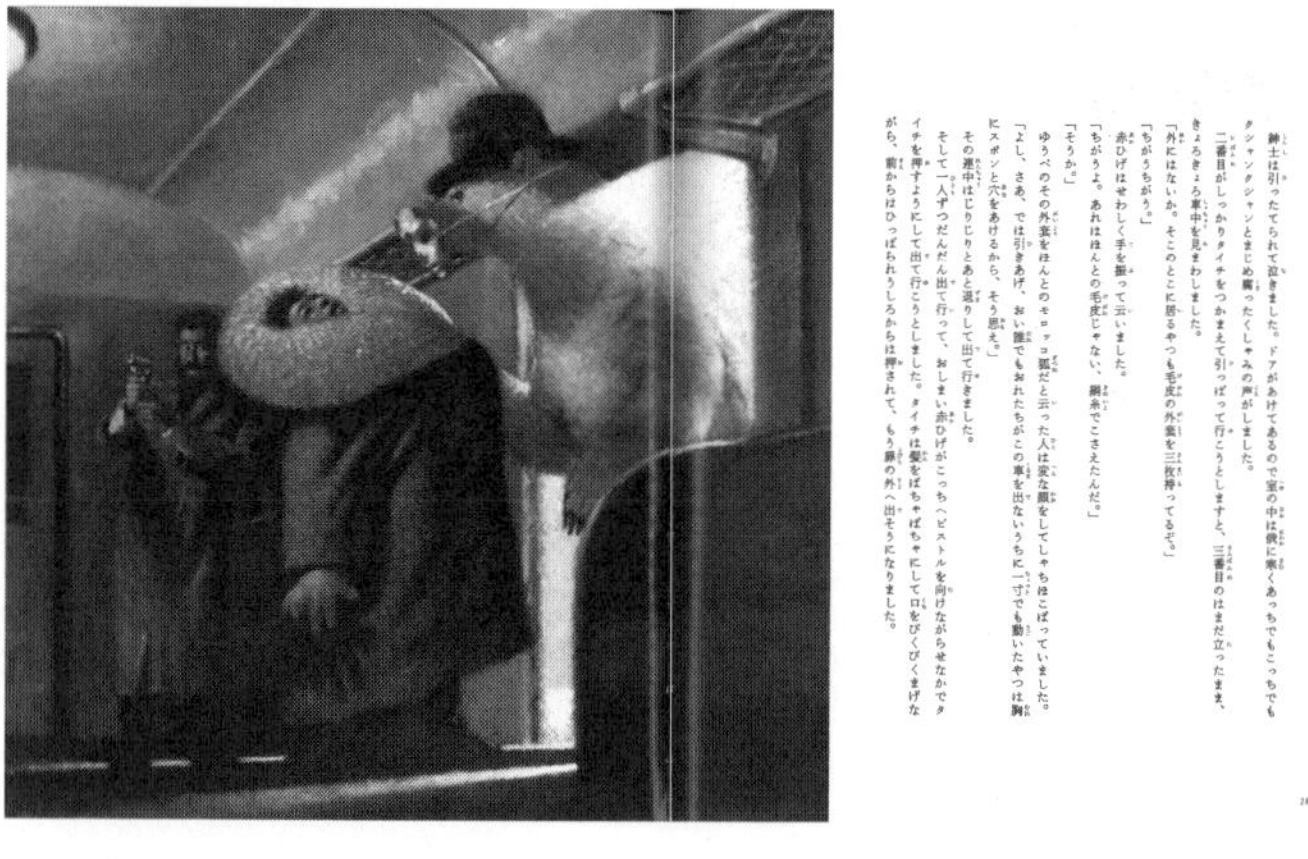

『氷河ねずみの毛皮』宮沢賢治、木内達朗、偕成社、2008年2月、28〜29頁

るといえよう。

宮沢賢治の「氷河鼠の毛皮」の終結部では「おい、熊ども」と「もの」に語りかけており、そこからテロを引き起こした「もの」が熊の可能性は出てくるものの、熊に喩えられる人間の比喩表現としても読むことは可能である。[13]つまり、宮沢賢治の「氷河鼠の毛皮」では曖昧さを持った「もの」が木内の絵本化によって「白熊」のイメージに固定されたといえよう。

この「再創造」によって、白熊によるテロということが明確になり、絵本においては、人間に対して白熊が復讐を企てる話としてテーマが明確になっているといえる。

また、「のろしのやうに飛びあが」った帆布の上着の青年に関しては十字架にかけられたキリストを思わせるような人を超越した神々しさが付与

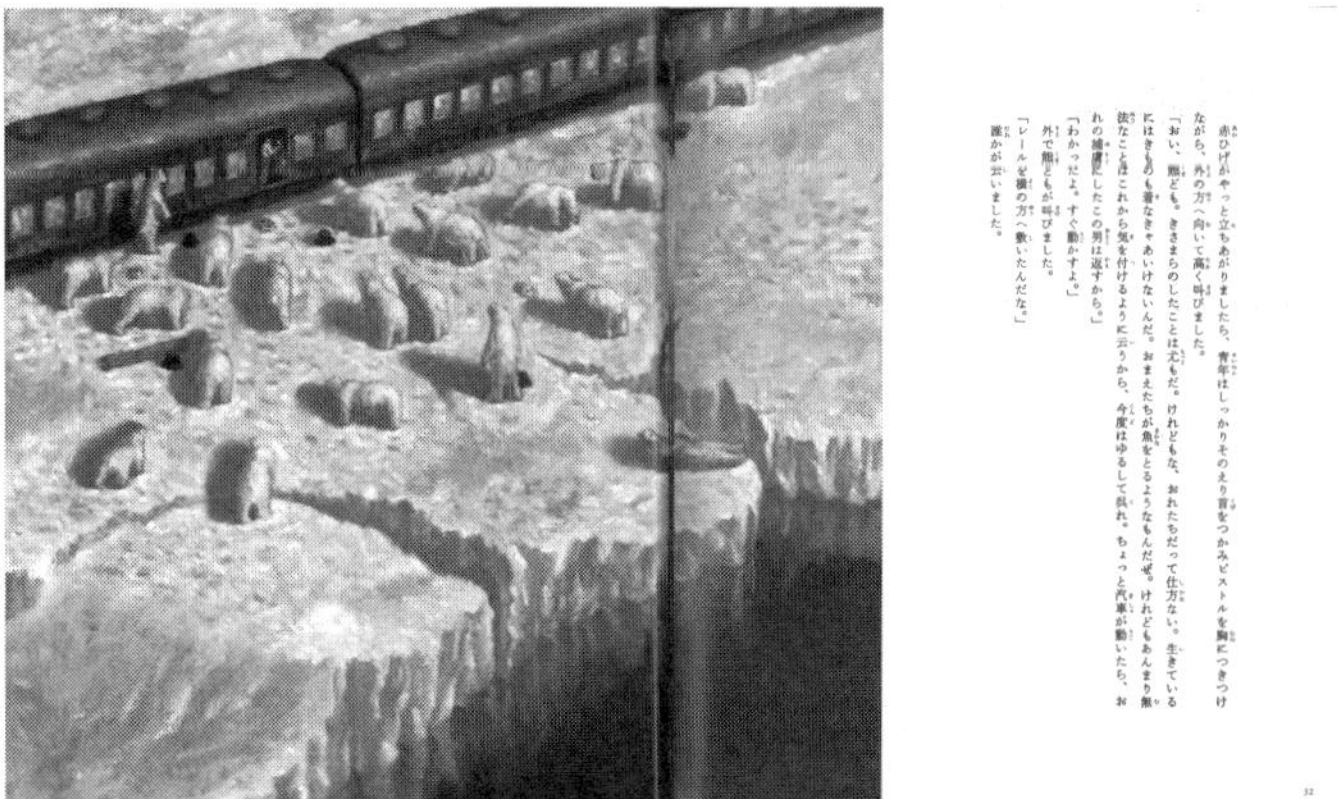

『氷河ねずみの毛皮』宮沢賢治、木内達朗、偕成社、2008年2月、32～33頁

されている。この絵テクストからも、人間と白熊との対立を救う救世主のような青年像を読み解くことが可能だろう。木内の絵本は、宮沢賢治の「氷河鼠の毛皮」の曖昧であった「人間」と「白熊」という対立軸を明確にし、さらに青年に聖性を与えたものだということが出来るだろう。この「再創造」においては宮沢賢治「氷河鼠の毛皮」の持っていたテロを起こした「もの」の曖昧さが、より明確になっている点が特徴といえよう。

宮沢賢治の「氷河鼠の毛皮」の表現の曖昧さに関してだが、比喩による人間か白熊か黒狐か分からない「もの」による襲撃という語り口が宮沢賢治の「氷河鼠の毛皮」の表現の特徴であり、単なる「人間」と「動物」の交流ではなく、異なる「もの」が現れる点にその特徴を読み解くことが出来よう。その「異世界」が出現してしまう瞬間

『氷河ねずみの毛皮』宮沢賢治、木内達朗、偕成社、2008年2月、30～31頁

こそ「氷河鼠の毛皮」の特徴だともいえよう。もう一つ「再創造」を挙げる。

高橋源一郎『ミヤザワケンジ・グレーテストヒッツ』のタイトルは、連載時は「ミヤザワケンジ全集」であり単行本の刊行時に改題された。『ミヤザワケンジ・グレーテストヒッツ』は宮沢賢治の二四の作品を原題は基本的に変更せずに使用し、宮沢賢治の作品にちなんだ「再創造」を行ったものである。月刊誌『すばる』に二〇〇二年一月号から二〇〇四年一一月号まで連載された。

二四作品すべてにおいて、宮沢賢治作品の「パロディ」や「パスティーシュ」が行われており、現代を舞台にしたものから時代背景等が不明なものまで、基本的に各作品は独立している。その中でも、生存競争と関係する「氷河鼠の毛皮」は宮沢賢治「氷河鼠の毛皮」の直接の引用を行っている。なお、高橋の「再創造」においては宮沢賢治の作品とタイトルが同じであるため、高橋のものは「氷河鼠の毛皮」(グレーテストヒッツ)と記載する。

「氷河鼠の毛皮」(グレーテストヒッツ)の冒頭、「わたし」は途方もなく高い天井のある部屋にいる。その世界観が語られた後に、「氷河鼠の毛皮」の中盤、汽車が停止する場面から作品終結部までがほぼそのまま引用される。『ミヤザワケンジ・グレーテストヒッツ』においては、二四作品の原題はそのままであるものの、内容自体は換骨奪胎されるケースが多い中で、五〇行にわたる「氷河鼠の毛皮」の引用(旧仮名遣いや返り字は適宜修正されている。改行は原文のまま)

がなされることは、表現上の特徴といってよいだろう。

引用されるのは汽車が停止し、赤ひげに導かれて白熊のような「もの」が鉄砲を構えて客車に侵入し、毛皮の外套を何重にも着、さらに黒狐の毛皮九百枚を獲ると吹聴したタイチを拉致しようとするシーンである。

「氷河鼠の毛皮」（グレーテストヒッツ）では「捕虜にしたこの男は返すから」の部分で引用は一旦終わっている。

その後「わたし」は作家であり、「ひどく胸苦しくなって、これ以上、書き進めることができ」ないことを原稿を見に来た博士に告げる。さらに猫のことを想像し、「秘密を隠そうとしている毛皮というものが、わたしはどうにも好きになれない(14)」とする。ここでは、猫に対する嫌悪が毛皮にすり替えられ、宮沢賢治の「猫」に対する主張を背景として、毛皮が好きになれないという表現にずらされている。その後「わたし」は博士を相手にして、「暮らしのため、贅沢のため、生きるために、毛皮をとるのは許されることかもしれない」として宮沢賢治の「氷河鼠の毛皮」では批判的に青年によって叫ばれていた「無法」をも許す姿勢を見せる。しかしその後「人間は、自分とはまったくちがったものを見ると、無性にこわくなる」「それで、人間闇雲に、そんな生きものをやっつけたくなることがあるのではないでしょうか(15)」として、人間の生物としての恐怖が自らの理解を超える生物の殺戮を引き起こすという方向に踏み込んでいく。この点は「氷河鼠の毛皮」を超えた「再創造」となっている。

その後の「氷河鼠の毛皮」（グレーテストヒッツ）では、「わたし」によって「氷河鼠の毛皮」の続編が作られていく。

赤ひげが「おれの命なぞどうなってもかまわない」とし、タイチらに罰を与えることを熊どもに促す。しかし熊どもは赤ひげの命を考え、さらに「寛大」さを人間たちに示すことが大切だとする。それに対して、赤ひげは絶対的正義として相手を叩きのめさねばならないことを主張するも、熊どもは、「人間に警報を送ることなどに興味はなくて、ただ無闇と殺戮したいと思っているようじゃないか。それでは人間と変わりはしない[16]」と赤ひげの発言を諫める。ここには結局人間の恐怖からくる殺戮を肯定する赤ひげと、あくまで生存競争の中での生き死にや淘汰を考える熊どもの立場が根本的に異なっていることが明らかになる。

この熊どもと赤ひげのやり取りにおいては、熊どもは明確に「熊」とされており、人間の赤ひげとは区別されている。木内の絵本同様、宮沢賢治の「氷河鼠の毛皮」では曖昧にされた存在を「熊」として明瞭にしている。

青年はこの熊どもと赤ひげのやり取りを聞き、「たくさん殺し、たくさん殺された」という状況からすると「正しいとか、正しくないとか、そんなことになんの意味があるだろう。そいつらは、冷たい光に満ちた、変に寂しい空の下で、大きな目を見開いて、黙ってこっちを見ているんだ。どんな立派な考えも、その目のことを思うと、なんだかどうでもいいような心持になってしまう」とする。そして赤ひげは「こわがる様子もなく、おかしそうに青年の顔を見つめていました」[17]とある。ここでは「氷河鼠の毛皮」に対するこの作品の「再創造」の立場が明確になっているだろう。殺し殺され合ったもの同士が「立派な考えで」説明し許し合うことの不可能性・限界を明示することにこの「氷河鼠の毛皮」（グレーテストヒッツ）の主張があるだろう。さらに赤ひげが笑った理由もその限界を知っているものの虚無的な笑いとして語られている。

「生存競争」とそこから生まれる憎しみや恐怖がどうにもならないという指摘、その連鎖を断ち切る方法が無いという「氷河鼠の毛皮」（グレーテストヒッツ）の「再創造」は、宮沢賢治の技術主義を否定はしない批判的技術主義の萌芽に対して批判的立場に立ち、批判的技術主義では済まされない「生存競争」の虚無性を明らかにしているといえよう。

高橋源一郎は、「氷河鼠の毛皮」に圧倒的な非対称と、人間と野生動物のそこからの脱却の可能性をみる中沢の『緑の資本論』に対する書評を二〇〇二年六月三〇日に発表しており、青年のぎりぎりの発言に共感を示していた[18]。

しかし「氷河鼠の毛皮」（グレーテストヒッツ）では「たくさん殺し、たくさん殺された」関係は言葉や倫理で回復されないという虚無的な、不可能性の結末に至っている。

高橋源一郎の「氷河鼠の毛皮」（グレーテストヒッツ）から二〇〇一年のアメリカ同時多発テロ事件以降の恐怖と憎しみの連鎖を時代反映論として読み解くことはたやすいだろう。宮沢賢治作品において回答は出されず、人間の「あまり無法」のみを否定するという宙づり状態の批判を含んだ青年の叫びは、同じテーマを抱えながらも、高橋源一郎の「氷河鼠の毛皮」（グレーテストヒッツ）において、宮沢賢治の「氷河鼠の毛皮」の批判的技術主義の萌芽とその限界を批判的に受け取り、解決方法の無い、「生存競争」についての虚無的な回答とそれに耐えるしかない、という形に変形し、「再創造」されたといえよう。

注

（1）天沢退二郎『《宮沢賢治》論』筑摩書房、一九七六年一一月

（2）天沢退二郎「解説」（『宮沢賢治全集』第八巻、筑摩書房、一九八六年二月、六六一頁）

（3）中沢新一「圧倒的な非対称——テロと狂牛病について」（『すばる』第二三巻第一二号、集英社、二〇〇一年一二月、一八頁　中沢新一『緑の資本論』集英社、二〇〇二年五月に収録）

（4）中沢新一『熊から王へ』講談社、二〇〇二年六月、一四頁

（5）松崎慎也「宮沢賢治「氷河鼠の毛皮」の脱成長アニミズム」（『群馬県立女子大学紀要』四三号、群馬県立女子大学、二〇二二年二月、一九八頁）

（6）注5同論、一九八頁

（7） 注5同論、二〇〇頁、直前引用も同様。
（8） 木佐敬久「シベリア」（天沢退二郎編『宮沢賢治ハンドブック』新書館、一九九六年六月、九七〜九八頁）、直前引用も同様。
（9） 村田純一「技術への問い――技術の創造性と日本の近代化」（『岩波講座 哲学Ⅰ いま〈哲学する〉ことへ』岩波書店、二〇〇八年六月、七五頁）
（10） ピーター＝ポール・フェルベーク、鈴木俊洋訳『技術の道徳化 事物の道徳性を理解し設計する』法政大学出版局、二〇一五年一〇月、一四七頁（原著二〇一一年）
（11） 田村光三「電氣を應用せる魚道閉塞装置」（『水産界』四七六、大日本水産會、一九二二年五月、三六〜三七頁）
（12） 全国湖沼河川養殖研究会編『全国湖沼河川養殖研究会要録』第一三回、愛知県、一九三二年三月、三五〜四二頁
（13） 米田利昭はテロを起こした「もの」を明確に人間とし、「熊ども」は同時代のロシア人の比喩だとする。その上で、「日本人の天然資源の乱獲、ムダ遣いもいけないが、やたらと拿捕、拉致しようとするロシアも良くないよ、と言っているのだろう」と読み解く。（『賢治と啄木』大修館書店、二〇〇三年六月、一四六頁）
（14） 高橋源一郎『ミヤザワケンジ・グレーテストヒッツ』集英社、二〇〇五年五月、一四四〜一四五頁、直前引用も同様。
（15） 注14同書、一四七頁、直前引用も同様。
（16） 注14同書、一五〇〜一五二頁、直前引用も同様。

（17）注14同書、一五三〜一五四頁
（18）「緑の資本論　中沢新一著（書評）　テロに向かう世界の救済は可能か」（『朝日新聞』朝日新聞社、二〇〇二年六月三〇日、朝刊、一四面）。以下一部引用する。
たとえば「九月十一日」を引き起こしたのは「圧倒的な非対称である」、と著者は書く。「貧困な世界」は「自分に対して圧倒的な非対称な関係」に立ち、いっさいの交通を拒み、日々自分たちを脅かす「富んだ世界」に対し、「交通の風穴を開けるために」は「テロ」だけが唯一の手段となる、と書く。いや、それだけのことなら、他にも書くことのできる人間はいるだろう。著者の思考は、そこで、飛躍する。

「この圧倒的な非対称が生み出す絶望とそれからの脱却について、時代にはるかに先駆けて思考していた作家がここにいる。宮沢賢治である。宮沢賢治は人間の世界につくられてきたこのような非対称関係には、さらに根源的な原型があると考えていた。それは近代における人間と野生動物の関係」だ。

そして、著者は、宮沢賢治の『氷河鼠の毛皮』の中に、テロに覆われた世界から脱却する思考を発見するのである。

二つの「非対称」な世界へと鋭く分裂していく現代、そのさなかにあって、世界に「晴れやかな流動」を取り戻すための、思考の真の戦いが、この本の中にある。

第二節　大江健三郎「革命女性」における「農民芸術概論綱要」の再創造

はじめに

大江健三郎「革命女性《レボリュショナリ・ウーマン》」（以降「革命女性」と記載）は大江健三郎による「（戯曲・シナリオ草稿）」とされる作品である。

「劇的想像力の方へ」とのサブタイトルを付されて雑誌『へるめす』に三回にわたり掲載された。一九八六年一二月〜一九八七年六月の第九号・第一〇号・第一一号の三回である。その後、単行本『「最後の小説」』（講談社、一九八八年五月。以降、引用はここから行い、頁数を付す）に収録された。

雑誌掲載版（以降、初出版と記載する）の際には、全三五章あったものが、単行本に収録する際には全三四章に改稿されている。この改稿で削除されたのは、「僕」がなぜ戯曲を書くのかを説明した第二章の部分となる。具体的には次の内容である。

この連作は僕が作家として仕事をして来た永い間に、戯曲としての完成をめざしながら、草稿を書き、結局はいずれも完成はせずに引出しにしまってきたものと、新たに自由に、戯曲のためのエスキースとして書きたいと思うものを、あわせ整理してゆく目的のものである。僕は大学の初年級の頃、いくつか戯曲のかたちの習作をした。そのひとつのプロットを短編に書きかえることから、小説の世界に移行していったのである。したがってこの連作は、僕として今後の展開のために、重要な契機をはらんでいるかもしれない。上演用に完成することはそれぞれにおそらくないはずであるから、ここではあくまでもノートの書法として、それぞれの部分の全体としての位置は自由に前後する仕方で発表してゆきたい。(1)

単行本化される際に、細かい修整がなされている。右の文章は単行本化の際に抜き取られ、作品の解説という形で作品の前に置かれている。第二章が抜き取られ語り手の僕の創作動機が作品中から抜けることで、単行本化された「革命女性」は主人公「娘」の物語としてより統一性を持つことになっている。

「革命女性」は、革命集団のリーダーとして「総括」の名のもとにメンバーの殺害に関わったとして死刑判決を受け拘置所に一〇年あまり監禁された「娘」が、ヨーロッパのハイジャック犯からの要求で、アンカレッジ空港に滞在している際の出来事を描いたものである。「娘」は「六〇年代後半・七〇年代はじめの、革命的な学生運動の指導者たちのひとりであった。」(二七九頁)と紹介される。そこにはかつて集団の便所の整備をしていた「河馬の勇士」とその妻(妻は姉を「娘」に「総括」の名のもと殺されている)、公安警察官の「灰色服の男」、実業家夫妻、「世界の青春」と名乗る若者達がいる。ハイジャックの行方が怪しくなる中で、若者たちの提案にのり、立て籠もりをした「娘」は若者たちとのズレを感じ、作品終結部でジャンボ・ジェット機を爆破し射殺されるというものである。

この「革命女性」の背景には、一九七二年二月一九日から二八日の連合赤軍によるあさま山荘事件、一九七七年九月の日本赤軍によるダッカ日航機ハイジャック事件があることは推定されよう。「革命女性」は同時代のコンテクストの依存度の高い作品といえる。

「娘」はこの作品の中で、「私はいま自分の綱領をかかげているんですから、私がどのような綱領をかかげているかというと、それはね、こちらは綱要ですが、宮沢賢治の『農民芸術概論綱要』なんです。」(二八〇～二八一頁)と語り、その後、宮沢賢治の「農民芸術概論綱要」の

「序論」を朗読する。さらに、「娘」は獄中で「銀河鉄道の夜」を想起し、カムパネルラが泳ぎ切ったシーンを想定して「《もうだめです》ということじゃなかったんだ、と力づけられるように思ったんです。」（二八二頁）と語る。ここからは「娘」にとって獄中生活を乗り切る糧として「銀河鉄道の夜」があったことが想定される。

その他、「娘」は公安警察官の「灰色服の男」と宮沢賢治の「文語詩篇」ノートの一節についてやり取りする。作品終結部では手榴弾を持ってジャンボ・ジェット機を破壊に向かう際、「灰色服の男」に動機を聞かれた「娘」は、「宮沢賢治はあんな大きい飛行機をつくることに反対だったろう、と思うから。そう答えるほかありません。それだけが私の行動の根拠です。」（三五二頁）と動機を語り、賛同した「灰色服の男」とともに爆破に向かう。その際には「どっどど　どどうど　どどうど　どどう」（三五二頁）と「風の又三郎」の風のオノマトペが背後に流れる戯曲的表現がある。

以上から分かるように「革命女性」においては宮沢賢治の様々な作品が引喩され変奏されている。特に「農民芸術概論綱要」は「娘」の作品内現在の思想の綱領、指針となっている。では「革命女性」においては「農民芸術概論綱要」がどのように、変奏しつつ使用されたのか、その「再創造」の様相を考察したい。また、なぜ「農民芸術概論綱要」が「娘」の指針として描かれたのか。当時の時代状況についても言及したい。

一、大江健三郎と宮沢賢治

大江健三郎は自著について多く語る作家でもある。その中で大江健三郎は宮沢賢治に関して、次のように述べている。

大江 僕はウィリアム・ブレイクが好きで影響を受けてきました。彼の根本思想は、子どもの世界こそ最も美しいということなんです。天上は完全な世界がある。ところが魂が地上に降りてきて人間の肉体に入ると、死や苦しみが生まれてくる。ただその場合、子どもだけが無垢でいられる。だから子どもはこの世界で完全な人間に近い存在だと考えるわけです。つまり子どもを通じて最も望ましい世界を見ることができる。その窓口の役割を果たしている。だから僕は子どもを通じて世界を描くことに意味があると考えているわけです。

——それは大江さんの作品だけでなく多くの文学作品にいえますね。

大江 谷川俊太郎さんは、詩で我々の世界には見えない宇宙感覚を作り出したと思います。彼は自分は実は星からやってきて人間の格好をして立っているというようなことを書いていますが。彼は本当に宇宙からやってきた子どものような心と魂をもっていて、それを表現してきたわけです。宮沢賢治も人間と動植物、あるいは鉱物すらも全く分かれていない状態を書きながら、宇宙、子ども、自分という形で世界を作っています。(2)

以上の引用からは、大江が谷川俊太郎・宮沢賢治とともに自らの作品も「宇宙、子ども、自分」という視点で繋がっていると意識していることが分かる。

大江健三郎の宮沢賢治作品に対する評価は高く、井伏鱒二を並べながら次のように語っている。

子供の時に読み始めて、老年になってもずっと読み続けることができる、そういう作家はいま世界に十人といないんじゃないかな。日本にはさらにいないでしょう。ひとりかふたりでしょう。私の考えでは井伏鱒二と宮澤賢治。そのふたりの作家がいる。そして私たちに豊かな富をあたえてくださっているということを私たちは忘れてはいけない。(3)

以上のように、大江健三郎は、宮沢賢治作品を日本の代表的な作家の作品として位置づけていることが分かる。ここでも子どもとのつながりが語られており注目に値する。

二、先行研究からの考察 —— 宮沢賢治作品の「自己否定」と同時代性

「革命女性」に関しては、「戯曲」であるということもあり、大江の他作品に比べて先行研究が多いとはいえない。「革命女性」に関する論文、さらに宮沢賢治、宮沢賢治作品との関連を述べる先行研究を挙げ、課題を明確にしよう。

大隈満は大江の「万延元年のフットボール」に関して、「よだかの星」との関連にも言及し、「自己処罰への欲求」(4) を見る。また「万延元年」以外では「懐かしい年への手紙」と「革命女性」が宮沢賢治作品及び作者名の引用があると指摘する。大隈は次のように述べる。

大江健三郎の「万延元年のフットボール」には、宮沢賢治の「文語詩篇」ノートの次の一節が引用されている。

「なれらつどひて石投じる　そはなんぢには戯なれども　われには死ぞと云ひしとき　口うちつぐみ青ざめて　異様の面をなせしならずや」

「なれら」とは賢治を含む盛岡中学四、五年生のワルであり、「われ」とは着任間もない舎監である。（中略）堀尾青史は賄い征伐に類する鬱憤ばらしであったろうとしている。つまりは苛める方にしてみれば無邪気な遊びにすぎなかったことが、苛められる方にとっ

ては死にも等しい苦しみであったのだ。この事件の黒幕と言われた賢治は、その後、自分がしたことの意味を深く反省し、舎監の立場に立って先の一節をノートに書いたのである。ところで「万延元年」ではこの一節は軍隊帰りの無法者化した村の若者に苛められた森の隠遁者ギーが、抗議の意味で村の広報板に書きつけた言葉として引用されている。ここでは勿論「なれら」とは村の若者であり「われ」とはギーである。（中略）弱い者が苦しんでいる。自分はそれに深く同情している。ところが、その弱者の苦痛の原因が実は自分自身である。つまり、自分は罪深い存在である。こういう構図が、「万延元年」の中から浮かび上がる。ところが、これは正に宮沢賢治の精神の構図其物でもある。(5)

大隈が指摘するエピソードは、「革命女性」にも「灰色服の男」が武器をめぐる議論の中で語る形で登場する。「革命女性」の該当部分を挙げる。

やはり問題は投げつけられる側でしょうなあ。若い頃に読んだんですが、「石」を投げつけられる池の蛙がね、うらみごとをいう詩。私が詩というようなものをちゃんと覚えているはずはないが、——汝にはタワムレなれども我には死ぞと、いうふうだったですね。これは「石」についてよく歌ってあると思って、頭に残っているんだけれども……

老婦人の夫　多分、それは宮沢賢治でしょう。あの娘さんとあなたのような職業の方が、同じひとりの詩人に感銘しておられるのは、面白いことですな。（三三四頁）

大隈の指摘する石を投げられる側の気持ちに立つ精神構図が、大江の作品の重要な鍵になっている点は首肯できる。

では「革命女性」に関してはどうだろうか。大隅は「革命女性」において「農民芸術概論綱要」が使用されている点には触れており「「娘」と同様に大江自身も綱要を尊重し、読者へのメッセージとしたかったのではないかと推測される[6]」とする。また、ジャンボ・ジェット機の破壊に注目しており、宮沢賢治の祈りが大乗仏教的であり、「受苦」からの解放が現世ではなく天上において実現するのに対し、「大江の場合は受苦そのものが祈り」であり「娘」は「苦しみながらも生き延びていこうとするのである。「革命女性」の主人公「娘」にしても、このような構図の例外ではない[7]」とする。だが、「娘」の死に関しては、むしろ自己を消滅させるという意味で「受苦」からの「解放」という要素が強いのではないだろうか。この点に関しては、大隅が内容にはほとんど触れていない「農民芸術概論綱要」を論じる中で指摘したい。また、大隅論はなぜ「革命女性」において「農民芸術概論綱要」の引喩がなされているのかに関しては言及がないため、考察を加えていきたい。

蘇明仙は「革命女性」を論じるにあたり、「農民芸術概論綱要」に触れている。その中では宮沢賢治作品の引用に関しては、次のように述べている。

「正しく強く生きるとは銀河系を自らの中に意識してこれに応じて行くこと」であり、「世界に対する大なる希望」を達成するためには「銀河を包む透明な意志」が必要であるように宮沢のそれは一体主義的文学傾向も超越した世界である。《どっどど どどうど どどうど どどう／青いくるみも吹きとばせ／すっぱいくゎちんも吹きとばせ／どっどど どどうど どどうど どどう／どっどど どどうど どどうど どどう》と「風の又三郎」の冒頭に出る童謡を口ずさみながら最後の行動を起こすために機内を出ていく女性革命家の姿には「独特な異様さ」と強さがある。このような人物の造形は世界革命への未来を夢見、自らの矛盾のなかで挫折していった連合赤軍事件に対して、また未来に起こるかもしれない革命に対して、思想・イデオロギーではない文学的側面から再照明するための試みとして考えられる。つまり、宮沢賢治の引用はイデオロギーに代わる文学的想像力を喚起させるための操作であったのである。宮沢文学の根底をなしている四次元世界が大江の〈神話形成〉的文学世界と通底するところがあるに違いないだろう(8)。

蘇の考察にある思想・イデオロギーから文学的想像力という点に関しては、おおむね同意することが出来る。確かに、「序」にて説明した「ポスト・モダン化」、貝田宗介が「虚構の時代」と呼んだ、一九七〇年代後半からの思想・イデオロギーの「無効」の時代の中で、宮沢賢治「農民芸術概論綱要」が使用されており、それはまさに「文学的想像力」の使用であろう。ただし、ではなぜ「農民芸術概論綱要」が引喩として「文学的想像力」の柱として要請されるのか。また、「娘」のジャンボ・ジェット機の破壊に関しては言及がほぼなく、この点も考察が必要である。

宮澤隆義は連合赤軍事件の中心にいた永田洋子から「革命女性」は着想を得たとし、事件以降における永田洋子に対する評価を丁寧に検証する。その上で、大江の「ポスト戦後世代と正義」（『世界』一九八七年一月）において大江が、権力の担い手たちが企てることとして、社会的な「「義、righteousness」のあるべき所の空洞に、かれらの思いどおりの実体をいれこむ」ことを危惧し、天皇イデオロギーの復元という低い可能性ではなく「自己正当化のナショナリズム」が新たな「「義、righteousness」」となることに言及していることに触れる。そして「この偽の解決を避け、「空洞」があらゆる意味で「実体」ではないものとして「有った」こと、それが「壊すこと」においてまず示されるべき問題なのであり、「革命女性」はそのことに触れているのだ」[9]とする。

宮澤は永田をめぐる言説を丁寧に追っており、さらには大江の「義」をめぐるエッセイからの考察には説得力がある。一方で、では、そこでなぜ「娘」により宮沢賢治の「農民芸術概論綱要」が要請され、さらに「娘」が宮沢賢治の名前を挙げながらジャンボ・ジェット機を破壊するのかに関しては言及がない。

ここまで検討してきたように、宮沢賢治作品には、「よだかの星」や「なめとこ山の熊」にみられるように生存競争からの離脱を主とする、「自分自身をこの世から抹消する」という「自己処罰」「自己否定」の欲求があった。大江健三郎における宮沢賢治作品の使用には宮沢賢治作品に流れるこの「自己否定」が深く関わっているだろう。

この「自己否定」は全共闘（「全学共闘会議」の略称。一九六八年各大学の学生が結集して、既成の自治会組織とは別に組織した運動体であり学生運動の中心的存在）のスローガンの一つであった。西山伸は、全共闘と「自己否定」に関して、「彼らはそうした大学の一員である自らに対する問い直しを行っていくことになる。これが「自己否定」であり」とし、「使途不明金や不当処分といった問題を契機に結成された日大や東大の全共闘は、次第に大学そのものを問うようになっていった。その中には現在にも通ずる重要な問題提起が含まれていた。しかし、そうした問題提起と一見矛盾するようだが、「自己否定」という言葉に典型的に表れているように、全共闘の運動は突き詰めれば自己の内面に向かっていくものだった。」(10)とまとめている。宮沢賢治作品の「自己否定」のメッセージと同時代の「自己否定」に共振する部分があったということが考えられるだろう。

さらに一九七〇年以降の「義」の代替物として宮沢賢治作品が使用されたことが指摘されている点が確認できた。しかしなぜ「農民芸術概論綱要」が使用され、どのように使用されたのかに関しては言及が乏しく、考察が必要である。また、ジャンボ・ジェット機を破壊する際に宮沢賢治の名前が出される点もさらなる考察が必要である。

三、「農民芸術概論綱要」とは

では、そもそも「娘」がマルクス・レーニンの代わりに指針として述べた「農民芸術概論綱要」とはどのようなものなのだろうか。

「農民芸術概論綱要」は、一九二六年一月一五から三月二七日にかけて花巻農学校内の岩手国民高等学校・羅須地人協会で「農民芸術論」を講義した際の講義用のメモ「農民芸術概論」と、同年夏の羅須地人協会での講義の詳細なメモと推定される「農民芸術の興隆」の原稿がまとめられたものである。一九二六年の夏頃にまとめられたものと推定される。生前未発表であり焼失して現存しない。

国民高等学校（folk high school）はデンマークで始まった農民教育の機関であり、働いている農民が農閑期に集まり、合宿で学ぶ形式であった。大正の始めに日本に入り、大正末から昭和の始めにかけて、農村更生のための農民教育の一環として運用された。大正一五年以降、岩手県では勤労青年は青年訓練所（主として軍事訓練を行った）に入ることになったため、岩手県での国民高等学校はこの一度のみとなる。農村更生のため、岩手県教育委員会、岩手県農会、稗貫郡教育会、岩手県青年団聯合会が共催し、募集人数は二町一五村より二名以内であり農村の子弟一八歳以上を対象とした、この学校で学び、地方自治に努力する者が求められたのであり、農村の将来を支える小中自作農の育成機関であったといえる。

宮沢賢治は、同年三月に花巻農学校を退職するのであり、農業実践に入る前の農学校教師としての授業であった。

「農民芸術概論綱要」の原形は「農民芸術」講義用のメモであり、生活と芸術に関するまとまった論述ではあるものの、刊行の意志はなく、自らの理想・目標を示したものである。また、「農民芸術論」とあるように、自然（土・農業）と結びつくことで新たな創造力を見出そうとする試みである。

「序論」から始まり、「農民芸術の興隆」ではその必要性が語られ、「農民芸術の本質」では芸術と無意識の関係が語られる。「農民芸術の分野」では分類に関して森鷗外『審美綱領』（一八九九年）がベースになり語られる。「農民芸術の（諸）主義」では農民芸術の人生における表れと主張と形式の問題が語られる。「農民芸術の製作」では創作方法を、「農民芸術の産者」では芸術家とは何かと問いかけ、職業芸術家は一度亡びねばならぬと主張する。「農民芸術の批評」では正しい批評について、「農民芸術の綜合」では「まづもろともにかがやく宇宙の微塵となりて無方の空にちらばらう」と高らかに歌われ理想世界の到来が予感される。「結論」では「われらに要るものは銀河を包む透明な意志　巨きな力と熱である」とし「永久の未完成これ完成である」として結ばれる。

「農民芸術」といっても、その視点は多岐にわたり、単なる創造力の回復だけではなく、農村の経済的発展と同時に文化を復興させようとする試みであったことには注意が必要である。後述するが単なる理念や帰農のみではなく、技術面にも触れる点で大きなビジョンであるハード面と具体的実践というソフト面の両方を兼ねている。ただし、これも後述するが、「農民芸術概論綱要」のみでは非常に抽象的な理論となる。それはこの「農民芸術概論綱要」があくまで講義用のメモであり、実際の講義ではさらに情報量が増えていたであろうことが想定されるからである。国民高等学校での講義内容に関しては受講生の伊藤清一の「講義筆記帖」がある。ただし、この資料は菊池忠二が「資料「農民芸術概論の筆記録」について」(『宮沢賢治論集I』金剛出版、一九七一年七月)に発表したものであり、「農民芸術概論」の焼失前筆写稿と伊藤清一ノートとの照合校訂が行われたのは『校本宮澤賢治全集』(第一四巻、筑摩書房、一九七七年一〇月、七五〇頁）刊行後であり、その後の『新修宮沢賢治全集』（筑摩書房、一九七九〜一九八〇年）以降の全集において反映されていったものである。つまり一九七一年以降でないと講義の内容は明らかになっていなかった点は注意すべきである。「農民芸術概論」と一様に言っても、講義内容が明らかになる一九七一年前後では受容に大きな差が出ると考えられる。

「農民芸術概論綱要」に関する先行研究としては、中村稔は「「農民藝術概論」制作の意味」において方法論の貧しさ、観念性を鋭く指摘している。[11]これに関しては、講義の記録が明らかになっていない点が指摘できよう。境忠一は『評伝　宮沢賢治』において、「羅須地人協会の指導理念であり、当時の賢治の観念的な理想主義をあらわしている[12]」と指摘する。押野武志は「農民芸術」において詳細な考察を行っている。

農民を主体に、地方性・土着性を芸術の中心に据えようとする思想は、近代性の否定と超克へと向かうのは必然である。（中略）

しかし、賢治の農本主義が、日本のナショナリズムに容易に回収されないのは、賢治が農民や稲作をことさら特権化していない点にある。（中略）賢治の究極の理想は何の命も奪わない、何も食べずにすませられる世界なのである。（中略）

賢治にとっての食は、米文化を背景とする農本ナショナリズムの方へはいかないし、農耕以前の狩猟文化にまで賢治の眼差しは届いている。例えば賢治の描く里人と山男の交通の物語やアイヌへの言及など、日本が異文化が混交している多民族国家であることを前提としている。

また《世界がぜんたい幸福にならないうちは個人の幸福はあり得ない》(『農民芸術概論綱要』)といった普遍主義は、一国天皇制のうちには収まりきれない。賢治が影響を受けた田中智学のナショナリズムにも、同様の普遍主義的側面があり、そこに世界宗教としての仏教が必要であったのである。(中略)農業を精神主義的にではなく、科学的にあくまでテクノロジーの問題としてとらえている点が、賢治と農本ナショナリストを峻別している。ただし、テクノロジーへの過信が、『グスコーブドリの伝記』のように、その美学化へと向かえば、イタリア未来派のようにファシズムを呼び寄せる危険性もある。[13]

以上の押野の指摘は示唆的である。「農民芸術概論綱要」「序」の「世界がぜんたい幸福にならないうちは個人の幸福はあり得ない」に普遍主義と世界宗教として仏教があることは首肯できる。テクノロジーの過信に関しては本節で論じていきたい。

四、テーマの変遷と結果
――「世界がぜんたい幸福にならないうちは個人の幸福はあり得ない」の変奏

まずは、「革命女性」の中でどのように「農民芸術概論綱要」が使用されているか確認する。「娘」は空港で出逢ったＯＬに語りかける中で「さらに根本的なことですけど、私はいまマルクス・レーニン主義者として自覚しているかどうかと問われたらばね、そうじゃない、といいそうな気がするんです」（二八〇頁）と述べる。

その上で、次のように語る。

> 私はいま自分の綱領をかかげているんですから、私がどのような綱領をかかげているかというと、それはね、こちらは綱要ですが、宮沢賢治の『農民芸術概論綱要』なんです。私は宮沢賢治のことは本当にわずかしか知らないんですけど、それでも私は次の綱要をね、マルクス・レーニン主義の綱領のどんなものよりもはっきりと自分の心のうちにかかげているんです。暗誦してみますね。
>
> （二八〇～二八一頁）

以上から分かるように、「現在」の娘にとっては「農民芸術概論綱要」こそが指針となっている。「娘」が暗誦するのは「農民芸術概論綱要」の「序論」の部分の抜粋である。

おれたちはみな農民である　ずゐぶん忙がしく仕事もつらい
もっと明るく生き生きと生活をする道を見付けたい
われらの古い師父たちの中にはさういふ人も応々あった
近代科学の実証と求道者たちの実験とわれらの直観の一致に於て論じたい
世界がぜんたい幸福にならないうちは個人の幸福はあり得ない
自我の意識は個人から集団社会宇宙と次第に進化する
この方向は古い聖者の踏みまた教へた道ではないか
新たな時代は世界が一の意識になり生物となる方向にある
正しく強く生きるとは銀河系を自らの中に意識してこれに応じて行くことである
われらは世界のまことの幸福を索ねよう　求道すでに道である
（第一三巻、（上）、覚書・手帳、本文篇、九頁）

さらに「娘」はテレビの録画インタビューにおいて、次のように述べる。

私はひとつ自分として大切に思う言葉を、いまカメラの前で話しておきたいとも思います。どういうことになるにしても、さらに困難な状況に入るとしたら、私にはそれを話す機会がもうなくなってしまうでしょうから。（中略）宮沢賢治の言葉をそのままおつたえすることになります。私はこのところずっと、それより他のことは考えていませんから。
（三一四頁）

以上のように「娘」は述べた上で、右に引用した「農民芸術概論綱要」「序論」の部分を「これがおつたえしたかった言葉です」（三一五頁）と締めくくる。

では、なぜ「農民芸術概論綱要」なのだろうか。

「農民芸術概論綱要」「序論」は先の引用から分かるように非常に抽象度の高い言葉で組み立てられている。「おれたちはみな農民である　ずゐぶん忙がしく仕事もつらい」からは、国民高等学校や羅須地人協会で「農民」への指導を行った宮沢賢治が「おれたち」として「農民」の間に入ろうとする「下降」する意志をうかがうことが出来るだろう。

時代背景から考えるならば一九七〇年初頭において「農民芸術概論綱要」は学生の間に広まる要素を持っていた。その第一の理由としては一九七〇年代の大学進学率が挙げられる。四年制大学への進学率は、一九七〇年で男二七・三％女六・五％、一九七一年で男三〇・三％女八・〇％、一九七二年で男三三・五％女九・三％であった。進学率は一九六〇年代の一〇％から二〇％台へと高度経済成長の中で上昇したとはいえ、能力と同時に経済的にも恵まれなければ大学進学は叶わなかった。そんな中、大学生はエリートであり、彼らの抱える負い目は「おれたちはみな農民である」という「下降」への願望を示す言葉で救われる可能性があったであろう。ちなみに二〇一三年は男五四・〇％女四五・六％である（武庫川女子大学教育研究所・女子大学統計・大学基礎統計・表13 http://kyoken.mukogawa-u.ac.jp/statistics/ 二〇二三年八月一五日閲覧）。

そして「世界がぜんたい幸福にならないうちは個人の幸福はあり得ない」という主張からは個人の幸福を「ぜんたい」の幸福の下に置く発想を読み取ることが出来、さらに「自我の意識は個人から集団社会宇宙と次第に進化する」「新たな時代は世界が一の意識になり生物となる方向にある」「正しく強く生きるとは銀河系を自らの中に意識してこれに応じて行くことである」という箇所からは、銀河系の中で個が融合する世界が浮かび上がってくる。最後には「世界のまことの幸福」という言葉がある。ここからは「農民」の世界へ入りつつ、個と社会が接続される幸福な理想世界を読み取ることが出来よう。ただしその具体的な方法は示されず、観念的である。また最後に「求道」という仏教用語が使われるものの、マルクス・レーニン主義や特定の宗教の言葉がほとんど使用されない点も注目に値する。

この特定の思想・イデオロギーに縛られない点、「まことの幸福」という言葉に象徴されるように抽象度が高く様々な考えを代入することが可能な点、そして個人と社会との接続を求める点、街の子である詩人（宮沢賢治）が自らを「農民」と位置づける点、さらには個の幸福よりも全体の幸福を求める姿勢からは、全共闘の「自己否定」と共振する発想を読み解くことが出来るだろう。外山滋比古は演劇の異本について触れ、次のように述べる。

> いかなる作品も、不変部と可変部とをもっているが、それぞれの比率は同じではなく、可変部の豊かなものもあれば、不変部で固まったようなものもある。
> 　可変部が小さければ、異本ができにくい。異本ができなければ、移植に成功しないということだから、古典になる可能性もそれだけ小さい。古典になるには、ゆったりとした可変部をかかえている必要がある。[14]

「農民芸術概論綱要」「序論」も、その言葉の抽象度の高さゆえに様々な解釈が可能であり、可変部が大きな作品といえるだろう。同時にイデオロギーによらず、個より全体の幸福を求める姿勢がある。

以上が「農民芸術概論綱要」「序論」が「革命女性」にて、一九六八年から一九七〇年代の革命闘士の「娘」によって使用された同時代的な理由ということが出来るだろう。

作家・大江健三郎は、『「最後の小説」』のエッセイ「戦後文学から新しい文化の理論を通過して」、「ポスト戦後世代と正義」において、戦前・戦中の抑圧された個人と「義」の話を展開しており、「義」がなくなり空洞化した一九八〇年以降における「義」の必要性を訴えている。

> いまわれわれの文学は、戦後文学者たちによってつくり出された、個の人間として、人間を超えた・天上なるものとは無関係に、なんとか自力で守り抜こうとした「義、righteousnesse」の表現への意志を放棄しつつある、それを表現する力を喪いつつあるということです。すでにその放棄・喪失は、恢復不可能なまでに進行してしまったのではないか、とさえ僕は惧れています。[15]

この大江の発言の背景には、戦後作家が宗教等に依らずに「義」を表現してきたのに対して若い作家の仕事がアジアに地盤を持ち、その出自に自らの個性を発見していくものでは無くなっていることを挙げる。その理由を「ヨーロッパ・アメリカの中心都市におけるサブカルチュアが若い日本人の文化を覆いつくしている、その現状のひとつの変奏にすぎません[16]」とする。ここに地盤を持たない日本人の若者という大江の認識が語られている。大江は天皇制という戦前の「義」に対して戦後、知識人が別種の「義」を抱いてきたものの、それが現状（一九八〇年以降）では失われているのではとする。

それに対して別の種類の「義、righteousness」を自己の内部に抱きつづける、あるいは積極的に主張しさえするということをした人びとは居ました。マルクス・レーニン主義者をはじめとする革命運動家たちがそうでしたし、まさに、「義、righteousness」の教えにしたがって、軍隊に召集されることを拒否したキリスト教徒たちがそうでした。知識人である個としての信条にそくし、天皇国家の「義、righteousness」とはことなる原理を自己のうちに確立して生きようとした人びとも数多くいたのでした。文学はしばしばその証明となったことにおいて、社会的な役割をはたしています。[17]

大江は大学紛争が始まるまでは戦中までの「天皇」とは異なる形で知識人が「義」を持ち、その限界が、大学紛争が収まりを見せ、三島由紀夫が「憲法改正」「自衛隊の決起」を促した末に自死する一九七〇年であり、その後の一九八〇年頃から知識人が個人の信条で埋めてきた「義」が空洞になったとする。

この一九八〇年代以降は「ポスト・モダン」といわれる時代の中にある。本書「序」にて言及したが、リオタールの『ポスト・モダンの条件　知・社会・言語ゲーム』で論じられるように社会思想の分野では、一九七〇年前後を境にして情報化の進んだ先進国で、多様性に象徴される「ポスト・モダン化」が進行したとされる。普遍的価値の物語とされてきた「正義」や「真理」「人間の解放」「成長」といった、それまで多くの人々の基準となっていた「大きな物語」が失墜し、「小さな物語」が乱立することで、それまであった社会的合意（コンセンサス）の正当性が疑われ変質していく。そして理念よりも現実（資本や技術）が優位になる。これが「ポスト・モダン化」である。

この「ポスト・モダン化」は日本においては高度経済成長の終わり、全共闘の衰退、連合赤軍事件、そして一九七〇年の三島由紀夫の自死に象徴される、「成長」や「革命」という「大きな物語」が終わる時代の転換と連動していると考えられる。「小さな物語」の乱立は、社会という集団からみれば中心のない社会的合意の図れない状態となる。それは大江のいう空洞化、「義」の喪失につながる。(18)

「革命女性」においてはこの「義」の喪失と空洞化、「大きな物語」から「小さな物語」に変化し、社会的コンセンサスが溶解していくことが顕著になる一九八〇年以降において、「義」に代わるものとして宮沢賢治の「農民芸術概論綱要」「序論」が使用されているということが出来よう。なぜ「義」の代わりに「農民芸術概論綱要」「序論」なのか。この点は先に、抽象度が高く様々な考えを代入することが可能な点、特定のイデオロギーによらず、個よりも全体の幸福を志向する点、つまり個と社会との紐帯となる発想があったことを確認した。

では、次に、この「農民芸術概論綱要」の「義」の代用としての機能が実は「農民芸術概論綱要」が講義用のメモであったから、という点について考えていきたい。

実際に岩手国民高等学校で宮沢賢治の「農民芸術」の授業を受けた伊藤清一による講演筆記帖（以降伊藤ノートと称する）と「農民芸術概論綱要」との対照により考察を加える。

第六回（二月二七日）の伊藤ノートをみると、「農民芸術概論綱要」「序論」の「世界がぜんたい幸福にならないうちは個人の幸福はあり得ない」の部分に関しては「（仏教では法界（大乗仏教では全宇宙＝如来―筆者注）成仏と云ひ自分独りで仏になると云ふ事が無いのである）」（第一六巻、補遺・資料篇、一九三頁）と記載されている。

ここには大乗仏教、宮沢賢治が重視した法華経の影響を知ることが出来るだろう。大乗仏教では「縁」が重視され、すべての存在はつながってお互いに影響を与える存在である。そう考えるならば、個人の幸福のみを追求しても意味はないということになる。法華経を重視する天台宗では「草木悉皆成仏」としてすべての存在に仏性（仏種）があり、成仏できる存在と考えられており、さらに日蓮宗は「娑婆即寂光土」としてこの世界に仏国土を作るという傾向を持っている。「世界がぜんたい幸福にならないうちは個人の幸福はあり得ない」は全体主義とも個の自由を奪う主張という解釈も可能だろう。ただ、伊藤ノートからするならば、大乗仏教の観点からの発想であり、輪廻や縁から考えるならばそれほど違和感のあるものではないだろう。

さらに第七回（三月一日）の講義では、「農民芸術概論綱要」「序論」の「新たな時代は世界が一の意識になり生物となる方向にある」の部分は伊藤ノートでは真実の学問等は「無意識部から」生じるのであり、「農民芸術概論綱要」の「正しく強く生きるとは銀河系を自らの中に意識してこれに応じて行くことである」は、伊藤ノートでは「正しく強く生きるとは、銀河系を自らの無意識として自覚しこれに応じて進むことである」（第一六巻、補遺・資料篇、一九四頁）とされる。創作の為には無意識部が必要であり、無意識部すなわち銀河系を意識する必要性を講義していることが分かる。

「農民芸術概論綱要」「序論」の「われらは世界のまことの幸福を索ねよう　求道すでに道である」の部分は、伊藤ノートでは「仏教で云ふ菩薩行より外に仕方があるまい」（第一六巻、補遺・資料篇、一九四頁）との記載がある。

「まこと」に関してだが、宮沢賢治は宇宙を一つの永遠の大生命であると解釈した。恩田逸夫は、世界全体を包括するこの大生命体を、賢治のいう「まこと」であると解している。(19)

菩薩行とは仏の意志の実行であり、他者への慈悲、他者に対する慈悲を重視する。菩薩行に関して正木晃は「大乗仏教では、自己の救済を捨ててまで、他者の救済に専念する者こそ、菩薩にふさわしいとみなされた。法華経でも、というより法華経ではなおいっそう、この点が強調される[20]」とする。この部分の講義では、個の欲望ではなく「世界のまこと」のための菩薩行という解が明示された点は注目すべきである。

伊藤ノートからするならば「農民芸術概論綱要」「序論」の抽象性に対して、講義内容では仏教の大乗利他、そして実践としての「菩薩行」を主張していたことが分かる。

「農民芸術概論綱要」の代入可能な抽象性は、伊藤ノートにより、講義内では大乗仏教・創作と無意識部との関係、菩薩行の主張というように具体的な宗教性を持っていたのである。

「革命女性」の「娘」の「農民芸術概論綱要」「序論」引喩から読み解ける、特定の思想・イデオロギーに縛られず、「農民」の中に入って「まことの幸福」を求め、個人と社会との接続を希求するという主張は、「農民芸術概論綱要」の講義内容ではなく講義メモのみを使用したことによって生じた特定の思想の希薄さと、抽象性の高さによるものであったことが分かる。

この仏教性を排除した「農民芸術概論綱要」の受容は、すでに一九七〇年代始めに共同体を結びつける指針として要請されていた。例えば、野本三吉は「本源的共同性」に関して、学園紛争期における共同体のあり方に言及した上で次のように論じる。

擬制の共同体のヴェイルを内部から切りさき、人間と人間の間の紐帯である本源的共同性の、より新たな再生をめざすとすれば、とりあえず宮沢賢治の『農民芸術概論綱要』のさし示す奥深い精神のユートピアを、そのコミューン志向をじっくりと胸に刻み込む必要があるかもしれない。

賢治自身、花巻農業高校の教師を辞して、羅須地人協会を作って、農村における共同体志向をした時、そこには「地人」という語に示されるごとく「宇宙」との合体がめざされていた。その中で「土の学校」「大地の教室」「生命の学校」が育つはずであったのである(21)

ここで、野本によって、「農民芸術概論綱要」が「本源的共同性」(コミューン志向)の中核に据えられていることが分かる。そこには「農業」への回帰とともに「宇宙」との合体が語られるが、伊藤ノートにあったような大乗仏教・菩薩行の主張はない。これに関しては、前述したように伊藤ノート自体が「農民芸術概論綱要」と照合され広まるのが、一九七七年の校本全集以降であることが深く関係していよう。

以上の野本の主張から「革命女性」に至る、一九七〇年から一九八〇年代における「農民芸術概論綱要」の一つの型を読み解くことが出来るだろう。

絓秀実は「「六八年」から一九七〇年代、八〇年代にかけて、ニューエイジ的宮澤賢治イメージの「国民化」が企てられていったと言える(22)」と言及する。この言及も同時代の宮沢賢治のイメージの広がりを示すだろう。そしてその一翼に大乗利他・菩薩行を欠いた講義メモ「農民芸術概論綱要」の受容があったと考えられる。

宮沢賢治の「農民芸術概論綱要」は講義内容から分かるように、背後に大乗仏教の大乗利他、菩薩行が想定されている。

「革命女性」においての「農民芸術概論綱要」「序論」の使用方法は、伊藤ノートから知ることの出来る大乗仏教の菩薩行における自己の救済を捨ててまで他者を救済するという大乗利他の精神を読み込むのではなく、「農民芸術概論綱要」「序論」の文言のみを読むことで、個を抑え「自己否定」的状況から皆の幸いへという、個が社会と結びつく抽象性の高い言葉としての理解といえよう。

「革命女性」においては、大江健三郎のいう「義」や「空洞」を埋めるために宮沢賢治の「農民芸術概論綱要」が使用されたことは指摘できよう。その使用には、野本の言及にもあるように、多分に宮沢賢治が「農村」活動を行ったという「知識人」の「下降」の欲求、そして個の幸福を保留にするように読み取れる「自己否定」的傾向があったことが指摘できよう。

また「農民芸術概論綱要」「序論」の部分のみに限っていえば、その「銀河系」や「まことの幸福」の背景にある仏教思想に対する言及がない点も「義」の入れ物、紐帯として使用を容易にしているのである。

宮沢賢治の作品には「空白」が多いことは論じてきたが、「農民芸術概論綱要」に関していえば、イデオロギーの薄さ、抽象的表現の多さとともに、授業の資料であったために、具体的な内容、ここでは大乗仏教・利他が前面に出なかったがゆえに、「義」の代用までが要請されたことが分かった。

五、批判的技術主義

大江は『へるめす』創刊記念別巻において科学技術の語り方に関して次のような発言を行っている。

ちょっとナマになりますが、原子力反対なんていうと、じゃ、野蛮に返ればいいのかという反論がすぐ出てきますが、それに対して答える方法がなくて黙ってしまうところがありますね。そのへんをぼくは物語という形式によって反論することはできないかと思っています。(23)

「革命女性」を『へるめす』に掲載する二年前の発言ではあるが、物語の力、つまり「文学的想像力」で極端な二項対立から抜け出そうとする発想が読み取れる。

この極端な二項対立を斥け、道を探そうとするあり方は宮沢賢治の「氷河鼠の毛皮」にみられる「批判的技術主義」と類似点を持つだろう。科学技術自体は否定しないが、過剰な技術の発展を食い止めるという、「批判的技術主義」を「氷河鼠の毛皮」では読むことが出来た。それは帆布の青年の次のような台詞に象徴される。

『おい、熊ども。きさまらのしたことは尤もだ。けれどもなおれたちだつて仕方ない。生きてゐるにはきものも着なけあいけないんだ〔。〕おまへたちが魚をとるやうなもんだぜ。けれどもあんまり無法なことはこれから気を付けるやうに云ふから今度はゆるして呉れ。ちよつと汽車が動いたらおれの捕虜にしたこの男は返すから』

（第一二巻、本文篇、一三九頁）

この青年の叫びには、「生存競争」を認め、そのための技術を否定はしないものの、過剰な殺戮、過剰な科学技術の使用に関してもセーブをかけようとする意志、つまり、「批判的技術主義」を読み解くことが可能だろう。この「批判的技術主義」に関しては、フェルベークが「技術に同行する倫理」の中で害にならない技術的人工物の設計を考える必要性を説いていることと類似すると考えられる。(24)

では「革命女性」では「批判的技術主義」は機能しているのだろうか。

「革命女性」では、「宮沢賢治ならばこんな大きな飛行機は作らなかった」と述べて「娘」はジャンボ・ジェット機の破壊に向かい、射殺される。この展開に関して大隈は研究ノートの注において「賢治はジャンボ・ジェット機を作ることには反対したろうと言わせているが、「グスコーブドリの伝記」等からみると、そう言い切れるかどうかは疑問である」[25]と述べている。この疑問に関してはさらなる考察が必要であろう。

確かに「グスコーブドリの伝記」では、科学技術による火山の噴火の調整や、潮汐発電所、人工降雨が描かれ、この点では「娘」が言う様なジャンボ・ジェット機を作るような「科学技術」を一概に否定したとは言い切れないだろう。

この「娘」の「宮沢賢治ならばこんな大きな飛行機は作らなかった」という表現からやはり帆布の青年同様の発想、過剰な科学技術は批判するという「批判的技術主義」を読み解くことは出来ないだろうか。「娘」は「農民芸術概論綱要」をカメラマンに録画させてからジャンボ・ジェット機の破壊に向かったのであり、「娘」自身の「受苦」からの「解放」であり、「農民芸術概論」を受けての行動と読むことが出来よう。

「農民芸術概論綱要」の「農民芸術の興隆」では、次のように語られる。

……何故われらの芸術がいま起らねばならないか……
曾ってわれらの師父たちは乏しいながら可成楽しく生きてゐた
そこには芸術も宗教もあった
いまわれらにはただ労働が　生存があるばかりである
宗教は疲れて近代科学に置換され然も科学は冷く暗い
芸術はいまわれらを離れ然もわびしく堕落した
いま宗教家芸術家とは真善若くは美を独占し販るものである
われらに購ふべき力もなく　又さるものを必要とせぬ
いまやわれらは新たに正しき道を行き　われらの美をば創らねばならぬ
芸術をもてあの灰色の労働を燃せ
ここにはわれら不断の潔く楽しい創造がある
都人よ　来ってわれらに交れ　世界よ　他意なきわれらを容れよ

（第一三巻、（上）、本文篇、一〇頁）

宗教が近代科学に置換され、「科学は冷たく暗い」とあるように、同時代の科学に対する批判を読み取ることが出来よう。また職業作家も否定される。この部分のみを読むと、近代批判、都会対農村という同時代の評論家である室伏高信のような極端な都市対田舎の二項対立的な発想を受け取ることが出来る。ただし、最終行では「都人よ　来ってわれらに交れ」とあり、都会との交流を否定していないことが分かる。「娘」がなぜ「宮沢賢治ならばこんな大きな飛行機は作らなかった」と主張するのかは明確には出来ない。ただ「農民芸術の興隆」の近代科学の冷たさ暗さを主張した点は「批判的技術主義」につながり、それは「娘」のジャンボ・ジェット機の破壊につながるものであろう。

では伊藤ノートではこの部分はどのように記載されるのか。「総べからく半農半商で行くより外あるまい、／半農半工で行き組合、物々交換で行くより仕方がない、／故に出稼をして都会の工業を盗み来って自要品を製造するのである、／農村の利害は先づ見づ団結すべきである、／大量生産である、」（第一六巻、（上）、補遺・資料篇、一九六頁）（第八回　三月五日）との記述がある。ここでは、地方に都市の機能を実装することが求められており、さらには都会の工業を盗み、農村の工業化・大量生産が主張されている。「半」の文字が示すように室伏高信のような極端な二項対立には陥らない。

また、岩手国民高等学校の講義「農民芸術論」第四回（二月一九日）においては、伊藤ノートによれば「近時は大砲、電気に依り降雨する法あり」（第一六巻、（上）、補遺・資料篇、一九一頁）として大砲等による「人工降雨」の構想が記載されている。

「人工降雨」は夢の技術ではあったが、当時の文献では方法は議論されていた。

延原正孝は『電力応用人工降雨法』（延原正孝、一九〇二年）において、大砲や気球の爆発の方法も西洋式として紹介し、中川源三郎『天気講話』（裳華房、一九一二年）でも大砲によって空気を攪拌させて水を凝結させる（ただし空気中に水蒸気が飽和していないと不可能である）方法や高山の頂に金属棒を立てて放電する方法が論じられている。

その他にも大久保昶彦は『今日の科学　趣味と実益の泉』において米国の実験を紹介して「今日空想だと一蹴した事柄でも、若し科学がその実験に成功したら、それは夢でも空想でもない。全くの事実たることを否む訳には行かない。この人工降雨法の問題も、今やたゞ時の問題になつてゐる。[26]」とまで述べる。

貝島慶太郎は『明日の飛行機のイメージ　明日の飛行機』において次のように語る。

人工降雨等と云ふと、恐ろしく空想じみて聞えるが、実験的には已に成功してゐるものであつて飛行機に依り、帯電せる特殊の細塵を、天空に撒布して、凝結を起さしめ、遂に、降雨に至らしめる方法に外ならない。

而して、将来は、これが農業方面と結びつく事に依つて、非常に有望視されている。[27]

宮沢賢治がこれらの文献を読んだかは不明であるものの、このような人工降雨の様は「グスコーブドリの伝記」において、理想的な姿で美しく描かれている。

受話器がジーと鳴りました。ペンネン技師の声でした。

「船はいま帰つて来た。下の方の支度はすつかりいゝ。雨はざあざあ降つてゐる。もうよからうと思ふ。はじめてくれ給へ。」

ブドリはぼたんを押しました。見る見るさつきのけむりの網は、美しい桃いろや青や紫に、パツパツと眼もさめるやうにかゞやきながら、点いたり消えたりしました。ブドリはまるでうつとりとしてそれに見とれました。そのうちにだんだん日は暮れて、雲の海もあかりが消えたときは、灰いろか鼠いろかわからないやうになりました。

（中略）

ブドリは受話器を置いて耳をすましました。雲の海はあつちでもこつちでもぶつぶつつぶつ呟いてゐるのです。よく気をつけて聞くとやつぱりそれはきれぎれの雷の音でした［。］ブドリはスヰツチを切りました。俄かに月のあかりだけになつた雲の海は、やつぱりしづかに北へ流れてゐます。ブドリは毛布をからだに巻いてぐつすり睡りました。

（第一二巻、本文篇、二二四〜二二五頁）

宮沢賢治の「農民芸術概論綱要」においては、「科学」の暗さ冷たさという近代科学に対する批判が見られる。この点は、「娘」が「革命女性」の終結部でジャンボ・ジェット機を破壊する点につながると考えることが出来よう。ここには「批判的技術主義」の一つの形がみられる。ただし、講義メモとしての「農民芸術概論綱要」「序論」の「宗教は疲れて近代科学に置換され然も科学は冷く暗い」を強調した「再創造」と考えられ、伊藤ノートからするならば「農民芸術概論綱要」の「批判的技術主義」は科学技術を批判しながらも最先端の技術を主体的に受け入れようとする融合的なものだと考えられる。

おわりに

大江健三郎の「革命女性」における「農民芸術概論綱要」「序論」の「再創造」は一九七〇年以降失われた「義」を回復する指針として使用されていた。「農民芸術概論綱要」「序論」は、「自己否定」とその抽象度の高さゆえに個と社会を思想・イデオロギーを使わずに結ぶものとして使用されていた。ただし、この受容は「農民芸術概論綱要」「序論」の講義メモのみを重視することによって成立しているものであり、講義の内容が書かれた伊藤ノートから読み取れる大乗利他・菩薩行の主張が看過されたがゆえに成立した「再創造」と考えられる。この「農民芸術概論綱要」の講義メモのみの受容はその抽象度の高さから様々な思想を入れることが出来るため一九七〇年から一九八〇年代にかけて、個と社会の紐帯として要請されたことを確認した。

一方、「娘」の行動からは他の宮沢賢治作品にも通底する「批判的技術主義」を読み取ることが出来た。ただし「農民芸術概論綱要」の講義内容からは、一方で大規模な技術の可能性を夢見つつ、一方で、「半」の言葉が示すようにハイブリッドであり、現実的な農村改良の方法と都会の技術も受け入れようという具体性のある内容であり、「革命女性」との「差異」が確認出来た。

注

（1）「革命女性」（初出版、第二章、『へるめす』第九号、一九八六年一二月、六一頁）
（2）『日本経済新聞』日本経済新聞社、一九九一年二月九日朝刊、四五面
（3）「井伏さんの祈りとリアリズム」（『あいまいな日本の私』岩波書店、一九九五年一月、一一四頁）
（4）大隈満「宮沢賢治と大江健三郎」（『宮沢賢治研究 Annual』第五号、宮沢賢治学会イーハトーブセンター、一九九五年三月、二四一～二四二頁）
（5）注4同論、二四二頁

（6）大隈満「研究ノート　続・宮沢賢治と大江健三郎」（『宮沢賢治研究 Annual』第六号、宮沢賢治学会イーハトーブセンター、一九九六年三月、二八八頁）
（7）注6同論、二八八頁、直前引用も同様。
（8）蘇明仙「大江健三郎の「革命女性」論―その劇的想像力の世界―」（『일어일문학』vol. 28、대한일어일문학회、二〇〇五年一一月、一〇頁）
（9）「時代の「総括」の後に――大江健三郎「革命女性」論――」（『昭和文学研究』第八一集、昭和文学会、二〇二〇年九月、七三頁）
（10）西山伸「第一二講　全共闘運動・三島事件・連合赤軍事件」（筒井清忠編『昭和史講義【戦後篇】（下）』、筑摩書房、二〇二〇年八月、二〇二頁、二〇四頁）
（11）草野心平編『宮沢賢治研究Ⅰ』筑摩書房、一九五八年八月、一六四頁
（12）桜楓社、一九六八年四月、二八六頁
（13）天沢退二郎編『宮沢賢治ハンドブック』新書館、一九九六年六月、一四九〜一五〇頁
（14）外山滋比古『異本論』、筑摩書房、二〇一〇年七月、八五頁
（15）「ポスト戦後世代と正義」（『「最後の小説」』講談社、一九八八年五月、二五三頁。初出『世界』第四九六巻、岩波書店、一九八七年一月）
（16）注15同論、二五四頁
（17）注15同論、二五六〜二五七頁
（18）ジャン＝フランソワ・リオタール、小林康夫訳『ポスト・モダンの条件　知・社会・言語ゲーム』（水声社、一九八六年六月）（原著一九七九年）においてリオタールは、近代が「みずから

の正当化のために」(八頁)準拠する、その根拠を問われることのない「メタ物語」の存在を「大きな物語」と呼んだ。「大きな物語」は「知」や「真理」「正義」から「現実の社会的関係を統御している諸制度」に至るまで、その正当性を保証するとした。そして「ポスト・モダン」とはまず何よりも「こうしたメタ物語に対する不信感」(八～九頁)であり、ヨーロッパでは一九五〇年代の終わりから始まっているとする。

(19) 恩田逸夫「宮沢賢治の文学における「まこと」の意義」(『跡見学園紀要』第二号、跡見学園、一九五五年一〇月、八二～八三頁)

(20) 「菩薩」(天沢退二郎他編『宮澤賢治イーハトーヴ学事典』弘文堂、二〇一〇年一二月、四三九頁)

(21) 野本三吉「「教育原理」または「自己教育の思想」」(『月刊キブツ』第一〇巻一号(第九四号)一九七二年一月、八～九頁)

(22) 『反原発の思想史　冷戦からフクシマへ』筑摩書房、二〇一二年二月、一七三頁
　一九七〇年代から一九八〇年代のニューエイジ運動と宮沢賢治とその作品のあり方に関しては単純に論ずることのできない問題であるが、全集によるテクストの聖化、見田宗介による思想の聖化が行われたとする。その上で、同書で絓は「宮澤賢治のディープエコロジー的な側面は実践しがたい」ために無視され、「宮澤賢治の「国民」化がミドルクラスのロハス的気分以上のものでない」(一八七頁、直前引用も同様)とする。絓の発想は非常に興味深いものの、同時に広範囲な考察であり、細部の検討が必要であろう。本節は一九七〇年代から一九八〇年代の宮沢賢治像の広がりに対する一つの考察を行っていく。

（23）井上ひさし・大江健三郎・筒井康隆「誌上シンポジウム〈戦後文化の神話と脱神話〉1 ユートピア探し　物語探し」（『へるめす』創刊記念別巻、岩波書店、一九八四年一二月、五一頁）

（24）ピーター＝ポール・フェルベーク、鈴木俊洋訳『技術の道徳化　事物の道徳性を理解し設計する』（法政大学出版局、二〇一五年一〇月（原著二〇一一年））参照。ただし宮沢賢治における「批判的技術主義」は大乗仏教が基盤にある点に注意が必要である。

（25）注6同論、二九四頁

（26）大久保昶彦『今日の科学　趣味と実益の泉』日本評論社、一九二四年三月、一三一頁

（27）貝島慶太郎『明日の飛行機のイメージ　明日の飛行機』一九三三年二月、一六二頁

第三節　「なめとこ山の熊」と進化論
――新井英樹「ザ・ワールド・イズ・マイン」の再創造からの逆照射

はじめに

本節は宮沢賢治の「なめとこ山の熊」の問題点を考察した上で、「なめとこ山の熊」を作中の各所にて使用している新井英樹「ザ・ワールド・イズ・マイン」への再創造を考える試みである。

本節で扱う「ザ・ワールド・イズ・マイン」（一九九七～二〇〇一年）は二〇世紀末の世界が破滅する「終末もの」であり、終末までの過程を描く「プレアポカリスプ」において、自己を「滅却」する願望を一つのテーマとする「なめとこ山の熊」が使用されている。

同時に「けれどもこんないやなづるいやつらは世界がだんだん進歩するとひとりで消えてな

くなって行く」という「なめとこ山の熊」に流れる「社会進化論」、「進化」と「生命の循環」に関するテーマも「ザ・ワールド・イズ・マイン」の作中で底流のように繰り返されている。現代文化において「どのように」宮沢賢治作品が再創造されたのか。「進化論」と「生命の循環」に関連する再創造を取り上げて考察する。

その上でこの考察は、宮沢賢治作品の再創造を考察することで宮沢賢治作品を逆照射する試みでもある。

なお、「ザ・ワールド・イズ・マイン」の引用は、単行本（全一四巻、小学館、一九九七〜二〇〇一年）より行い、引用の際は巻数と頁数を載せる。(1)

一、「なめとこ山の熊」について

「なめとこ山の熊」は、現在、高等学校の教科書教材として定番であり、賢治作品の中でも良く知られた作品である。賢治の生前未発表の作品であり、用紙・筆記用具が自作農青年の苦悩を描いた「〔或る農学生の日誌〕」と共通することから、一九二七年以降に執筆されたと推定されている。

作家・宮沢賢治の伝記的側面からいえば、羅須地人協会の活動で農業実践をした後の作品といえる。農業実践の「困難」や「挫折」との関連が考えられるだろう。

「なめとこ山の熊」の主人公淵沢小十郎は、熊撃ちを生業とし、その肝と毛皮を獲り、毛皮を売ることで生計を立てている。小十郎は決して熊が憎いわけではない。仕方がなく熊撃ちを行っているのである。畑は無く、後述するが木は政府のものとなり、母と孫もおり、他に生計を立てる手段がないため熊を撃つ猟をしている。そんな小十郎も作品終結部では熊に打たれ死ぬ。小十郎の死は、他の生物を食べて生きねばならないことに絶望した「よだかの星」のよだかの理想とも逃避ともとれる死との関連で語られることも多い。他の生物の命を奪わなければ生きていけない生命の苦しみを描いた作品として位置づけることが出来よう。

「なめとこ山の熊」については生きとし生けるものの「宿業」を描いた作品としての読みが多くなされる。境忠一は丹慶英五郎の議論を引用しながら「生存の必須条件であって、解決出来ない原罪を問われるとき、ひとは祈るより外に方法はない(2)」とし「なめとこ山の熊」の宗教的主題と言及する。続橋達雄は「賢治文学において「よだかの星」から「なめとこ山の熊」へは重い課題の一つ(3)」とする。

本節では、まず、視点、物語前半の小十郎による熊殺し、そして小刀による熊の解体のシーンに注目したい。

次に、小十郎をめぐる状況、作品終結部の小十郎が熊に打たれて死ぬシーンに着目して、重い課題とされる死に関して考察し、再創造の考察に移る。

二、視点と「進化論」

本作品の視点は基本的に三人称の「小十郎」だが、一人称代名詞「私」も作品の前半と中盤に登場する。そもそも「なめとこ山の熊」が「私」が聞いた話という伝聞の形になっており、前半部と後半部では特に「私」が前面に出る。

ほんたうはなめとこ山も熊の胆も私は自分で見たのではない。人から聞いたり考へたりしたことばかりだ。間ちがってゐるかも知れないけれども私はさう思ふのだ。

（第一〇巻、本文篇、二六四頁）

この作品はあくまで「なめとこ山の熊」の話を伝え聞いた「私」の想像の産物である。その意味で「私」の内面世界ともいえる。ただし、「私」は、すべての登場人物の心情が明らかになる「三人称全知視点」いわゆる「神の視点」は持っていない。作品終結部で「「これが死んだしるしだ。死ぬとき見る火だ。熊ども、ゆるせよ。」と小十郎は思った。それからあとの小十郎の心持はもう私にはわからない。」（第一〇巻、本文篇、二七二頁）とあるように、「私」にとって、小十郎の死後の心情や「霊魂」の行方は分からないとされている。

この語り手は、三人称の小十郎と入り混じる語りであり、この語りによって「なめとこ山の熊」の重層性が生まれる。

語り手の「私」は物語の中盤でも登場する。物語前半の小十郎による熊殺し、そして小刀による熊の解体のシーンでは、「それからあとの景色は僕は大きらいだ」（第一〇巻、本文篇、二六六頁）とある。また、「私」から「僕」への一人称視点の変化もある。さらに殺生を嫌う語り手ということではない。殺すことではなく、解体自体への生理的嫌悪が表現されている。

次に小十郎が熊の毛皮を売りに行くシーンである。該当部分を以下に引用する（傍線筆者以降同じ）。

小十郎はちゃんとかしこまってそこへ腰掛けていかの切り込みを手の甲にのせてべろりとなめたりうやうやしく黄いろな酒を小さな猪口についだりしてゐる。いくら物価の安いときだって熊の毛皮二枚で二円はあんまり安いと誰でも思ふ。実に安いしあんまり安いことは小十郎でも知ってゐる。けれどもどうして小十郎はそんな町の荒物屋なんかへでなしにほかの人へどしどし売れないか。それはなぜか大ていの人にはわからない。けれども日本では狐けんといふものもあって狐は猟師に負け猟師は旦那に負けるときまってゐる。こゝでは熊は小十郎にやられ小十郎が旦那にやられる。旦那は町のみんなの中にゐるからなかなか熊に食はれない。けれどもこんないやなづるいやつらは世界がだんだん進歩するとひとりで消えてなくなって行く。僕はしばらくの間でもあんな立派な小十郎が二度とつらも見たくないやうないやなやつにうまくやられることを書いたのが実にしやくにさわってたまらない。

（第一〇巻、本文篇、二六八〜二六九頁）

「なめとこ山の熊」と成立時期・場所が重なる「春と修羅」第三集の一人称の研究を行った宮澤健太郎は、「春と修羅」第三集の一人称の特徴について次のように述べる。「おれ」は「農夫または百姓として詩人が自覚したとき使われ」る「農民共同体の一員」として「農民として自立してゆく為の自覚のあらわれ」の一人称であり、「僕」は収穫の際にみえる雪菜などの蔬菜の「荘厳さ」や「その装景をなす梵天の雰囲気」という「理想の恍惚の心象風景」に用いられ、「私（わたくし）」については、「俺」と「僕」の中間的存在でありどちらの使い方もなされる。(4)

「なめとこ山の熊」においても、一人称「私」と三人称「小十郎」で基本的に統一されている語り手が、一人称「僕」に変更されることがあり、比較的客観的に小十郎の内面を語る「私」から、より直情的であり、同時に殺生の現場を忌避する「僕」が突如として表れるという操作がなされている。「なめとこ山の熊」の語り手に関して注目したいのは、小十郎は熊とは標準語（中央語・共通語）で会話（会話に類する意思の疎通）をしているのに対して、荒物屋の主人・小十郎の家族とは方言で会話しているということである。ここからは、熊と小十郎の世界と、小十郎と主人・家族の世界が言語のレベルで隔てられているということが分かる。

傍線部では「僕」の語り手による資本主義社会・町の旦那への批判が語られる。ただしここにおいて生存競争自体は否定されず、生存競争からズレている「づるいやつら」が「ひとりで消えてなくなって行く」、つまり進化の過程で滅びる、自然淘汰されると読むことが出来る。

宮沢賢治と進化論に関して、クリントン・ゴダールは次のように述べている。

宮沢は、戦間期の最も重要な詩人・作家の一人である。彼は『法華経』の熱烈な読者となり、一九二〇年に日蓮主義の国柱会に入会する。彼は科学の知識も有しており、エルンスト・ヘッケルによる一八九九年の『宇宙の謎』や、丘浅次郎の著作を読んでいた。(5) 進化論とアインシュタインの相対性理論の両者は共に、宮沢の書く物語や詩のなかで、人間中心主義的ではない、エコロジー的な観点を伝える。宮沢はまた、詩やイメージのなかに進化的な見方を採り入れながら、仏教の無常への洞察や、人類の消滅の後に出現する、より上位の存在を表現した。

そしてそれが人間の石炭紀であったと
どこかの透明な地質学者が記録するであらう

自身の小説や詩のなかで、宮沢は、すべての存在が相互に関係しあい全体へとつながる、有機的に統合された宇宙としての世界を構想した。一九二二《ママ》年の『農民芸術概論綱要』は、相互に結びついたアフォリズムの連なりとして書かれ、岩手の農村にユートピア的な共同体をつくるための哲学の基礎を成す。同書の鍵となる一節で、宮沢は「世界がぜんたい幸福にならないうちは個人の幸福はあり得ない」と書く。その上で、彼は、世界的に統一された意識へと向かう進化を描く。「自我の意識は個人から集団社会宇宙と次第に進化する／この方向は古い聖者の踏みまた教へた道ではないか／新たな時代は世界が一つの意識になり生物となる方向にある」。これは短く謎めいた一節だ。とはいえ、宮沢が農民芸術の共同体の理想を、いかにして、ある種の宇宙的統一へと向かう進化の理想のなかに見たのかを理解する上で、重要である。同じく意義深いのは、宮沢が示す統一へ向かう進化の道筋のなかに、「国民」が登場しないことだ。つまり、彼の思い描く進化のなかで、国民国家の形態はつかの間の現象であった。彼が強調したのは、むしろ、自分の暮らす地域の農民共同体と、聖なるものと想定された宇宙とのつながりであったように思える。(6)

宮沢賢治作品のごく一部からの言及に関しては疑問があるものの、大きなくくりとしては、クリントンの見解に首肯することが出来る。ただし、「なめこと山の熊」に関していえば、「社会進化論」的言説がありながらも、「上位の存在」は表現されず、人間の石炭紀も書かれず、小十郎が町の主人よりも先に死んでいく。

鈴木貞美は、一九世紀後半のイギリスの哲学者ハーバート・スペンサーの唱えた宇宙進化論（最適者が生き残るという法則によって万物が漸進的に優れた方に向かうという説）や社会の進歩発展を論じる社会進化論、生物進化論などが影響し合って展開してきたことを述べた上で、「なめとこ山の熊」に描かれる「けれどもこんないやなづるいやつらは世界がだんだん進歩するとひとりで消えてなくなって行く」に関して次のように述べる。

宮澤賢治も、たとえば「なめとこ山の熊」に「こんないやなづるいやつらは世界がだんだん進歩するとひとりで消えてなくなって行く」と、正義が悪を自然に淘汰する楽観的な社会進化論をのぞかせている。(7)

本節では「なめとこ山の熊」における「社会進化論」を、「正義が悪を自然に淘汰する楽観的」なものとみるのではなく、「社会進化論」に対する疑いを読み取りたい。そのためにもまず小十郎をめぐる状況を確認する。

三、小十郎をめぐる状況

小十郎の熊撃ちによって、小十郎の一家は生計を立てているが、その生活は厳しい。また小十郎は熊撃ちを仕方なく行っている。

ほかの罪のねえ仕事していんだが畑はなし木はお上のものにきまったし里へ出ても誰も相手にしねえ。仕方なしに猟師なんぞしるんだ。てめえも熊に生れたが因果ならおれもこんな商売が因果だ。やい。この次には熊なんぞに生れなよ。

（第一〇巻、本文篇、二六五〜二六六頁）

以上から小十郎には他に仕事をする場所がなく、熊に殺される危険性もある鉄砲撃ちを仕方なく行っていることが分かる。この「木はお上のものにきまったし」の部分は、明治に入っての国有林のあり方が反映されている。国有林は明治初期に藩有林や社寺有林、そして入会地（村落の構成員が共同で利用する権利のある土地。この場合は薪炭・肥料等を採取するための山林）等を母体として成立した。現在の国有林は、明治初期の藩有林や寺社有林、さらには地租改正によって所有者が明らかにならなかった森林等によって成立した。ただし、同時に奥地の森林まで国の支配が届いたということでもあった。

現在、林野庁管轄の厖大な国有林野の主軸を形成する土地面積は、明治年間において行なわれた、幕府・藩・旗本の直轄地、社寺地ならびに入会地の国有地編入に基因する。

（中略）

これら国有地編入は、いずれも、幕府・藩・旗本による土地支配権と立木等の支配ならびに所有権の、明治維新政府の権力による一方的な没収であり、そのもとにおいて明治維新政府は、まず、これらの土地の支配権を確立し、そうして、ついで、土地・立木の所有権をみずから付与したものであって、明らかに国有地の創設行為であるといえる。(8)

小十郎をめぐる経済的状況は非常に厳しい。このような状況にある小十郎にとって、生存競争からの離脱が脱落や失敗ではなく、死による離脱が生存競争からの救いになる可能性がある。この状況に関しては、仏教的な殺生の罪（不殺生戒）の問題と、そこからの離脱としての死とその先の輪廻転生の考えが挙げられるだろう。小十郎は殺した熊に「この次には熊なんぞに生れなよ」と声をかけている。ここからも小十郎が輪廻転生を期待を込めたものとして考えていることが分かる。作品終結部の「熊ども、ゆるせよ」の言葉は、今まで殺した熊への罪の謝罪であると同時に自らだけが熊との間の生存競争から外れることへの謝罪でもあろう。

次に挙げるのは小十郎の最後の朝の描写である。

「婆さま、おれも年老ったでばな、今朝まづ生れで始めで水へ入るの嫌んたよな気するぢや。」すると縁側の日なたで糸を紡いでゐた九十になる小十郎の母はその見えないやうな眼をあげてちょっと小十郎を見て何か笑ふか泣くかするやうな顔つきをした。（中略）小供らはかはるがはる廐の前から顔を出して「爺さん、早ぐお出や。」と云って笑った。

（第一〇巻、本文篇、二七〇頁）

先行研究ではこの場面に関して次のように考察されている。

ここで小十郎は死を予感して、それを口にする。小十郎の理解者である母は、「何か笑うか泣くかするような顔」をする。この形象は非常に微妙だが、「笑う」は小十郎が死ぬことによって苦しみから解放され、弱肉強食の世界から離脱できることを喜んでいるように

読める。(9)

先行研究で述べられているように小十郎の母親は孫とは異なり、小十郎の言葉に反応している。ただし、母が小十郎の死を喜んでいるように読めるかどうかについては疑問の余地がある。また熊と小十郎の世界に限って言えば「弱肉強食」というよりも「生存競争」の世界といえよう。

母の笑うか泣くかという曖昧な顔つきは、「笑う」と「泣く」の合わさったものである。小十郎の言葉が小十郎に起る変化（死）を予感させるものであると同時に、小十郎が今仕事を辞めたら自分たちは生活ができないという想いを読み取ることも可能だろう。一方で子どもたちからの「早ぐお出や」は何も気づいていない子どもたちからの軽い励ましであり、母親と対照的に描かれている。熊の世界に心を寄せながら、しかし、現実の世界では熊を殺して生計を立てねばならない小十郎の苦しい立場を象徴する場面だといえよう。

以上のように、「なめとこ山の熊」においては、生存競争は仕方のないものとして描かれており、その中で熊撃ちをしなければならない小十郎は苦しんでいる。現実世界で小十郎が救われるには、別の仕事をするか、荒物屋の主人が高く毛皮を買う必要がある。しかし、荒物屋の主人に関しては「こんないやなづるいやつらは世界がだんだん進歩するとひとりで消えてなくなって行く」という可能性は、語り手によって語られるものの、小十郎を救ってはいない。それによって小十郎の進む道は死による逃避しかなくなってしまうのである。なぜ、「なめとこ山の熊」は小十郎に死以外の方法を無くさざるを得なかったのであろうか。

四、「進化論」への疑い――「蜘蛛となめくぢと狸」から

「社会進化論」の文脈で紹介されることの多い「なめとこ山の熊」の「こんないやなづるいやつらは世界がだんだん進歩するとひとりで消えてなくなって行く」に関しては資本社会の搾取への批判があるとされてきた。しかし、「なくなって行く」からは批判が確信的なものとして読めるのだろうか。

「なめとこ山の熊」では結局小十郎は熊に殺され、町の荒物屋の主人はそのままである。宮沢賢治の最初期の童話「蜘蛛となめくぢと狸」（一九一八年頃までに成立）[10]において、飢えの危機に直面しながらも、哀れな蚊を無慈悲に食い、目の見えないかげろうを騙して食い、一族の繁栄を果たしてきた「赤い手長の蜘蛛」は、ついに妻や子どもとともに立派な網を構え、「虫けら会の相談役」を依嘱されるまでに昇り詰める。

そして、虫けら会の相談役となった蜘蛛が、さらに巣、生産の拡張を図った時、破局が訪れる。

それから蜘蛛は、もう一生けん命であちこちに十も網をかけたり、夜も見はりをしたりしました。ところが困ったことは腐敗したのです。食物がずんずんたまって、腐敗したのです。そして蜘蛛の夫婦と子供にそれがうつりました。そこで四人は足のさきからだんだん腐れてべとべとになり、ある日たうたう雨に流れてしまひました。

（第八巻、本文篇、九〜一〇頁）

自己の地位を上げることばかりに専念してきた蜘蛛、そして、弱者を食い物にする事を厭わず、さらにその所業を拡大しようとした蜘蛛が自業自得で腐って流れてしまうという結末である。この作品にはその他、人徳者のようでありながら実は卑怯ななめくぢや、宗教家のようでありながら相手を騙す狸が登場し、滅びていく。

小沢俊郎は、この作品の主題を「人と比べなければ価値が決められないような資本主義社会の優勝劣敗弱肉強食の価値観の否定である」[11]とする。また続橋達雄は蜘蛛を「商業資本家」の象徴と解読している。[12]境忠一は「立身出世主義にまつわる卑劣な情念を、賢治は痛烈に諷刺した」とする。[13]さらに萬田務は「表面的には立身出世競争を戒めたものであろうが、実はその裏面には、生きるとは、生き続けるとはどういうことか、そこには生き物にとってより根源的な生存競争の問題が絡みあっていることを示唆したものである」[14]とする。「根源的な生存競争」の問題はもちろん流れており、その上で「蜘蛛となめくぢと狸」においては、名誉欲・金銭欲に取りつかれたものが滅びる寓話ととらえることが出来るだろう。

竹内洋は明治から大正時代の日本において「優勝劣敗」「適者生存」の「社会ダーウィニズム」が強い影響力を持ったこと、立身出世主義を推奨する成功読本は成功よりも生存競争を論じ、その背景に脱落や失敗の恐怖がある点を指摘している。立身出世主義の背景に零落の不安があるとする。[15]この点からするならば蜘蛛はもともとの貧困から逃れたい、そして落ちぶれたくない一心で生存競争を生き抜こうとしたのであり同時代的である。

ただ、蜘蛛は、過剰に、無慈悲に獲物を獲り、さらに「虫けら会の相談役」という地位にもこだわり、それをなめくぢに自慢し侮辱するなど過剰性、残酷さ、地位への固執、仲間への配慮の無さなど、「商業資本家」としても欲の深い存在であったことが分かる。

「蜘蛛となめくぢと狸」では登場人物は、いずれも欲をかいて死ぬ。「なるほどさうしてみると三人とも地獄行きのマラソン競争をしてゐたのです。」とある。「蜘蛛となめくぢと狸」では、生存競争とそのなかで滅びる哀れな存在が描かれているといえる。この点で因果応報的であり、強欲な存在は生存競争の中で淘汰されるという仏教を背景とした「社会進化論」的世界が確信として表現されている。つまり、ダーウィンの『種の起源』にあった生存競争と変異による自然淘汰に比して、生存競争は肯定しつつ、因果応報による淘汰が入ってきているといえよう。宮沢賢治は丘浅次郎『進化論講話』（一九〇四年一月）を読んでいたとされる[16]。丘は生存競争の原理を主張し、それは国家から信仰まで適用されている。宮沢賢治の進化論受容は「生存闘争観への強い傾きをもつのが特徴[17]」とされ、ここには丘の影響と理解することが出来る。

丘は生存競争の結果を次のように述べる。

栄枯盛衰は人の身の上ばかりではなく、動植物の各種も、異種間の競争の激しい結果、盛衰の運命は到底免れず、負けたものは衰へ、衰への極に直すれば終に亡び失せて、跡をも止ぬ様になつて仕舞ふ[18]。

「蜘蛛となめくぢと狸」においても、「マラソン競争」に喩えられる生存競争が繰り広げられており、生存競争自体は否定されてはいない。

ただし、宮沢賢治は丘浅次郎の『進化論講話』のすべてを肯定したわけではないだろう。丘浅次郎『進化論講話』では生存競争と宗教のあり方に関して次のように述べられている。

諸行の無常なのは明白であるが、無常を感じて世を捨てるといふのは大きな間違ひであらう（中略）生物は総べて樹枝状をなして進化して行くもので、自己の属する人種は生物進化の大樹木の一枝であることが明な上は、生存即競争と諦めて勇しく戦ふ様に励ますといふ性質の宗教が最も必要であらう(19)

宮沢賢治作品に描かれる姿は「勇しく戦ふ」とはズレる。むしろ宮沢賢治は『進化論講話』の「凡生きて居る以上は決して競争以外に超え出ることは出来ぬ(20)」事を肯定し、進化も生存競争の結果とする点に関しては共感している。その上で、「蜘蛛となめくぢと狸」で「地獄行のマラソン競争」とされるように、欲をかきすぎるものは生存競争の中でも敗れていく存在であり、それは因果応報と結びつく淘汰だろう。

「蜘蛛となめくぢと狸」には、丘の『進化論講話』から学んだ生存競争を肯定しつつ、その生存競争において強欲な存在をむなしいものとする因果応報を基盤とした生存競争とその果ての強欲な「商業資本家」の「自然淘汰」（環境に有利な形質は存続し、そうではない形質は消える）という進化論から発展した「社会進化論」の流れを描いている。小沢俊郎は「貯め過ぎたための自滅。それを果たして歴史的必然とでも見たのだろうか。必然と信じ得た、というよりは、不正に対する憎しみか怒りからそう書かずにいられなかった、必然でなければならなかった。いわばこの結末は賢治の道義的要請だった、と私は見る。それだけ若く、それだけ理想主義的だったのである」[21]とする。この小沢の見解には賛同できる。

ただ、この仏教的因果応報を基盤とした明快に結果の出る「社会進化論」は宮沢賢治作品全体に通底しているかどうかは疑問の余地がある。「詩ノート」「政治家」（一九二七年）という草稿をみてみたい。

一〇五三
　　政治家
　　　　　　　　　　　　　　一九二七、五、三、

あっちもこっちも
ひとさわぎおこして
いっぱい呑みたいやつらばかりだ
　　羊歯の葉と雲
　　　世界はそんなにつめたく暗い
けれどもまもなく
さういふやつらは

ひとりで腐って
ひとりで雨に流される
あとはしんとした青い羊歯ばかり
〔そ〕してそれが人間の石炭紀であったと
どこかの透明な地質学者が記録するであらう
（第四巻、本文篇、二三二頁）

「さういふやつらは／ひとりで腐って／ひとりで雨に流される」は、「蜘蛛となめくぢと狸」の「赤い手長の蜘蛛」の最期と同じであり。この草稿のタイトルも「政治家」で、「支配階級」に位置する存在の滅びという「社会進化論」と考えることが出来る。

ただし、「あとはしんとした青い羊歯ばかり／〔そ〕してそれが人間の石炭紀であったと／どこかの透明な地質学者が記録するであらう」と後世の透明な何者かが記すのは果てしない時間の果てとなる。また「まもなく～流される」という未来形の表現は「人間の石炭紀」まで拡張されている。仏教的・宇宙的時間と考えるならば果てしない時間の可能性もあるだろう。つまり「社会進化論」として、「づるいやつら」は生存競争の中で滅びるという未来は存在するものの、今ここの現実世界ではおおよそ不可能であり、その射程は非常に長時間であると考えられる。ここには「社会進化論」に対する希望はあっても、「蜘蛛となめくぢと狸」に比べてその射程は非常に長くなっていることが分かる。「希望」が現前することに対する疑いがあるとも考えられよう。

疑いの背景には、作家論的にいえば、一九二六年四月からの羅須地人協会活動の困難や実質的な挫折、一九二七年頃に宮沢賢治が羅須地人協会活動に関して警察からの取り調べを受けたことも考えられよう。治安維持法以降の官憲による取り締まりの強化の中で早急に「づるい」「支配階級」が滅びることはない、という目の前の現実に対する口惜しさが滲み出ているといえるだろう。

この口惜しさは、詩「政治家」と同時期に制作されたと想定される「なめとこ山の熊」も同様だと考えられる。

「なめとこ山の熊」は生存競争を肯定する。近代における資本家と労働者という搾取する側とされる側の差別を認識した上で、因果応報によって「づるいやつら」が生存競争のなかで自然淘汰される未来に希望を託しつつも、それが現実にすぐに行われるものだと確信されていない。「なめとこ山の熊」においては生存競争の先の仏教的因果応報を合わせた社会進化論は成立していないと考えられるのである。

その認識の上で、現時点で小十郎は死による生存競争の苦しみから逃避するしかなくなるのである。この閉塞状況ゆえ、小十郎が熊と会話し、心を通わせる「異世界」(22)とも思われる描写がどうしても必要とされるのである。

五、「なめとこ山の熊のことならおもしろい」

冒頭の「なめとこ山の熊のことならおもしろい。」（第一〇巻、本文篇、二六四頁）とは何だったのか。佐佐木定綱は次のように述べている。

今まで見てきたようになめとこ山の熊は普通の熊ではなかった。食物連鎖の世界で普通の動物として生きる面を持ちながら、小十郎と調和しあう第三の世界の住人としての面を持ち合わせていた。そのことを語り出しているのではないだろうか[23]

「なめとこ山の熊のことならおもしろい」は、佐佐木の述べるように第三世界の熊と小十郎の関係は興味深い、と読めるだろう。熊の親子の会話や約束を守って死ぬ熊（二年後、育児後とも考えられる）など、小十郎が見聞きした「異世界」の「おもしろ」さである。確かにこの熊と小十郎が意志の疎通を行う世界は興味深い。また逆にいえば「なめとこ山の熊」においては熊以外のこと、例えば荒物屋の主人と小十郎や小十郎と家族に関しては面白くないという解釈になる。

「なめとこ山の熊」においては生存競争の過酷さは仏教的因果応報としても進化論としても認めている。しかし、現実の生存競争からズレる一瞬の世界、生と死の狭間の世界、生命が交流できる「異世界」に可能性をみたと考えられる。ただし、佐佐木定綱が述べた「調和しあう」という見方に関しては再考が必要だろう。

小十郎と熊たちは言葉を共通にし、さらには会話をすることも可能ではあるが、あくまで生存競争の原則は変わっていない。小十郎は熊の親子の会話を聞き、匂いが流れないようにそっと移動するのであり、また小十郎との約束を守った熊は二年後に死に、さらに作品の終結部で鉄砲で狙われた熊は最後に小十郎を殺し、その後に「おゝ小十郎おまへを殺すつもりはなかった。」(第一〇巻、本文篇、二七二頁)と言うのである。小十郎にしろ熊にしろ、「異世界」で会話が出来ても生存競争からは逃れられない。ただし小十郎と熊の世界には生存競争はあるが「づるいやつら」はいない。ここにわずかではあるが、現実を突破する可能性を見出しているからこそ「おもしろい」のである。

六、作品終結部

「なめとこ山の熊」では、作品終結部で、長年熊を狩ってきた小十郎が熊に殺される。熊に打たれた小十郎は意識が遠のくなか、青い星を見る体験をする。

もうおれは死んだと小十郎は思った。そしてちらちらちらちら青い星のやうな光がそこらいちめんに見えた。／「これが死んだしるしだ。死ぬとき見る火だ。熊ども、ゆるせよ。」と小十郎は思った。それからあとの小十郎の心持はもう私にはわからない。

（第一〇巻、本文篇、二七一～二七二頁）

この後、語り手は、山の上の平らな場所に熊たちが環になって集まって雪にひれ伏し、一番高いところに小十郎の死骸が半分座ったように置かれている様子を描く。死んで凍えた小十郎の顔は「何か笑ってゐるやうにさへ見えた」（第一〇巻、本文篇、二七二頁）と記述される。この作品の終結部に関して梅原猛と中上健次は次のように話している。

梅原　これはいわゆるクマ送りの行事ですね。人間はクマを殺さなくちゃ生きていけない。しかしそのクマをただ殺すんじゃなくて殺したクマを天国に送る、神の国に送る、それがイヨマンテ、それがすなわちクマの魂を天国に送る儀式ですね。賢治の童話は反対で、クマが人間を殺してイヨマンテの儀式をしている、この雪の夜の不思議な儀式は、クマがやる人間のイヨマンテなのです。こんど読み返してこのラストシーンは逆さまのクマ送りの儀式であると思った。

中上　『夜叉ケ池』のような、あの世界みたいなものを、ものすごくよく知っていたという気がする。(24)

このラストシーンは多くの問題を提示しており、現在まで様々な研究が積み重ねられてきた。例えば、中路正恒は「なめとこ山の熊」について民俗学の側面からアプローチし、このラストシーンに関して、小十郎は熊から崇敬されている存在であると考察し、殺生をして生きざるを得ない小十郎となめとこ山の熊との関係について以下のように言及している。

共に、悪因の結果として、この世に侮蔑され、もしくは罪ある存在として生きているという因果論的な平等感は、熊たちにも理解されていると考えられる。（中略）世間から侮蔑される者同士の親密感が、すべての存在を、衆生として、平等に見る仏教の輪廻の思想によって裏付けられているのである。(25)

その上で中路は、猟師に捕えられた動物が、殺され、食されることで、人や天の身のなかに宿り、やがてその宿主とともに仏果を果たす、という「諏訪の勘文」の思想を賢治が知っていたとし、熊たちは小十郎に殺されることで、単なる犠牲者ではなく、仏果（仏教の修業を積むことで得られる成仏という結果）を得ることが出来るが故に、優れた清い存在として小十郎を崇敬していたとする（ただし、小十郎は毛皮と胆を持ち帰るのみで、食されることで仏果を得る「諏訪の勘文」との関係は拡大解釈と留保している）。

作品終結部からは、小十郎が人間世界を離れ、熊から送られる世界へ移行したことが示されるのではないか。

仏教では在家信者の五戒の一つに故意に殺さずの戒、不殺生戒がある。それを背景として考えると、小十郎は人間社会からの逃避と「づるいやつら」のいない、食う食われるの熊の世界の循環に入ることへの希求があり、そこには消極的自殺願望、生存競争の肯定を読み取ることが出来るだろう。「思ひなしかその死んで凍えてしまった小十郎の顔はまるで生きてるときのやうに冴え冴えして何か笑ってゐるやうにさへ見えたのだ。」（第一〇巻、本文篇、二七二頁）とは、「づるいやつら」のいない、生存競争の循環に入る可能性を読み解くことが出来よう。

七、「ザ・ワールド・イズ・マイン」における「なめとこ山の熊」からの変奏

新井英樹「ザ・ワールド・イズ・マイン」において「なめとこ山の熊」はその作品の底流に

流れている。

宮沢賢治作品の引用は、主要な登場人物の一人である記者が「なめとこ山の熊」の存在を電話で知らされる場面（第四巻、一五七頁）から始まる。その後、記者が乗ったタクシーの運転手が「なめとこ山の熊」の話を記者に語り、記者に「なめとこ山の熊」の絵本を授ける。

第四巻ではタクシーの運転手が「適者生存。」「一番強え者が／一番適しているってことさ。」（第四巻、一七三頁）と語り、「「陸の王者　人間」ってのは……／つきあい下手になった証拠さ。」（第四巻、一七四頁）とする。さらに運転手は「「ずるいやつらは世界がだんだん進歩すると「ひとりで消えてなくなって行く」ってな。」（第四巻、一七四頁）と語り「なめとこ山の熊」を紹介する。

「ザ・ワールド・イズ・マイン」においても生存競争と自然淘汰の進化論が流れていることが理解できよう。ただし、そこでは自然淘汰が「弱肉強食」にそして「づるいやつら」が人間全体へ拡大されている。

タクシー運転手は、「なめとこ山の熊」を語る中で、アイヌのイヨマンテの時代には人間と自然との間に「つきあい」があった、しかし「じゃあ今はどうだ／動物保護って何さ／自然保護って何さ／わしも含めると／人間はどんどん／ずるくなってるべ。」（第四巻、一七七頁）として「なめとこ山の熊」では町の荒物屋の主人だけが対象であった「づるいやつら」が「人間」

全体に拡大していると主張していることが分かる。

第五五話（第五巻、二〇六頁）のタイトルは「なめとこ山の熊」であり、「なめとこ山の熊」の解説に一話すべてが使われている。そこでは、小十郎がなめとこ山の熊と命のやり取りをし、その中で熊とつきあいをしていたのに対して、「ザ・ワールド・イズ・マイン」に登場する破壊的な怪獣「ヒグマドン」は、「動物・自然・地球なんかとのつきあいの下手になった人間に対する警告！！　どんどんずるくなる「旦那」のような人間たちに対して」（第五巻、二一七頁）とつきあいが下手になった、ずるくなった人間への「警告」とされる。

その後、第七九話では、ヒグマドンと相対する猟師の飯島によって「婆さま、おれも年老ったでばな、今朝まず生れで始めで水へ入るの嫌んたよな気するじゃ」（第七巻、二一〇頁）と小十郎が死ぬ前に自分の母親に語った台詞が放たれる。

また第一四六話では、山に入る前、どこに行くのか？　と聞かれて飯島の最後に語った言葉は「なめとこ山」（第一三巻、一一九頁）であり、第一四六話の最終部には『「なめとこ山の熊」は自然と人間の存在の摂理の物語だ。／摂理をとこうとする者に永遠なる正解はない。／だからこそ彼らは刹那の真理にすがるのである。」（第一三巻、一三二頁）と語り手が特定できないナレーションが入る。

ここには、「ザ・ワールド・イズ・マイン」における「なめとこ山の熊」の解釈があるといえよう。自然と人間の答えのない摂理（関係性）とその正解のなさがゆえに「刹那」に走る人間という解釈である。

「ザ・ワールド・イズ・マイン」は、「こんないやなづるいやつらは世界がだんだん進歩するとひとりで消えてなくなって行く」という「なめとこ山の熊」の生存競争と仏教的因果応報を基盤とした「社会進化論」的テーマを引き継ぎ、この「づるいやつら」を現代の「人間」に拡大させた受容と「再創造」を行っているといえよう。

「ザ・ワールド・イズ・マイン」においては、「なめとこ山の熊」の「社会進化論」に対する疑いを排除し、「づるいやつら」が地球の多くの人間に拡大して、怪獣ヒグマドンの脅威と自らのサイバーテロによって滅びる結末を描く。「自然」との「つきあい」が出来なくなった現代の人間とその末路が表現されている。

この作品において「なめとこ山の熊」の引喩は単なる作品の補強の意味を超えている。物理的な分量においても、そして前半から終結部まで「なめとこ山の熊」の引喩がなされる点においてもその位置は大きいといえる。

作者・新井英樹は次のように語っている。

『なめとこ山の熊』の場合、運転手さんから話を聞いて、取材がおわってから書店で本を入手し、読んでみたら『ＴＷＩＭ』（『真説　ザ・ワールド・イズ・マイン』の略称—筆者注）の内容にぴったり合った内容で。「これは使わなければ」と思いました。

『なめとこ山の熊』は、人と動物の関係が賢治なりの視点で描かれた作品です。世界というものが大きな循環で成りたっていることを、猟師と熊の関係性で描いています。もしかしたら、肉体は死んでも魂は残っていて、それが循環して人として生まれて別の人生を送ったり、別の生き物として生まれたりするかもしれない。

そして主人公の猟師は、自分が熊を殺しながら、自分が熊に生まれ変わるかもしれないと考えている。そうだとすれば、自分が殺したり付きあった熊も、元は人間だったのかもしれない……。

俺が物語のなかでとくに注目したのは、熊ですら人間との関係性のなかで、命のやり取りについて考えているという部分です。『ＴＷＩＭ』には、熊がやっているような命のやり取りすらできない人ばかりが登場しますけどね。(26)

新井の語る、主人公の猟師小十郎が熊に生まれ変わることを考えているかどうかは不明である。ただ、前述したように、熊とともにある世界を希求していることに間違いはないであろう。その上で新井のいう関係性とは自然との「つきあい」という言葉で表されている。

　では、「ザ・ワールド・イズ・マイン」が「なめとこ山の熊」の生存競争と社会進化論を「再創造」している一方で、両者の違いは何であろうか。また、「ザ・ワールド・イズ・マイン」の「再創造」から、「なめとこ山の熊」を逆照射した時、何が見えてくるだろうか。

　もっとも重要な相違点は、「ザ・ワールド・イズ・マイン」では怪獣ヒグマドンという人間よりも「上位の存在」を具現化していることである。(27)

　登場人物の一人であり暴力の化身であるモンも作品の後半で「神」に近い存在になるのだが、「ヒグマドン」「モン」という二人の「上位の存在」を明確にすることで、「自然」との「つきあい」が出来なくなった人間の優位を崩し、「上位の存在」にひれ伏す、もしくは殺される様を描く。

　さらに「なめとこ山の熊」では確信的には書かれなかった「づるいやつら」が滅ぶ未来の世界に関して、人間が自らの欲によって滅びるという、「なめとこ山の熊」のその先、「なめとこ山の熊」の語り手が詩「政治家」で希望として描いても、「なめとこ山の熊」では描かなかった人間が滅んだ世界とその先を描く。

　新井が「ぴったり合った」と表現する「なめとこ山の熊」だが、「上位の存在」は描かれず、ただ小十郎が会話を聞いた熊の親子や小十郎と約束をして二年後に死んだ熊のように、生存競争の中にありながらも、そこからズレた「異空間」が描かれている。

「なめとこ山の熊」の中で、小十郎は熊と会話する。一方「ザ・ワールド・イズ・マイン」においては、怪獣ヒグマドンや作品終結部の「モン」といった「上位」の存在と猟師の飯島を始め人間との会話はなされない。そこには「上位の存在」と「人間」との断絶があるだろう。

また、前述したように「ザ・ワールド・イズ・マイン」は最終的に遥かな時間が経過したのちの地球外の星で「モン」の体の一部を継いだであろう「人間」が出現することで締めくくられている。巨大な生命の循環が示されている。それは「なめとこ山の熊」や宮沢賢治作品に流れる仏教的な遠大な時間とつながりを持つだろう。

ただし、「ザ・ワールド・イズ・マイン」で描かれ、復活するのはあくまで「人間」である。人間が中心の話である点も宮沢賢治の「なめとこ山の熊」との相違点である。

この「ザ・ワールド・イズ・マイン」の宮沢賢治作品の「再創造」から逆照射するならば、「なめとこ山の熊」における「づるいやつら」の滅びの不確定さが浮き彫りになるだろう。

繰り返しになるが「なめとこ山の熊」に限っていうならば、町の荒物屋の主人は滅びない。むしろ死ぬのは小十郎の方である。ここで語り手の語る社会進化論は楽観的ではなく、むしろ現時点で「づるいやつら」の滅びがなされないことへの口惜しさ、確信の揺らぎを読み解くことが出来るだろう。

さらに、「ずるいやつら」と「滅び」を描きながらも、「上位の存在」を提示し、つきあいの出来なくなった「人間」の生存競争における敗北と、その後の滅びを描く「ザ・ワールド・イズ・マイン」に対して、荒物屋の主人に比してみじめな小十郎とその死、熊の交流する「異世界」の「おもしろさ」を描いた点にこそ特徴があるだろう。

「自然」との「つきあい」、生存競争を扱う両作品だが、「なめとこ山の熊」の「再創造」という点で両作品を比較すると、宮沢賢治の「なめとこ山の熊」の特徴として、「づるいやつら」が滅びるという未来を描けない点と、人間中心の感覚では割り切れない、熊と人とが会話し交流することが可能な死と生の狭間の世界、「異世界」へ向かうことへの希求が描かれているという特徴が見えてくるだろう。

注

（1）『ザ・ワールド・イズ・マイン』を一部改訂した『真説　ザ・ワールド・イズ・マイン』（全五巻、エンターブレイン、二〇〇六年）が出されている。『真説　ザ・ワールド・イズ・マイン』では『ザ・ワールド・イズ・マイン』から六〇頁程度の修整がなされている。本節では『ザ・ワールド・イズ・マイン』を基本テキストとして使用する。修整に関して新井は「まず、書き足しと修正を合わせて、六〇枚ほどおこないました。おもに編集者からの要望に基づいた書き足し」（『ザ・ワールド・イズ・ユアーズ　この熱い魂を君にどう伝えよう』出版芸術社、二〇一九年九月、一三〇頁）と述べている。

（2）境忠一『評伝　宮澤賢治』桜楓社、一九六八年四月、二〇八頁

（3）続橋達雄「なめとこ山の熊」（佐藤泰正編『宮沢賢治必携　別冊國文學　No.6』學燈社、一九八〇年五月、一三六頁）

（4）宮澤健太郎「『春と修羅』第三集の一人称研究」（『白百合女子大学研究紀要』第三八号、白百合女子大学、二〇〇二年一二月、一七八〜一八二頁）

（5）丘浅次郎「進化論講話」に関しては一九一三年九月のノートに「丘」とあることから「それは丘浅次郎の「進化論講話」の繙読を意味する」（小野隆祥『宮沢賢治の思索と信仰』泰流社、一九七九年一二月、三四頁）とされる。

（6）クリントン・ゴダール、碧海寿広訳『ダーウィン、仏教、神――近代日本の進化論と宗教』人文書院、二〇二〇年一二月、一九六頁（原著二〇一七年）

（7）鈴木貞美「進化論」（天沢退二郎他編『宮澤賢治イーハトヴ学事典』弘文堂、二〇一〇年一二月、二三六頁）

（8）北条浩「官林の成立と初期官林政策」（『徳川林政史研究紀要』徳川黎明会、一九七八年三月、一四四〜一四五頁）なお、林業と宮沢賢治作品の関係に関して、詳細な考察は別論にて論じる。

（9）横山明弘「分析批評による教材研究の方法――「なめとこ山の熊」への適用――」（『人文科教育研究』第一七巻、一九九〇年九月、五六頁）。なお、ダーウィンの思想「生存競争と自然淘汰の中で生物は徐々に変化していく」を「個々の争い」と理解することには異議が唱えられている。例えばレベッカ・ステフォフ編著、鳥見真生訳『若い読者のための『種の起源』［入門生物学］』（あすなろ書房、二〇一九年五月、五三頁）など。

（10）宮澤清六「兄賢治の生涯」に以下の記述がある。

大正七年に二十二歳で農林学校本科を卒業したが、つづいて地質や土壌を研究するために学校に残り、四月から関博士の指導で、稗貫郡の土性調査をはじめた。同級の小泉多三郎、神野幾馬という人といっしょに、西は「なめとこ山」のもっと奥の深山に分け入り、東は高山植物の宝庫、海抜一九一四米の早池峯山までを調査したが、これもまた後の農村関係の仕事と関聯を持つことになった。

この夏に、私は兄から童話「蜘蛛となめくぢと狸」と「双子の星」を読んで聞かせられたことをその口調まではっきりおぼえている。処女作の童話を、まっさきに私ども家族に読んできかせた得意さは察するに余りあるもので、赤黒く日焼けした顔を輝かし、目をきらきらさせながら、これからの人生にどんな素晴らしいことが待っているかを予期していたような当時の兄が見えるようである。

（『兄のトランク』筑摩書房、一九八七年九月、二二四頁。初出『宮澤賢治全集』別巻、筑摩書房、一九六九年八月）

一九一八年夏までには、「蜘蛛となめくぢと狸」は完成していたと考えられる。

（11）小沢俊郎著、栗原敦・杉浦静編『宮沢賢治論集1（作家研究・童話研究）』有精堂、一九八七年三月、一二〇頁

（12）続橋達雄は「現実社会にかかわってくるまなざし」（「童話作家としての賢治」『國文學　解釈と鑑賞』第三八巻第一五号、至文堂、一九七三年一二月）ととらえる。

（13）注2同書、二〇七頁

(14) 萬田務「賢治童話の成立」(『孤高の詩人　宮沢賢治』新典社、一九八六年一〇月、一一七頁)

(15) 竹内洋『立身出世主義　近代日本のロマンと欲望』日本放送出版協会、一九九七年一一月、三一頁。宮沢賢治自身は保坂嘉内宛書簡において「栗鼠の食ひ残りは人間生存競争の落伍者たる私が拾つて集めてほしてたべたり売ったりする(中略)私は長男で居ながら家を持って行くのが嫌で又その才能がないのです。」(一九一八年八月と推定・『新校本宮澤賢治全集』第一五巻、筑摩書房、一九九五年一二月、一〇一〜一〇二頁)と述べている。このことから宮沢賢治において生存競争とその落伍という時代意識が共有されていることが分かる。

(16) 小野隆祥『宮沢賢治の思索と信仰』(泰流社、一九七九年一二月)では、盛岡中学校五年生の大正二年(一九一三年)頃に読んだとする。大塚常樹はヘッケルの『生命の不可思議』と丘の『進化論講話』を読んだ時期を盛岡高等農林学校入学以降、大正四年以降と推測している(「宮沢賢治の進化論的世界──賢治とヘッケル及び賢治修羅と中生代爬虫に関する考察──」『お茶の水女子大学人文科学紀要』第四四巻、お茶の水女子大学、一九九一年三月、六七頁)。本節では大塚論を支持する。

(17) 注7同論、二三七頁

(18) 丘浅次郎『進化論講話』開成館、一九〇四年一月、一八二頁

(19) 注18同書、七八七頁

(20) 注18同書、六七九頁

(21) 注11同書、一二三頁

(22) ここに天台宗の十界互具の影響を見ることも可能だろう。とし子の死をめぐる信仰の揺れ及

び新しい信仰態度としての十界互具への理論の重点の移行は、「無声慟哭」詩群及び挽歌群の検討によって、その内実が明らかになる。この問題は、栗原敦「「ふたつのこころ」考」（『立正女子大国文』第二号、立正女子大学国語研究室、一九七三年三月）に詳しい。

(23) 佐佐木定綱「なめとこ山の熊――三つの世界と小十郎――」（『成城国文学』二七号、成城国文学会、二〇一一年三月、一〇九頁）

(24) 梅原猛・中上健次『君は弥生人か縄文人か――梅原日本学講義』集英社、一九九四年二月、一五三頁〜一五四頁（初出、朝日出版社、一九八四年二月）。なお泉鏡花の「夜叉ケ池」（一九一三年）は戯曲であり、夜叉ケ池の龍神伝説をベースにしている。

(25) 『なめとこ山の熊』：最後のシーンの小十郎と熊」（『宮沢賢治研究Annual』第一九号、宮沢賢治学会イーハトーブセンター、二〇〇九年三月、一四九頁）

(26) 『ザ・ワールド・イズ・ユアーズ　この熱い魂を君にどう伝えよう』出版芸術社、二〇一九年九月、一二六〜一二七頁

(27) 新井は「ヒグマドン」を「絶対の力」としている。注26同書、一〇九頁。

第四節　若竹千佐子「おらおらでひとりいぐも」の「老い」と「個」

――宮沢賢治「永訣の朝」「虔十公園林」の再創造

はじめに

文学において「老い」はしばしば青春の終わりや青春を再構成する時期として否定的なイメージで物語られてきた。

ただ、上記のような否定的な「老い」の造形は一つの型であり、多様な「老い」の様相も近代文学では物語られてきている。例えば「老い」をとらえたとされる深沢七郎「楢山節考」(『中央公論』一九五六年一一月)において、おりんを代表として「老い」と、生産から疎外された者を死すべき存在として描きながらも、執念深く生きようとする又やんや、村の習俗から離れ、老母のおりんを捨てようとはしない息子の辰平など、「老い」を排除する村の習慣にあらがう「個」も描いていた。文学において「老い」とそれを体験する「個」と一口に言ってもその様相は多様である。

現代日本においては「超高齢社会」の中で「老い」が否定的でも世間からの引退でもなくなっている。

この時代状況の中で、現代の文学において「老い」がどのように語られているのか考察する必要があろう。

宮沢賢治の詩「永訣の朝」の中の一節からタイトルが取られている若竹千佐子「おらおらでひとりいぐも」は初出『文藝』二〇一七年冬号（第五六巻第四号、河出書房新社、二〇一七年一〇月）、単行本は二〇一七年一一月に刊行されており第一五八回芥川賞を受賞している。この作品を通じて、一九八九〜二〇一九年、平成期における「老い」と「個」の描かれ方の一側面を考えたい。

同時に本作のタイトルともなっている宮沢賢治の「永訣の朝」、また作中で引喩として使用されている「虔十公園林」といった宮沢賢治作品の現代文学における「再創造」について考察していきたい。

なおテキストの引用は『おらおらでひとりいぐも』（河出書房新社、二〇一七年一一月）から行い、以降は頁数のみを記載する。

一、「超高齢社会」

日本は二〇〇七年以降、六五歳以上の高齢者が総人口の二一％を超える「超高齢社会」である。人口に占める六五歳以上の比率（高齢化率）が七％以上で「高齢化社会」、一四％以上で「高齢社会」、二一％を超えると「超高齢社会」と呼ばれる。日本では一九七〇年に、七％を超え「高齢化社会」に入っている。一九九四年には、一四％を超え「高齢社会」になる。そして二〇〇七年、二一％を超え「超高齢社会」となっている。二〇一八年一〇月時点の人口推計では高齢化率は二八・一％である。二〇五〇年には高齢化率が三七・七％と予測されている(1)。

次に、高齢化と同時に少子化についても見ていこう。

日本の少子化の一つの指標として、合計特殊出生率（ある期間において測定された女性の年齢別出生率を再生産年齢（通常一五〜四九歳）にわたって合計したもの）が挙げられる。この数値は一九七〇年の二・一三から二〇〇五年に一・二六にまで減少している。二〇一六年以降微増の時期もあるものの減少傾向が続いている。二〇一七年の合計特殊出生率は一・四三となった(2)。

「超高齢社会」「少子化」によって、高齢夫婦のみ、あるいは高齢単身世帯の増加も著しい。二〇一五年では、男性高齢者の一四・〇％、女性高齢者の二一・八％が一人暮らしとなっている。二〇四〇年には、男性高齢者の二〇・八％、女性高齢者の二四・五％が一人暮らしになる

と推定されている。(3)

詳細は後に触れるが、若竹千佐子「おらおらでひとりいぐも」には、主人公の桃子さんが一人で食事をするシーンが数度描かれている。

「超高齢社会」と孤食はどのような関係にあるのだろうか。孤食に関しては次のように述べられている。

高齢者の場合においても、孤食環境はコミュニケーション不足とそれに伴う認知機能の低下や、食欲不振、栄養の偏りによって引き起こされる低栄養の問題とも関連し、介護予防の観点からも望ましくない(4)

「おらおらでひとりいぐも」の桃子さんも孤食の場面が多い。これは同時代の「超高齢社会」における「孤食」の多い状況と重なるだろう。

だが、現代においては、家族のあり方そのものが多様化し、「孤食」をマイナスとしない、「個」を重視する動きがある。目黒依子は、家族に属するということが人生において必ずしも自明でも必然でもない社会が到来し、家族生活は人の一生の中であたり前の経験ではなくなり、「ある時期に、ある特定の個人的つながりをもつ人々とでつくるものとしての性格を濃くしてきた」とし、家族は個人の「支援要因」に変化し、そのような家族は「個人の一生の中で経験される時期や状況によって、その形が異なりうる」[5]と考察する。家族は人生のエピソードの一つとなっていく。そこには、本作品の桃子さんのように連れ合いに先立たれた一人暮らしの高齢者のライフスタイルも含まれる。

「超高齢社会」により孤食・個食はそのイメージを変えている。孤食・個食が容認される時代への移行である。

一人で食事する「孤食」、同じ食卓でも別々のものを食べる「個食」の増加がデータでも裏付けられている。二〇一六年、七〇代女性の二六・〇%、二〇代男性の二五・四%において家族と同居していてもほとんど毎日一人で食事を食べるという回答が出されている。また、「一人で食べることが都合がいいため、気にならない」「自分の時間を大切にしたいため、気にならない」「一緒に食べる習慣がないため、気にならない」「食事中に作業をするため、気にならない」の合計は、二〇一六年、四九・四%、二〇一七年、六〇・四%となっている[6]。

この傾向に関して早川和江は次のように述べている。

他と接点を持たず一人でいることの気楽さや、自由であることへの欲求の現れ、あるいは「ながら食べ」に対して恥の意識や無作法であるといったマイナスイメージを持たない人

が増えている[7]

「孤食」の傾向の背後にあるのは繰り返し述べてきた家族の多様化、個人化である。

日本型近代家族は、第二次世界大戦後に成立した。廃止された家父長制のイエ制度の影響を残し、三世代以上が同居する直系家族形態は一九六〇年頃までは増加した。その後高度経済成長期に核家族が増加した。世帯構成員数の変化は著しく、一九五五年頃まで五人台であったものが、一九六〇年四・五人、一九七〇年には三・八人、二〇〇五年には二・五二人と移行している。脱産業化の時代を迎え、家族内でも個人化が進み、家族は「個人にとって一つのライフスタイルへと変化し、意識的な選択に関わる事柄になった[8]」のである。その中で、家族の多様化が進んでいるといえる。

「おらおらでひとりいぐも」における、夫と死に別れ、子ども達とも疎遠になり、「孤食」をする桃子さんは、「超高齢社会」の家族の多様化・個人化の一側面を反映した人物だということが出来るだろう。

二、「おらおらでひとりいぐも」について

作者の若竹千佐子は、一九五四年、岩手県遠野市生まれ。遠野で育ち、子どもの頃から小説

家志望だった。岩手大学教育学部卒業後、岩手県内の中学校の臨時採用教員として働きながら教員採用試験を受ける。しかし合格せず、夫と出会い、結婚する。三〇歳で上京し、埼玉県南浦和で学習塾に就職した。息子と娘の二児に恵まれ、都心近郊の住宅地で子育てをした。その間も小説の元となるメモを書き続けており、本人の記載によれば、河合隼雄、上野千鶴子、斎藤美奈子の本を愛読したとされる。また石牟礼道子、深沢七郎、町田康の作品については方言の効果に惹かれたとされる。二〇〇九年夫が五七歳の時、脳梗塞で死去。息子から小説講座を勧められ、通いはじめ、創作を行った。二〇一七年、第五四回文藝賞を受賞しデビュー。二〇一八年一月、「おらおらでひとりいぐも」で第一五八回芥川賞を受賞した。(9)

文藝賞の選評では、町田康は個人の自由や自立の反対側にある「重くて辛いものも含めた両方を受け取って、人生を肯定的にとらえるまでにいたったのが見事」(10)と評価する。

芥川賞選評であるが、小川洋子は、「卓越した語りの文体は、自由気ままを装いながら、実に用心深く論理的に組み立てられている」(11)として方言を交えた文体を評価する。宮本輝は、「たぶんさほど多くはないであろう未来への向日性に富んでいる」(12)としてその七四歳の内面の「深さ」を評価する。奥泉光は登場人物桃子さんの思考が中核をなす小説であり、「「思弁」でもって小説を構成して強度を保つのは一般に難しい」とした上で「見事に達成されている」(13)として思考ドラマとして成功していることを指摘する。川上弘美は「真面目さを感じました」として「普遍的な真面目さとは違う真面目さが必要なんですたぶん、と答えたく思います」[14]と述べている。宮本輝の「向日性」、川上の「真面目さ」に関しては、作品終結部のあり方に関する考察において述べたい。

三、「おらおらでひとりいぐも」の「老い」と「個」

「おらおらでひとりいぐも」の「老い」と「個」の問題に関して、前述した「超高齢社会」における「家族」の多様化を基盤としながら桃子さんを中心に考察を進める。

「おらおらでひとりいぐも」の舞台は現代日本。三月から次の年の三月までの約一年である。主人公の桃子さんは一九六四年東京オリンピックの頃に故郷から家出しており、地元の八角山に自らを重ねる。両親に決められた婚姻を拒否し郊外の新興住宅地に子ども二人（兄妹）の核家族であった。

回想においては、一九七五年、子どもを二人抱えて頑張っていた「いわば桃子さん宴のときである」（二八頁）とある。桃子さんは満二四歳で故郷を離れ、現在七四歳である。夫の周造が死んだのは一五年前（桃子さん五九歳の時）である。桃子さんの三二年の結婚生活は、東京オリンピックの時期に夢中で働いて周造と出会うところから始まり、郊外の新興住宅地、戸建て、核家族と、高度経済成長期以降の核家族の象徴のように描かれている。高度経済成長時代の核家族のその後を描く点にこの作品の位置づけを行うことが出来るだろう。前述したように、「超高齢社会」において、二〇一五年では二割を超える女性高齢者の単身世帯があり、桃子さんもそこに当てはまる。

結婚からの時間の流れに関しては、桃子さんの思考にもしばしば登場しており、また様々なもので比喩されている。例えばフラミンゴのカレンダーを見て「この絵を初めて見たとき、自分はどのへんだろうと桃子さんは思った。桃色の煙にしか見えないあたり、まだ先頭の羽音に気付いていなくて、のんびり水草をつついている。そこに自分はいるのだろう」（二九頁）とある。ここには、育児に精いっぱいで、まだ老後や旅立ちを考えてすらいない桃子さんの若き時代がフラミンゴによって比喩され回想されている。

「おらおらでひとりいぐも」は作品中に回想を交えることで桃子さんの経験した時間を重層的に表すだけではなく、自らが一生のうちのどこにいるかを喩える語り手によって、個人のたどった時間である「ライフコース」[15]が明確に刻まれている作品だといえよう。

小川洋子は本作品の語り手の「論理性」「用心深さ」について評において触れている。時間の流れがレトリックを用いて明確に刻まれる点に、この作品の一つの特徴があるといえよう。

では、七四歳の桃子さんは、自らの重ねた時間、特に「老い」をどのように語るのだろうか。桃子さんは、祖母が自らの手の皮を引っ張って痛くないと言っていたことを思い出し、その老いた手が自分にも来たことを実感し「こんな日が来るとは思わなかった」（五頁）と現状を語る。

この作品では、常にジャズの音がＢＧＭのように流れているのであるが、桃子さんはジャズを聴いて「自然に手が動き、足が床を踏み鳴らし、腰をくねらせ、気が付けば狂ったように体を動かしていた」「真新しい仏壇の前で、真っ裸で踊っていた日を桃子さんは忘れていない」（九頁）とある。ジャズが夫の死後の桃子さんを救済する訳である。ただしこれは桃子さん五九歳の時点であり、今は老いて踊ること自体が無理である。そのことは桃子さんの「忘れてはいない」から読み取ることが出来る。この語りからも時間の流れが明確に刻まれていること、「老い」を客観的に重なっていく「層」として語ろうとする語り手の方法を読み解くことが出来るだろう。

本作品では、主婦の暮らしに関して「長年の主婦という暮らし」（一一頁）としそれが多様で細切れであることを指摘する。そして自らの中の細切れな柔毛突起のような心内の思考を束ねる存在として桃子さんが描かれ、ここには柔毛突起という比喩を使いながら自らの人生を多様な側面から客観的にとらえる姿勢を読むことが出来る。

老いについてだが、「生ぎでぐのはほんとは悲しいごどなんだと。それまでのおらは努力すれば何とかなる、道は開けると思ってだった」「人もねずみもゴキブリも大差がね」（二二～二三頁）という会話が展開される。このような生に対する諦念は、本作における老いの思考の軸であり、作者若竹千佐子が愛読したとする深沢七郎の作品とも重なるだろう。(16)

また、生に対する諦めともいえる回想は、桃子さんが自らの祖母を回想する際によくみられる。「ばっちゃ、おらはここにいるよ。おめはんの孫はここでこうして暮れ方の空を眺めているよ。こういうふうになってしまった。これでいいのすか」（三一頁）「ばっちゃはあの頃のように言う。ぅんと良くもねが、さりとてぅんと悪くもね、それなりだぁ」（三二頁）という回想からは、祖母の様子と自分の状況を重ねていることが分かる。

作品中にて引喩される小林旭「さすらい」もまた、「夜がまた来る、思い出つれて」「この歌詞をおらほど深く理解している人間が他にいるだろうか」（二四頁）とあり、この歌詞の先には「どうせ死ぬまでひとりひとりぼっちさ」とあることからも人間の「孤独」を表明するために、引喩されているといえよう。

「老い」に関しては、諦念と「孤独」に満ちている。ただし、この作品の特徴は「層」として「ライフコース」をとらえることで、そこに学びを見つけ出す点である。

　あの頃の桃子さんは自分の老いを想像したことがあっただろうか。ましてや、独り老いるなどということを一度たりとも考えたことがあっただろうか　　（三〇頁）

若さというのは今思えばほんとうに無知と同義だった。何もかも自分で経験して初めて分かることだった。ならば、老いることは経験することと同義だろうか、分かることと同義だろうか。老いは失うこと、寂しさに耐えること、そう思っていた桃子さんに幾ばくかの希望を与える。楽しいでねが。なんぼになっても分がるのは楽しい。内側からのひそやかな声がする。その声にかぶさって、

んでもその先に何があんだべ。おらはこれがら何を分がろうとするのだべ、何が分がったらここがら逃してもらえるのだべ。正直に言えば、ときどき生きあぐねるよ。

（三〇～三一頁）

このように、桃子さんは、「層」としての自らの「老い」を多様な時間から語り、孤独と同時に分かる・学び続けることの楽しさに至るのである。

桃子さんが経済的に困窮している様子はない。経済的な問題ではなく、「孤独」と諦念という課題と向き合い、また、高齢者単身世帯という「超高齢社会」の一つの典型の中にいる桃子さんにとって、学びが「個」の救いとなる可能性が示唆されている。選評でも触れられていた「向日性」「真面目さ」は、この学びの姿勢に起因するものだと考えられる。

四、方言と語りの位相

「おらおらでひとりいぐも」の選考評にて高く評価されている方言の使用について考察する。引喩がなされている宮沢賢治の作品でも共通語と岩手の方言が意図的に使用されていた。では「おらおらでひとりいぐも」では、どのような表現となっているだろうか。

「おらおらでひとりいぐも」では一人称「おら」と三人称の「桃子さん」という語り手が交互に、時に入り混じりながら登場する。自分のなかに東北弁で話す自分がいる「おらの心の内側で誰かがおらに話しかけてくる。東北弁で。それも一人や二人ではね、大勢の人がいる。おらの思考は、今やその大勢の人がたの会話で成り立っている」（一三頁）とされており、それは次のような形である。

そもそもおらにとって東北弁とは何なんだべ、と別の誰かが問う。そこにしずしずと言ってみれば人品穏やかな老婦人のごとき柔毛突起現れ、さも教え諭すという口ぶりで、東北弁とは、といったん口ごもりそれから案外すらすらと、東北弁とは最古層のおらそのものである。もしくは最古層のおらを汲み上げるストローのごときものである、と言う。

（一五頁）

この様に桃子さんの心の中に方言を話す複数の声が存在し、思考を複雑化して語るのが本作の特徴である。

宮沢賢治の「永訣の朝」や「小岩井農場」では詩人の方言の使用に関する取捨選択が明確に行われている。例えば「永訣の朝」では妹トシの言葉に方言が使用され、その他は共通語であることや、「小岩井農場」では農夫との会話においてのみ方言が使用され、それ以外は共通語である、というように場や相手によって共通語と方言が使い分けられる。これに対して、「おらおらでひとりいぐも」では方言が、共通語の語り手を乗っ取ってしまうような、語り手と対等で、時に優勢になる表現方法として使用されていることが分かる。

この方言に関しては、「東北弁とは最古層のおらそのものである」とされ、「原初の風景」（一六頁）として語られている。また、「主語は述語を規定するのでがす。主語を選べばその層の述語なり、思いなりが立ち現れるのす」（一六〜一七頁）という方言の使用からは、「おら」と「桃子さん」による個人の中の多様な人格が方言の使用で技巧的に表現されていることを示している。

ただし、方言が常に使用されているわけではない。「東北弁は単に郷愁にすぎねでば（中略）しかしすぐにそんな単純なもんだべか、おらと東北弁は尋常一様の間柄でねぇと反論も生まれ、一同来しか方に思いを巡らす」（一七頁）とあるように東北弁の使用が桃子さんの内部の多様な人格により内省されている点もある。ここでの方言は場や役割に縛られない奔放さを持つのである。

この対等であり、同時に「古層」でもある方言の奔放な使用が「おらおらでひとりいぐも」の語りの特徴といえよう。

「おらおらでひとりいぐも」は「個」のそれぞれの時間と出来事を明確にし「層」としてとらえることで「老い」を「個」のライフコースとして示す作品だといえよう。

さらに共通語と方言のせめぎあいも多様な人格を描き出す効果を持つといえるだろう。

五、宮沢賢治作品の「再創造」としての「おらおらでひとりいぐも」

タイトルとなっている「おらおらでひとりいぐも」と「永訣の朝」の「〔O〕ra Orade Shitori egumo」との相違点、そこから「おらおらでひとりいぐも」の特徴を考察する。

詩集『春と修羅』に収録された「永訣の朝」には「一九二二、一一、二七」の日付がある。この日付は、トシが亡くなった日付であるが、作品自体は後に作られたと考察される。あくまでこの日付は詩が産まれる出来事があった日といえるだろう。

では少し長くなるが宮沢賢治「永訣の朝」を挙げよう。

けふのうちに
とほくへいつてしまふわたくしのいもうとよ
みぞれがふつておもてはへんにあかるいのだ
　（あめゆじゆとてちてけんじや）
うすあかくいつさう陰惨な雲から
みぞれはびちよびちよふつてくる
　（あめゆじゆとてちてけんじや）
青い〔蓴〕菜のもやうのついた
これらふたつのかけた陶椀に
おまへがたべるあめゆきをとらうとして
わたくしはまがつたてつぽうだまのやうに
このくらいみぞれのなかに飛びだした
　（あめゆじゆとてちてけんじや）
蒼鉛いろの暗い雲から
みぞれはびちよびちよ沈んでくる

ああとし子
死ぬといふいまごろになつて
わたくしをいつしやうあかるくするために
こんなさつぱりした雪のひとわんを
おまへはわたくしにたのんだのだ
ありがたうわたくしのけなげないもうとよ
わたくしもまつすぐにすすんでいくから
　（あめゆじゆとてちてけんじや）
はげしいはげしい熱やあえぎのあひだから
おまへはわたくしにたのんだのだ
　銀河や太陽、気圏などとよばれたせかいの
そらからおちた雪のさいごのひとわんを……
…ふたきれのみかげせきざいに
みぞれはさびしくたまつてゐる
わたくしはそのうへにあぶなくたち
雪と水とのまつしろな二相系をたもち

すきとほるつめたい雫にみちた
このつややかな松のえだから
わたくしのやさしいいもうとの
さいごのたべものをもらつていかう
わたしたちがいつしよにそだつてきたあひだ
みなれたちやわんのこの藍のもやうにも
もうけふおまへはわかれてしまふ
(〔O〕ra Orade Shitori egumo)
ほんたうにけふおまへはわかれてしまふ
あぁあのとざされた病室の
くらいびやうぶやかやのなかに
やさしくあをじろく燃えてゐる
わたくしのけなげないもうとよ
この雪はどこをえらばうにも
あんまりどこもまつしろなのだ
あんなおそろしいみだれたそらから

このうつくしい雪がきたのだ
（うまれでくるたて
こんどはこたにわりやのごとばかりで
くるしまなあよにうまれてくる）
おまへがたべるこのふたわんのゆきに
わたくしはいまこころからいのる
どうかこれが天上のアイスクリームになつて
おまへとみんなとに聖い資糧をもたらすことを
わたくしのすべてのさいはひをかけてねがふ

（第二巻、本文篇、一三八～一四〇頁）

「永訣の朝」は共通語で書かれる詩の中で（　）で表現される行に方言が使用されている。特に「（〔O〕 ra Orade Shitori egumo）」という死にゆく妹トシの発言とも、詩人の心内表現とも考えられる方言を元としたローマ字表現があり、『春と修羅』の注には「あたしはあたしでひとりいきます」（第二巻、本文篇、一四五頁）とある。

この表現に関して小沢俊郎は次のように述べる。

かなは、漢字よりは意味性が弱いにしても、直接に語を構成してゆく単位文字だけれども、ローマ字はさらに意味から遠い、音だけを感じさせる文字である。

Ora Orade Shitori egumo は、そのことばが賢治の耳に音としてだけ響いたことを示しているのであろう。知らない外国語を聞いた折のように、その音声が意味を持たないもののごとく聞えた。ということは、それほど、聞き手賢治の気持にとって異質のものだった、ということになる。(17)

小沢の異質の言葉という指摘には同意できる。妹の言葉は、人間は孤独に死んで現世から離れなければならないという強い決意と「あなた」もそうであるという強いメッセージがある。また、次のように宗教的な読み方もある。

第二主題のローマ字による文節書きは、激しい熱にうなされながら口にしたとし子の途切れ途切れの言葉が、法華経の一乗真実及び利他真実の教えを信じて旅立とうとするけなげな決意として、「わたくし」の胸郭を揺するように響いていくさまを表している。(18)

「(〔O〕ra Orade Shitori egumo)」を両論は妹が発した言葉として読んでいる。ここでは妹が

「わたくし」に発した言葉という両論に基本的には同意する。ただしこのローマ字表現が詩人の心内の言葉である可能性もあり、実際には聞こえたのかどうかは不明ではある点も考慮すべきである。

妹が発した言葉との前提で読むならば、このローマ字は妹の決別、そして兄への計らいと理解することが出来る。この言葉は他者があって初めて成り立つ言葉であり、あなたも一人で生きなさいという厳しい言葉でもある。ローマ字表記は「わたくしもまっすぐにすすんでいくから」という詩の一節とも呼応しているといえる。この点で、「わたくし」の「まっすぐにすすんでいく」という悲壮な決意とも呼応しているのである。

では「おらおらでひとりいぐも」ではローマ字から平仮名となり、桃子さんによって発せられる「おらおらでひとりいぐも」という一節はどのように使用されているのだろうか。

夫の周造が死んで、周造が行ったはずの目に見えない世界があってほしいという切実な願いは桃子さんの思考を変える。周造の声や様々な声が聴こえて桃子さんの孤独を支えるようになっていく。

桃子さんは「もう今までの自分では信用できない。おらの思っても見ながった世界がある。そごさ、行ってみって。おら、いぐも。おらおらで、ひとりいぐも」（一一五頁）と宣言し、「この世の流儀はおらがつぐる」（一一六頁）と世間の常識を超える。

ひとりで孤独のなかで生きるというのは「永訣の朝」の妹が詩人に発したローマ字表記のメッセージと同じであり、強く厳しい選択である。この点で「おらおらでひとりいぐも」は「永訣の朝」の妹のメッセージを、孤独に生きることを選択した語り手である桃子さん自身に映しているといえよう。ただし桃子さんは、それを「永訣の朝」にあるような宗教性や決別ではなく、多様な人格による言葉のせめぎあいと、自らの時間的な「層」によって、日常の中で周造のいる世界へ行こうとする点で、この言葉は異質のローマ字表記ではなく日常に使用される平仮名であるべきであり、本作品の「永訣の朝」からの「再創造」の特徴があるだろう。

妹トシの言葉は詩人にとって異質な言葉であり、同時に「おら」はあちらの世界に一人で行くので、あなたも一人で生きなさいという厳しさのある言葉であった。

若竹千佐子「おらおらでひとりいぐも」では、「永訣の朝」の妹のローマ字表記を使用しつつ平仮名に変換し、聖性や宗教性ではなく、周造のいる「異世界」にふれつつ、あくまで時間的な「層」と人格の多様化とによって「個」の内面を観察し、絶対的な基準の無い不安定な日常を、学ぶことで主体的に生き抜く方法として「おらおらでひとりいぐも」が使用されているのである。

同時に桃子さんの夫である周造についての「再創造」は典拠を日常に落とし込む役割を持っている。

周造は宮沢賢治の「虔十公園林」に登場する虔十に喩えられる人物であった。「おらおらでひとりいぐも」において、周造は、「目をみはるような美しい男」（七八頁）とされており、出会いのシーンでは「まさか、でも虔十だ。あの宝石のような物語の主人公が目の前にいる」（八〇頁）とされる。その後「雨の中の青い藪を見てはよろこんで目をパチパチさせ／青ぞらをどこまでも翔て行く鷹を見付けてははねあがって手をたたいてみんなに知らせました。」（八〇頁）という「虔十公園林」本文が引用されている。

ただし、引喩されている「虔十公園林」ではその後、「けれどもあんまり子供らが虔十をばかにして笑ふものですから虔十はだんだん笑はないふりをするやうになりました。」（第一〇巻、本文編、一〇三頁）となり、虔十が周囲の人からは距離のある存在として造形されている。虔十は、杉の苗を七〇〇本購入してほしいと両親に頼み、望みを果たすものの、若くしてチフスで死んでしまう。

一方、桃子さんと同郷の周造は明るく人望のある人物であり、「周造の為に生きる、が目的化した」（八三頁）とあり、「虔十公園林」の虔十に比べて、周造は、周囲との違和のない人物だということが出来る。周造には父に認められたいという想いがあり、それが彼を苦しめていたことも描かれる。また晩年に木版画に喜びを見出す多面的な人物でもある。ここでもまた、虔十のように周囲から距離があり、後に子ども達に親しまれるスギ林を残す「聖性」を持った人物に比して、悩みも明確にし現実的な人物を造形しているといえよう。「虔十公園林」に戻るならば、「虔十」の「聖性」に特徴があることが分かるだろう。

六、「超高齢社会」における「個」――「家族」から離れて

夫と死別し、息子・娘の直美が離れていって、孤独になった桃子さんは、多様な「個」について考え始める。本作品における「老い」と「個」に関する思考はどのような特徴があるのか考察する。

かつての親は末っ子が成人するころには亡くなってしまったそうだけど、今の親は自分の老いどころか子の老いまで見届ける。そんなに長いんだったら、いつまでも親だの子だのにこだわらない。ある一時期を共に過ごして、やがて右と左に分かれていく。それでいいんだと思う。

それでもちゃんと覚えているのだ、大事だということを。（五二頁）

ここには、前述したライフスタイルの一つとして、選択される家族像が明確に描かれている。夫周造との関係はどうだろうか。周造の死に関しては「恐れていだ最悪のごどが起こってし

まったあのどぎよ」（一二三頁）とあり周造の死は桃子さんにとって大きな衝撃を与えていることが分かる。ただし、「おらおらでひとりいぐも」においては、周造への「愛」に関しても「学び」への転換がなされる。

「でいじなのは愛よりも自由だ、自立だ。いいかげん愛にひざまずくのは止めねばわがね」（九三頁）とあり、ここからは、周造の死後、桃子さんの中で、近代家族を支えたロマンティッククラブ・イデオロギー、「一生に一度の恋に落ちた男女が結婚し、子どもを生み育て添い遂げる」[19]から離れつつあることが分かる。また人の未来を考えた桃子さんは「子供はどやって育てていぐのだが。／結婚という形態はもう無ぐなっているのがもしれねな。／人は独り生きていくのが基本なのだと思う。そこに緩く繋がる人間関係があればいい」（九八頁）として「家庭を親密な、このうえなく大切なものとする」[20]家庭イデオロギーという近代家族を支えた柱から離れていく姿勢をみることが出来るだろう。

桃子さんは、自らを時間の「層」の中に置き、方言を交えて多様な人格と対話することで「孤独」ではあるが「老い」は学びであり、年を取ることは成熟であり、「孤独」であり、であるがゆえに主体的な「個」を発見する。この桃子さんの発見は、「超高齢社会」における「老い」と「個」における学び続ける生のあり方を示すだろう。

ただし、桃子さんは、「ロマンティッククラブ・イデオロギー」や「家庭イデオロギー」から切れるのではなく「遠ざかる」という点が特徴的である。

それを象徴するのは物語の終結部において、桃子さんを三月三日に孫が訪ねてくるシーンである。この孫は、四月から三年生で一人、桃子さんを訪ねてきた。この孫から、疎遠になっている自らの娘も「コーフンすると東北弁になる」（一六三頁）ことが伝えられる。最後は孫があけた窓から「春の匂い」（一六四頁）がして締めくくられる。この孫は、家族が疎遠になりながらもどこかでつながっていることを示しているだろう。孫はすべてではないが桃子さんの方言を解し、娘も興奮すると方言を話す。この点で非常に緩いつながりが確認されて、この作品は終わるのである。

桃子さんの立場は「ロマンティッククラブ・イデオロギー」、「家庭イデオロギー」から離れつつも周造との関係やその過去、子ども孫との関わりを「層」として相対的に保持し、観察する。時間の流れの中で自らを「層」として観察する視座が本作品の「老い」の特徴である。

おわりに

桃子さんは「老い」は学びであり、成熟であり、孤独ではあるが自由との認識に到達する。自由で孤独で学び続けるという、「超高齢社会」における「超俗」やマイナスのみではない「老い」の提示である。桃子さんは経済的な保証がある上で、「ロマンティッククラブ・イデオロギー」や「家庭イデオロギー」から「遠ざかる」。ただし「個」を孤独から救う機能を果たした両イデオロギーが揺らぐ中で、離れつつも一方でそれへの愛情や愛情ゆえの拘束を「層」として観察することで、自らの位置を学び、日常の「孤独」と諦念を乗り越えるという、「層」として自分と社会のつながりを見つめるという現代の生き抜き方の提示がなされていた。

また、宮沢賢治作品の「再創造」として考えたとき、宮沢賢治の作品にもしばし描かれる仏教的な時間や地質学に由来する「層」に接近し、「層」の中で自らをとらえる試みは同じであっても、宮沢賢治作品の「聖性」や「法華経」を中心とした輪廻転生等の遠大な宗教的世界観から距離を取り、夫周造のいる「異世界」を描く。また「孤独」な個人の歴史を振り返り、過去の人類史に接続すること、多様な人格のせめぎあいによって現実的な自らの「層」を見つめていくという「再創造」が行われていることが分かった。

注

（1）内閣府『令和元年版高齢社会白書全体版（ＰＤＦ）』二〜四頁 https://www8.cao.go.jp/kourei/whitepaper/w-2019/zenbun/01pdf_index.html　二〇二二年一月三〇日閲覧。なお、高齢化の定義に関しては定義に揺れのあることが報告されている。（杉原直樹・高江洲義矩「高齢化社会をめぐる用語の意味するもの」『老年歯科医学』第一五巻第一号、日本老年歯科医学会、二〇〇〇年七

月、一〇～一三頁)

(2)『令和元年版　少子化社会対策白書全体版(ＰＤＦ)』四～五頁 https://www8.cao.go.jp/shoushi/shoushika/whitepaper/measures/w-2019/r01pdfhonpen/pdf/s1-2.pdf　二〇二三年一月三〇日閲覧

(3)国立社会保障・人口問題研究所編『日本の世帯数の将来推計──二〇一五(平成二七)年～二〇四〇(平成五二)年──(二〇一八(平成三〇)年推計)』国立社会保障・人口問題研究所、二〇一八年一月、一五頁

(4)鑓水浩編著『共食と文化のコミュニティ論』晃洋書房、二〇二〇年四月、一一四頁

(5)目黒依子『個人化する家族』勁草書房、一九八七年五月、ⅳ～ⅴ頁、直前二つの引用も。

(6)注4同書、一一一～一一二頁

(7)注4同書、一一二頁

(8)今村仁司他編『岩波　社会思想事典』岩波書店、二〇〇八年三月、二九頁

(9)若竹千佐子「今年、初孫が産まれるんですよ」(『文藝春秋』第九六巻第三号、文藝春秋社、二〇一八年三月、三三八～三四三頁)参照。

(10)『文藝』第五六巻第四号、河出書房新社、二〇一七年一一月、七五頁

(11)注9同論、三三三頁

(12)注9同論、三三五頁

(13)注9同論、三三七頁

(14)注9同論、三三一頁

(15)小笠原祐子「ライフコースの社会学再考──ライフサイクル視点再導入の検討」(『研究紀要

一般教育・外国語・保健体育』第七五号、日本大学経済学部、二〇一四年一月）参照。

（16）深沢七郎著、新海均編『生まれることは屁と同じ　深沢七郎対談集』（河出書房新社、二〇一二年一一月）。その他「楢山節考」のおりんとの相違点・「人間滅亡的人生案内」における「地球上には個人だけがあるのです（中略）家だ、妻子などというものから離れていい筈です」（『深沢七郎集』第九巻、筑摩書房、一九九七年一〇月、三六一～三六二頁）等の思考との関連については別稿にて考察する。

（17）小沢俊郎著、栗原敦・杉浦静編『小沢俊郎宮沢賢治論集2（口語詩研究）』有精堂、一九八七年四月、一五頁

（18）吉良幸生「「永訣の朝」の位相――宮沢賢治の挽歌をどう読むか――」（『あいち国文』第九号、愛知県立大学文学部国文学科あいち国文の会、二〇一五年九月、二七頁）

（19）千田有紀『日本型近代家族　どこから来てどこへ行くのか』勁草書房、二〇一一年三月、一六頁。なお本作とロマンティックラブ・イデオロギーとの関わりについては、対幻想の解体という視点で言及されている。野坂幸弘「若竹千佐子『おらおらでひとりいぐも』の愉しみ」（『賢治学＋』第一集、杜陵高速印刷出版部、二〇二一年六月、一五一頁）

（20）注19同書、一七頁

本節は、二〇二〇年八月二二日Zoomにて行われた日中シンポジウム「平成文学と高齢化社会」（代表　王書韋（北京科技大学）　登壇　中村三春・大國眞希・大島丈志）の成果の一部である。当日ご意見をくださった方々に感謝する。

初出一覧

（既発表論稿は、収録に際し適宜改題、加筆、修整を行った）

序……書下ろし

第一章　イメージへの挑戦

第一節　アニメ化される「風の又三郎」……『日本児童文学』第六二巻第五号、日本児童文学者協会、二〇一六年一〇月

第二節　「注文の多い料理店」の絵本化に関する三つの考察――不確定箇所の再創造を中心として……中川素子・大島丈志編著『絵本で読みとく宮沢賢治』水声社、二〇一三年一〇月

第三節　「ものがたり」から生まれる絵本―宮沢賢治「なめとこ山の熊」を軸として――……今田由香・大島丈志編著『絵本ものがたりＦＩＮＤ　見つける・つむぐ・変化させる』朝倉書店、二〇一六年五月

第四節　「赤い蝋燭と人魚」の絵本化の地平……今田由香・大島丈志編著『絵本ものがたりＦＩＮＤ　見つける・つむぐ・変化させる』朝倉書店、二〇一六年五月

第二章　宗教から家族へ

第一節　野村美月『〝文学少女〟』シリーズ――『銀河鉄道の夜』から飛躍する文学少女……一柳廣孝・久米依子編著『ライトノベル研究序説』青弓社、二〇〇九年四月

第二節　橋本紡「半分の月がのぼる空」における宮沢賢治の受容……『コンテンツ文化史研究』第四号、コンテンツ文化史学会、二〇一〇年一〇月

第三節　「銀河鉄道の夜」のアダプテーション――「輪るピングドラム」を軸として……『文教大学国文』第五〇号、文教大学国文学会、二〇二一年三月

第四節　再創造されるライトノベル――橋本紡『半分の月がのぼる空』表現論……一柳廣孝・久米依子編著『ライトノベル・スタディーズ』青弓社、二〇一三年一〇月

第五節　「太宰治」の再創造と「文学少女」像が提示するもの――『ビブリア古書堂の事件手帖』シリーズ……大橋崇行・山中智省編著『小説の生存戦略　ライトノベル・メディア・ジェンダー』青弓社、二〇二〇年四月

第三章　「科学」と「命の循環」

第一節　「氷河鼠の毛皮」と批判的技術主義――高橋源一郎『ミヤザワケンジ・グレーテストヒッ

ツ』・木内達朗『氷河ねずみの毛皮』の受容から……書下ろし

第二節　大江健三郎「革命女性」における「農民芸術概論綱要」の再創造……書下ろし

第三節　「なめとこ山の熊」と進化論――新井英樹「ザ・ワールド・イズ・マイン」の再創造からの逆照射……書下ろし

第四節　若竹千佐子「おらおらでひとりいぐも」の「老い」と「個」―宮沢賢治「永訣の朝」「虔十公園林」の再創造の視点から――……『文教大学国文』第五一号、文教大学国文学会、二〇二二年三月

あとがき

本書は、二〇〇九年から二〇二二年の間に書いた、宮沢賢治と宮沢賢治作品の受容に関する論文に、補論を三つ加えて構成した。

本書では、文学作品を他のメディアとの「触媒」としてとらえ、様々なメディアを横断させながら考察を行った。現代文化において宮沢賢治作品がどのように受容され再創造されたのか、その様相を考察してきた。

第一章では宮沢賢治作品のオノマトペや風景、「空白」が絵本において受容を喚起する様、第二章では宮沢賢治作品の宗教的想像力が個の苦悩を救うものとして要請されながらも「パロディ」によって現代の個人や家族の物語に着地していく様、第三章では「命の循環」や「科学」というテーマが受容を喚起すること、さらに中心を失った現代において「義」の代替物として「農民芸術概論綱要」が要請された点を論じた。その上で、「再創造」から再度宮沢賢治作品の読みを行い、科学技術を認めた上での批判的技術主義という過剰を嫌う思想や、生存競争を認め、社会進化論に期待しつつも、その解決に関しては諦観を持ち「異世界」が出現するという宮沢賢治作品の特徴を指摘した。

この宮沢賢治作品に一九七〇年以降の個人と社会の関係を見ようとした論考に社会学者の見田宗介のものがある。この方向の結実は『宮沢賢治――存在の祭りの中へ――』(岩波書店、一九八四年)であった。四象限を使用しつつ、「よだかの星」のよだかのように共同体から外れた/外された個が、燃焼幻想によって自らの存在を否定し、その後「祭り」を経由して地上に降り、社会と接続するビジョンを描いている。このビジョンは、大江の述べる一九七〇年以降の「義」の喪失のなかで、個人がどのように社会とつながっていくことが可能なのかと考え、そこに「農民芸術概論綱要」を使用する発想と共振するものである。

答えの無い不安な時代のなかで宮沢賢治とその作品の一部が、宗教性を前面に出さずに個人と社会を繋ぐ紐帯として要請される傾向は今後も続いていくだろう。

見田宗介は『現代社会はどこに向かうか――高原の見晴らしを切り開くこと』(岩波書店、二〇一八年)において「〔夜の湿気と風がさびしくいりまじり〕」「下書稿(二)手入れ」の一節「ああ誰か来てわたくしに云へ/億の巨匠が並んで生れ/しかも互ひに相犯さない/明るい世界はかならず来ると」を引用し、多様性を認める社会という理想を語っている。この「共存」の世界はとても美しい。ただし、「農民芸術概論綱要」にある労働の芸術化には未だ至らず、「明るい世界はかならず来ると」という詩句自体、遠く、その理想ははるか先にあるだろう。逆に言えばその理想が遠いがゆえにそれを埋めんとして宮沢賢治と宮沢賢治作品の「再創造」は続くのではないだろうか。

宮沢賢治作品の受容研究にあたっては、きっかけを与えてくれた文教大学、後千葉大学の院生となったゼミ生に感謝したい。また、文教大学の教員・ゼミ生・院生とともに参加した「文教賢治研究会」にても刺激を受けた。感謝したい。思えば、この書籍の企画も、最初はゼミ生のお兄様が新典社におり、話を持ってきてくれたのであった。

研究会・学会にて口頭発表や研究論文の発表の機会を頂いた。貴重なご意見を頂いた学会・研究会のメンバーに感謝をしたい。

また、この先の見えない研究方針自体に理解を示して意見をくれた友人や家族に感謝をしたい。表紙は光門映恵さんに描いていただいた。力強い絵に励まされた。

最後に、なかなかまとまらない私の原稿を丁寧に、そして時には鋭く批評し、書籍化を支えて下さった編集者の山田宗史さんに感謝したい。山田さんと最初に話をした内容は、「オカルト研究会」にて刊行された『オカルトの帝国――一九七〇年代の日本を読む』（青弓社、二〇〇六年）の「「ノストラダムス」の子どもたち」に関してであった。出会いの不思議を感じる。

二〇二三年八月一六日

大島　丈志（おおしま　たけし）
1973年12月11日　東京都に生まれる
1998年3月　埼玉大学教育部小学校教員養成課程国語専修卒業
2003年9月　千葉大学大学院博士課程社会文化科学研究科日本研究専攻修了
専攻　日本近現代文学
学位　博士（文学）
現職　文教大学教育学部学校教育課程国語専修教授
主著　『宮沢賢治の農業と文学　苛酷な大地イーハトーブの中で』（蒼丘書林，2013年3月），『日本近代知識人が見た北京』（共著，三恵社，2020年7月）
論文　「雑誌『新建設者 報徳青年』における宮沢賢治「精神歌」の受容」（『文教大学国文』第48号，文教大学国文学会，2019年3月），「「太宰治」の再創造と「文学少女」像が提示するもの――『ビブリア古書堂の事件手帖』シリーズ」（大橋崇行，山中智省編著『小説の生存戦略 ライトノベル・メディア・ジェンダー』青弓社，2020年4月），「「銀河鉄道の夜」のアダプテーション――「輪るピングドラム」を軸として」（『文教大学国文』第50号，文教大学国文学会，2021年3月）

現代文化《げんだいぶんか》のなかの〈宮沢賢治《みやざわけんじ》〉　新典社選書 119

2023年9月15日　初刷発行

著　者　大島　丈志
発行者　岡元　学実

発行所　株式会社　新典社

〒111-0041　東京都台東区元浅草2-10-11　吉延ビル4F
TEL　03-5246-4244　FAX　03-5246-4245
振　替　00170-0-26932

印刷所 惠友印刷㈱　製本所 牧製本印刷㈱

ISBN 978-4-7879-6869-2 C1395
https://shintensha.co.jp/　E-Mail:info@shintensha.co.jp